以热爱抵抗寂寞

21世纪中国体育的文化记忆

Resist loneliness with passion

刘颖余 著

中国工人出版社

目 录

走过“姚刘李”

真正的高贵是优于过去的自己 / 003
没有刘翔，田径依然很美 / 032
李娜是李娜，体制是体制 / 044

赛场风云

我们需要闪耀人性之光的金牌 / 057
那一种刻骨铭心的相爱相杀 / 074
体育和城市的相互成全 / 083
梦想还是要有的，万一出线了呢？ / 090
我们为什么热爱世界杯 / 123
让大师多工作一会儿 / 150

体育人生

体育也是一种价值观 / 177

不成功不羞耻 / 202

人不轻狂枉少年 / 225

尘埃里开出的花 / 255

生活是另一场竞技 / 270

如此简单，如此快乐 / 291

后　记 / 317

走过“姚刘李”

真正的高贵是优于过去的自己

姚明在2002年成为美国职业篮球联赛状元，迅速引爆大洋两岸，“姚鲨大战”“中国德比”“全明星票王”……风头一时无两。2011年，姚明因伤退役，上完大学后，热衷公益，当过球队老板，现任中国篮球协会主席，仍是中国体坛举足轻重的人物。

放松和快乐的天堂

没有一个人会怀疑现在的姚明对于美国职业篮球联赛（后简称NBA）的意义，这位挂着醒目“状元”头衔的年轻人已经成了一种象征，一种遥远的东方智慧如何与流行的西方文化融合的象征。小小年纪的姚明甚至已经入选了美国一家杂志“最有影响力的篮坛人士”年度排名。

就在不久前，人们还很习惯于一个没有姚明的NBA，但现在，就是巴克利的这张傲慢十足的大嘴也不得不拿姚明的得分和亲吻某某的屁股说事，足见姚明对NBA的影响力并非只存在于中国人良好的自我感觉中。

不过，与姚明对于NBA的意义相比，我更看重NBA对于姚明的意义。因为，显而易见的是，关系到姚明能否茁壮成长的不是前者，而是后者。换句话说，不能要求NBA去适应状元，而是状元必须适应NBA。就算姚明再聪明，再努力，这个过程的艰辛都将会远远超过一个局外人的想象。

所以，不应感到奇怪，在我们看到对湖人、对小牛表现得那样威风八面的一个姚明之后，小巨人的疯狂表演并没有在后面的比赛中顺理成章地继续下去，相反，球迷看到的却是一个疲惫不堪、频频犯规的姚明。

作为中国人，我们肯定会为此感到失望，但平心静气地说，我们完全应该宽容一个年轻人在赛场上出现这样的起伏。

目前，姚明面对的最大挑战已经不是身体，也不是技战术，而是赛场内外那些无形的东西。他以自己的聪明和智慧战胜了美国人的傲慢，巴克利不得不用他那张臭名昭著的大嘴去亲驴的屁股就说明了一切，但姚明还要面对的是千千万万的中国人的爱国热忱和整个中国篮球的期待。

对此，睿智的乔丹早已看得十分通透：“对这个孩子来说，他肩上的责任太重，不光是篮球，还有整个国家的期望，我只是希望，篮球能够成为他放松和快乐的天堂。每当你走上球场，你的心中必须保持宁静，没有人能够打扰你，你才能去表达真实的自己。”

对初涉 NBA 赛场的姚明来说，没有比老前辈乔丹的此番忠告更好的箴言了。只有心中宁静，NBA 赛场才会成为他真正的“放松和快乐的天堂”。

虽然聪明的姚明已经知道把“比赛分为两半：一半是享受篮球带来的快乐，一半是取得胜利”，但对一个只有 23 岁的年轻人来说，做到这一点又谈何容易。

我注意到，姚明刚到 NBA 时，表现出的是东方式的谦逊，这为他后来的“爆发”做了很好的铺垫，但当姚明连续几场都表现不错时，他的内心也不再宁静，开始盘算着要教训这个、教训那个了，但事实上，给他上课的人远比他收拾的人多。

当年诺维茨基在 NBA 打球时，全德国人都在看他打球，他的状态也因此时有起伏，但后来他终于战胜了自己。现在全世界的球迷都得承认，诺维茨基已经完全进入了一个忘我的自由世界。

有这样现成的好榜样，但愿上进好学的姚明能多学着点。

秋天里的一棵树

如果一个人本身就是天才，后天又很勤奋，那么他不出人头地几乎是不可能的；而如果他碰巧还有一个好性格，那么他就很可能成为一个万众瞩目的人物。

姚明就是这样的一个人。哈尔滨男篮亚锦赛与其说是 16 支队伍的比赛，倒不如说是一个人的舞台——姚明的舞台。姚明的号召力如此之大，他的每一次触球，无论是扣篮、盖帽还是抢篮板，都会引来看台上山呼海啸般的声响，甚至连他的失误、他的犯规，他和对手在身体上的每个小小的纠缠，都会激起观众的笑声。看得出，观众对他的喜爱是发自内心的。

而与以往相比，现在的姚明在场上的肢体语言显得更为丰富。他不仅会像从前一样友善地扶起每个被他撞倒的对手，向给他传了好球的队友挥手致意，而且还学会了一些 NBA 球星常有的动作，比如一脸无辜地向裁判申辩。

显然，在亚洲这个小小的舞台上，姚明正在享受着篮球给他带来的前所未有的乐趣和荣耀。昔日那个青涩和害羞的小巨人真的是长大了，他已经开始学会如何去当一个万众瞩目的明星。

今天风光无限的姚明总是让人不由得想起曾经同样风光无限的王治郅。论资历，王治郅是中国篮球进 NBA 第一人；论才华，王治郅在许多地方也不输姚明，但事实证明，姚明才是今日中国篮球的“国王”，而成名比他早得多的王治郅甚至连为国家队效力的机会都没有。球迷已经越来越习惯一个没有王治郅的国家队，也许用不了多久，他们对大郅甚至连怀念都不会再有。因为姚明之后，薛玉洋、易建联们正在茁壮成长。

“性格即命运”。姚明和王治郅的不同境遇再次让人想起了这句老话。与姚明相比，王治郅欠缺的不只是幽默和机警，还有做人的圆通和练达。在重要的是非得失上，姚明显然比王治郅看得更为清楚，更为长远。念此，姚明大红大紫、内外讨好，而王治郅仍不得不在大洋彼岸为他的 NBA 饭碗苦苦拼争，就没有什么可奇怪的了。

当然，风光无限的姚明也有烦恼。最大的烦恼恐怕来自球迷对他疯狂的追逐，而他又是天生的好脾气，这样的结果自然是他不免要感觉累，有时还忍不住发发牢骚。姚明英文传记的作者，美国娱乐与体育电视网（ESPN）的专栏作家里克·布切也曾替姚明抱不平，说中国球迷太“鲁莽”了，他们不应该把姚明当作一件“陈列品”。但中国球迷看来不会去理会布切先生的告诫，只要姚明的名气还在，他和中国球迷的“游击战”就会持续下去。

有时看着被狂热球迷层层包围的姚明，感觉他就像秋天里的一棵树：枝繁叶茂，高大挺拔，但分明又有些萧索、有些落寞。他无疑仍在成长的途中，他的生命中也会有冬天，只是谁也说不清，这一天何时来临。

“姚鲨”还能演多久

好电影通常都是要拍续集的，虽然其结果往往不过是难以为继，越拍越糟。

“姚鲨”就是 NBA 赛场上这样一部需要不断续拍的“大片”。好在这部“大片”的续集不仅没有越拍越糟，而且似乎越来越好看了。

我一度认为所谓的“姚鲨”不过是中国球迷的美好想象和媒体的刻意炒作而已。前三次“姚鲨”对抗，姚明和奥尼尔平均每场分别得 11.3 分和 30.7 分的技术统计对比，也印证了我的观点。但当“姚鲨”演完第四集的时候，我已经不得不改变主意了。面对姚明 29 分、11 个篮板的炫目表演，没有人可以再去怀疑“姚鲨”的存在了。

通过一次次的挑战，23 岁的姚明在 32 岁的奥尼尔面前终于表现得像个真正的巨人了，他不仅在得分和篮板上压倒了对手，而且还成功地让“大鲨鱼”在终场前三分多钟时不得不因六次犯规提前下场，姚明甚至连摔跟斗的次数都比对方要少，虽然也结结实实挨了对手两个大帽外加一记老拳，但没有关系，在战场般的NBA，伟大如乔丹都会被人盖帽。更何况，姚明第一次碰到“大鲨鱼”的时候，也盖了他两个，礼尚往来，睚眦必报，这才像真正的对抗呢。

姚明很少在赛场上表现得像个斗士，更多的时候像个优雅谦恭的绅士，美国有些媒体甚至刻薄地说，姚明打球时“像个女孩子那样羞涩”（引自《休斯敦纪事报》评论），但面对来势汹汹的“大鲨鱼”，小巨人第一次把自己变成了斗士。很少看见姚明像这场比赛那样不停地大喊，坚决地出手，而这样做的结果是，队友毫不犹豫地把球交到他的手里。当第四节姚明一次次随心所欲地把球投进篮筐时，没有人能否认，他就是这场比赛的英雄。

科比以自己的杰出表现证明，美国高中生能够成为英雄，姚明同样以自己轰轰烈烈的“砍鲨”行动证明：只有中国职业篮球联赛（后简称CBA）履历的“外来户”也能成为NBA赛场的英雄。

姚明第一次真正意义上打败“大鲨鱼”，高兴的不止现场观战的姚爸爸、姚妈妈和所有的中国人，看看美国电视台自始至终不断交替出现的姚明和奥尼尔的面部特写，就能够知道：这些年来一直缺乏兴奋点的NBA同样需要“姚鲨”这部大戏，美国人民也需要这部大戏。现在的问题只是：这部大戏还能演多久。因为毕竟奥尼尔已经三张多了，他需要呵护好他那日益脆弱的脚趾；而姚明也在成长的途中，谁都无法预知他的未来，当他攒足劲儿的时候，他能表现得非常出色，但当他疲劳的时候，他又会表现得像个高中生。如果有一方出点岔子，“姚鲨”这部大戏就会面临停摆的危险。这显然不是大家愿意看到的。

但我们现在至少可以期待“姚鲨”的下一集，因为“奥胖”赛后说了：“我并不认为他有能力和我单挑，永远，永远，永远。”打了败仗的“大鲨鱼”还这样嘴硬，球迷们下次又有好戏看了。

热爱姚明无须理由

在中国，做一个篮球迷要比足球迷幸福得多，因为他们至少还有姚明。国足梦断天河后，足球迷在未来四年内面临着无球可看的窘境，但篮球迷却可以每周端坐在电视机前，看姚明在当今世界最高水平的篮球联赛的表演。

当然，这样的幸福有时会因为姚明表现不佳而大打折扣。邪门的是，央视直播的赛事，要么是火箭赢球，但姚明发挥不好，要么就是姚明发挥上佳，但火箭却输球。总而言之，中国球迷看完后心里就是有点堵。所以，不只是范甘迪在批评姚明，国内的舆论和球迷对曾经如此热爱的小巨人也微词颇多。在网上，甚至出现了“姚蜜”和“姚黑”两派。从字面上不难理解，前者大致是拥戴姚明，而后者则是贬损姚明的。

我有点不太明白为何在国人之间还能出现“姚蜜”和“姚黑”这样的分野，我一直认为，至今也认为，身为中国人，热爱姚明无须理由。而姚明无论是在国家队中的表现还是在NBA赛场上的表现，都对得起国人的热爱。

姚明的第三个NBA赛季之所以看起来有点疲软，我想不是姚明真的不行了，而是球迷对他的期望更高了。

姚明出现的一些起伏有他自身体力和伤病的原因，与他面临的外部环境同样有着很大关系：他已经是个三年级的学生，更重要的是，他是两届全明星首发中锋，他在场上得到对手的“关照”，远远要超过之前两个赛季。几乎每个人都以隔着姚明扣篮为荣。看看只有一个肾的老家伙莫宁对姚明的犯规是如何凶狠和“无耻”，你就更能明白这一点了。

对姚明不利的还有麦克格雷迪的加盟，他取代了姚明，享受最后一个出场的殊荣，他的薪水也比姚明要高得多，这给姚明带来的压力可想而知。现在人们总是乐于谈论麦克格雷迪的果断出手，力挽狂澜，却无视姚明在场上的牵制作用，无视他那些无疾而终的挡拆和所能获得的可怜的出手机会，这多少有些不太公允。要知道，篮球比赛的进攻从来就是由外线球员发动的，后卫要是不给你传球，再伟大的中锋也显示不出他的本领来。奥尼尔很牛，但面对不喜欢传球的科比，他最终还是不得不走人。

看看身处舆论旋涡的当事者是怎么说的，也许更有助于我们理解姚明暂时的低迷。麦克格雷迪说，和姚明一起打球“太美妙了！……这是一种荣耀，因为他在场上可以吸引如此多的关注，他可以使我更加轻松，也使全队的每个人更加轻松”。而姚明说：“我既没有那么一文不值，也没有强大到随随便便拿总冠军的地步。”“我不喜欢无原则的贬损，更不喜欢无限制的吹捧。”

看来“MM”（姚麦组合）远没有球迷那么着急，他们都知道自己是谁。面对如此漫长的一个赛季，现在就在一些统计数字上或“到底谁是火箭领袖”这样的问题上纠缠不休，多少有些无聊和无趣。“MM”需要时间，姚明需要鼓励。那么就让我们一起为大家所热爱的小巨人加油吧！

好人姚明

喜欢或不喜欢姚明的人都要接受如下事实：这个全球为之瞩目的大个子连续三年当选 NBA 全明星首发中锋，而且这次他所拿到的 255 万选票是有史以来最多的，连篮球场上的“神”——乔丹也不能匹敌。

姚明得到如此多人的热爱显然不是因为他的成就，别说和乔丹相比，就是和其他首发的全明星相比，姚明也显得如此名不副实。18.2 分和 8.6 个篮板，这样的技术统计是东西部全明星先发十员大将中最寒碜的。唯一和他的数据较为接近的是卡特和希尔，但卡特毕竟是 NBA 最能服众的“扣篮王”，他还是除乔丹之外另一个拥有“飞人”称号的巨星，而希尔也是当年全明星的“票王”，被舆论公认为“乔丹的接班人”。

姚明的得票数和技术统计反差如此之大，难怪他的老对手奥尼尔要醋意大发：“看看他怎么得的票吧，这并不难。别人很难与他竞争，因为他来自一个大国，那里有十几亿人。我不知道我来的地方有多少人口。他那儿的十几亿人也许都喜欢他，他们却不一定喜欢我。”

可爱的“奥胖”说的是实情，数以亿计的中国球迷肯定是姚明最坚实的后盾，但这不是姚明得票最多的全部理由。事实上，2004 年的情况是：在姚明所得票数中，大部分并不是来自网络投票，而是来自美国国内各个投票站的投票。看来，不仅是咱们中国人喜欢姚明，连许多美国人也热爱姚明。

一个技术统计远远说不上杰出的运动员为什么能得到如此多人的喜爱？个中缘由其实并不复杂。因为姚明不仅是一个优秀的运动员，他还是个好人，场内场外都是个好人。换句话说，姚明不只会打球，而且还会做人。

好人姚明如何会做人，看一场火箭队的比赛就知道了。那个永远第一个向倒地的队友伸出大手的人肯定是姚明，即使是有一次苏拉不领情，让姚明颇为尴尬，但小巨人到现在为止也从没有改变自己这个几乎是下意识的习惯；姚明不仅在场上无私、勤奋，在场下也是谦和有加，彬彬有礼，还时不时地在公众面前发挥一下他的幽默感；姚明热衷公益，对国家队召唤有求必应；姚明不酗酒，不吸毒，不文身，不穿奇装异服，不闹绯闻，甚至对爱情都忠贞不贰……

姚明的优点太多了，以至于我们一时还想不出他有什么缺点。如此健康正面的形象在 NBA 这样一个“大染缸”里，实在是不多见了。我估计 NBA 要有类似中国的“德艺双馨”之类的评选，斯特恩也会把姚明作为首选。

别小看了做人，它也许会改变球员的人生。我至今认为，王治郅不归事件就是因为他没有上好做人这一课。还有科比，他的球打得够棒的吧，但现在说他好话的人似乎越来越少了，他的球衣销量也在直线下降，这自然和他涉嫌强奸的官司脱不了干系。

也永远别低估公众的眼光，群众的眼睛从来都是雪亮的。所以，尽管全明星赛只是个娱乐的大秀场，但我们还是要为好人姚明荣膺 NBA“票王”而骄傲。

让姚明安心回家

曾经把故乡精辟地比喻成“被窝”的姚明，据说突然害怕回家了：“过去的经历让我不敢回家，感觉回家比打比赛还累。这种消耗除了体力上的，更多是精神上的。”比如出门和朋友聚会游玩，会碰到等候的记者；和父母出去吃饭，也能遇到企业的老总来劝说他参加商业宣传活动等。总之姚明每次回国，总感觉生活与原本期待的宁静相去甚远。所以他渴望回家，又害怕回家。

姚明的这番表白其实并没有什么，类似的话，早些时候，也曾出自刘翔和他的教练孙海平之口。刘翔曾说过：“我也是一个平常人，我还是一个年轻人，我渴望有我的空间！”他的教练孙海平也多次呼吁，给刘翔一点空间，因为他需要训练，需要比赛。

当初刘翔和孙海平说这些话的时候，大家大多表示理解，但当现在姚明说这些话的时候，球迷的反应却非常激烈。我看了一下关于此事的网上留言，不禁大惊失色。大多数网民看起来非常激愤，好像这次姚明真的不回家了，姚明简直成了“王治郅第二”，但事实上，说完这话没几天，姚明已经在惦记着如何帮助上海去拿一块全运会男篮金牌了。姚明不愿回家的传言至此不攻自破。

中国人向来讲究一个叶落归根，衣锦还乡，“忘本”对于那些成功人士来说可能是一个非常大的道德缺陷。所以在某些国人眼里，姚明这些在国外打球的明星，回不回家，什么时候回家就不是一件小事。对国家队召唤向来有求必应的乖孩子姚明从来没有说过他不回家，他只是说了一句“害怕回家”，便让网民做出如此激烈的反应，足见兹事体大。

但我以为，这的确是有些小题大做了。何况姚明的要求并非无理——战士也需要休息，战士休息好了才能更好地去战斗。让姚明休息好，不仅于姚明有益，也符合国家队的利益和球迷的利益，绝对是一个双赢甚至多赢的结果。

事实上，如今有关部门在处理海外中国球员回国效力一事上，已经变得越来越宽松，越来越灵活。姚明在打完季后赛后一个月仍在美疗伤、休息，就是一个证明。按照以往的惯例，这个时候姚明早就和国家队的战友“同吃同住同劳动”了。

此外，正在美国女子篮球职业联赛（WNBA）效力的隋菲菲和苗立杰也没有回国帮助国家女篮打即将开战的亚锦赛，这放在以往也是不可想象的。看来，有关部门已经能够根据赛事的轻重缓急更为合理、科学地处理球员个人利益和国家队利益之间的关系。毕竟，二者之间从来就没有不可调和的矛盾。而且归根结底，只有球员长本事了，中国篮球才会有更大的出息。

姚明英文传记的作者里克·布切早在两年前就呼吁中国球迷要爱护姚明，因为他亲眼所见，球迷对于姚明的追逐实在是太疯狂了。这样的话，中国球迷未必爱听。但忠言逆耳，不爱听的话往往更接近真理，两年后我们再听听姚明本人的“抱怨”，足见布切所言不虚。

现在姚明就要回家了，作为故乡人，那就让我们收拾起所有的“口水”，让姚明安心地回家吧。

哀莫大于心不死

“哀莫大于心死”，此乃世间常理，但也不尽然。有些时候，也许反过来说更在理，那就是“哀莫大于心不死”。许多事情，要是心真死了，也就一了百了，反倒可以气定神闲，该干吗干吗。怕就怕在，你永远不甘心，永远执着，但结果往往是，世间不如意事十之八九，你不仅要付出努力，还得承受心痛。

眼下的休斯敦火箭队就常常给我这样“哀莫大于心不死”的感觉。以前对于中国足球，球迷也常有这样的感觉，由此也似乎不难理解为什么网友要把火箭队和中国足球并列，视为当前最让球迷心痛的两种体育现象。

我们为什么要关心火箭？为什么要为它欢喜为它愁？原因一点也不复杂，因为姚明在那里。为什么要关心姚明？理由更简单，他是我们的同胞，我们希望他在大洋彼岸过得更好。因此，一点也不夸张地说，火箭让人痛心的根源在于姚明。

这当然不是说，姚明表现得不好，恰恰相反，姚明表现得很好，即使是火箭胜率仅徘徊在50%，姚明依然拥有20+10的漂亮数据，西部“第一中锋”的位置依然可以无忧。

但，这显然并不是姚明想要追求的全部，他想要每一场胜利，想要总冠军。有消息说，新赛季姚明从国内飞赴美国的头天晚上，曾给一位好友发去12个字的短消息：“转眼六年，寸功未建，还不抓紧。”由此可见，姚明对于新赛季的期望有多么高。这是他焦虑、发脾气，场上摔毛巾、场下批评队友的根源。

只是姚明的队友未必会这么想，至少麦克格雷迪（以下为麦迪）不这么想。他是火箭的头号球星，钱挣得也最多，但他对胜利，对于总冠军的渴望比姚明要小得多。麦迪不会为失利痛心疾首，不会摔毛巾；他更爱惜自己的身体，只要他不想打，随时就可以撂挑子，而他又偏偏那么爱受伤。对于一名在魔术队曾经经历过19连败的球员来说，眼下火箭队的困境当然不足以刺激他。在NBA，球打得好、没有得过总冠军的球员数不胜数，麦迪并不介意成为他们中的一员。

一个欲哭无泪，一个似乎永远都无所谓，火箭两位当家球星面对失利时不同的反应，是目前这支苦苦挣扎的火箭队最真实的写照。好在球迷不会永远无所谓。在休斯敦当地的球迷论坛上一个关于“姚明或者麦迪谁将被交易”的调查中，有51.06%的球迷选择了交易麦迪，而选择送走姚明的人只有5.18%。看来，美国群众的眼睛也是雪亮的。

我不想加入指责麦迪的宏大队伍中去，对于体育比赛，他可以有自己不同的态度，道理就如桑普拉斯不想复出，萨芬不打网球偏要去爬山，人们依然应该尊重他们一样。但我笃信中国人的一句古话，“取法乎上，得乎其中；取法乎中，得乎其下”。火箭不缺钱，不缺有天赋的球星，不缺高水平的教练，不缺忠诚的球迷，他们缺的只是一颗冠军的心。

烟花散尽是寂寞

如果以节日来形容NBA赛场上的“中国德比”，也许都不为过。

我不知道那个晚上，休斯敦的上空有没有烟花，但中国球迷的心里却乐开了花，因为中国两位顶尖球员的优异表现的确给足了球迷面子；我相信NBA总裁斯特恩的心里也一定乐开了花，因为这位一心想着如何打开中国这个巨大市场的赚钱高手已经嗅到了空气中人民币的味道——就在“中国德比”上演前的一周时间内，匹克、安踏等国内知名品牌争相进军NBA赛场。

一个姚明已经让NBA在中国赚得盆满钵满，现在又有了一个更年轻、更英俊的追风少年易建联，难怪NBA副总裁海蒂前不久在上海谈到NBA每年在中国赚到的5000万美元时，踌躇满志地说：“这只是一个小数字。”

这的确是一场足够浩大也堪称辉煌的“德比”，没有人，没有一方是失败者。NBA赚了钱，球迷赚取了快乐，中国企业掏了钱但露了脸，中国球员则为中国篮球长了脸——似乎没有比这更圆满的结局了。

但若据此断言，中国篮球已经引领世界潮流，理所应当享有这样高的关注度，那也未免过于性急了一些。

其实，就在这场“中国德比”之前，NBA也上演了一场火箭对马刺的“阿根廷德比”（斯科拉对吉诺比利），不同的只在于，那场“德比”似乎没有在媒体上激起半点涟漪，然而阿根廷队却是实实在在的世界冠军。“中国德比”远比“阿根廷德比”要热闹光鲜得多，但相信再狂热再“爱国”的中国球迷也不会天真地认为，中国篮球的实力已经在阿根廷队之上。

因此，照我看，“中国德比”之所以弄出这样大的动静，的确有点沾了我们人多的光，还沾了扎堆NBA的中国媒体越来越多的光。而至于这场“德比”到底对于中国篮球水平的提升有多大的意义，倒是让人生疑。就像易建联所说的那样，“这只是一场普通的比赛”，只不过它的“意义”被媒体无限放大了。

对于姚易来说，“德比”不常有，但NBA比赛常有，打好每一场比赛，这才是他们的“日常生活”。他们要过像“中国德比”这样的“节日”，但更重要的是过上“好日子”。如果平常的日子就好过，那他们也许倒不用太在乎“节日”过得如何了。球迷和媒体也不会总是拿“中国德比”来说事了。我们对于“中国德比”的津津乐道，非但不能证明中国篮球的强大，反倒透着一点心虚和底气不足。

世上没有不散的筵席，球场上也没有永不剧终的“德比”。

烟花散尽是寂寞，“德比”过后，生活依然要继续。

姚明已经在 NBA 过上了好生活，这是他多年打拼的结果，是他应得的，而且就算这样，他也一刻不能松懈；而至于易建联，他的未来仍然是未知数。尽管他有了一个不错的开局，在新秀排行榜上也高居第二，但对于一个运动员漫长的职业生涯来说，这似乎并不能说明什么。一个 20 岁的年轻人，能在一片肉麻的吹捧声中保持清醒，并非易事，希望小易保持好当下淡定的心态，扛得住喧嚣，也经得起寂寞。倘能如此，那不仅是他个人之幸，也是中国篮球之幸。

来点娱乐精神会好受些

北京奥运会中美男篮大战无关胜负，这一点，天知地知，你知我知。

聪明的姚明当然更是心知肚明。早些天，他就开玩笑，说如果中国队爆冷把美国赢了，他就退役算了。同样聪明的保罗迅速做出回应：“就为了不让姚明退役，我们也要击败中国队，因为我是姚明的超级‘粉丝’。”他们俩的一唱一和，听起来，真是默契啊！

如果球员本身都不太看重比赛的胜负，那我们球迷又何必为输赢着急上火呢？

因此，看中美男篮大战，一定要有点娱乐精神。姚明说：“从纯技术角度来讲，我们和美国队根本不在一个级别。”我认为这基本是一句大实话，并没有侮辱中国男篮的意思。如果你想分清来五棵松篮球馆看球的人，有多少是来看 NBA 球星表演的，又有多少是来看中国队表现的，还有多少人是来看啦啦队表演的，那恐怕是一件困难的事情。也许，大多数人是三者兼而有之吧。

单论娱乐精神，我认为美国队的队员要远远强于中国队。中国队队员自始至终都在绷着劲儿，而美国队却不放过每一个表演和取悦观众的机会。我认为这是中美篮球本质的区别。姚明算是受美国篮球文化熏陶过的，但看看他在第四节因为四次犯规而下场向观众猛挥拳头的劲儿，他骨子里还是受中国篮球文化影响更多。对于胜负和比分，姚明嘴上不在乎，但他其实很在乎。

中国男篮有过短暂的领先，但对于现场的中国观众来说，甜蜜太短暂了，而且 31 分的分差，对于那些希望找到中国篮球尊严的人来说，似乎过于冷酷。要知道中美男篮交锋史上，最小的分差只有 19 分。但分差只是一个数字，如果非要把这些数字和尊严这些字眼联系起来，那只能是自寻烦恼。

拜托大家都来点娱乐精神吧，那样即使输个 30 分也会好受些。

巨人也是人

中国体坛弥漫着一种淡淡的伤感，不用说，这都是因为姚明的退役。

尽管姚明本人迄今为止仍没有确认自己退役的消息，但没有人再会怀疑，一个属于中国巨人的时代结束了——不仅对于中国篮球如此，对于风雨飘摇中的 NBA 亦如此。

所有热爱姚明的人，没法不伤感。因为这个可爱而谦逊的大个子曾经带给人们那么多快乐、感动，当然也有沮丧和不甘。从某种意义上讲，姚明伴随着一代球迷和一代体育记者的成长。因为姚明，中国球迷养成了上午打开电视机的习惯；因为姚明，大洋彼岸的休斯敦常年云集着众多的中国记者。这一切，在十年前都是不可想象的。

是姚明，扩大了 NBA 的影响力；是姚明，改变了中国体育和中国人的体育观；是姚明，让美国人了解到了真正的中国人——忘我工作、谦逊好学、富于爱心和幽默感。前美国总统克林顿说，姚明是中国对美国最大的一宗出口。到底是总统，他的话说得就是有水平。

自然，姚明远非完美，从踏入美国大地开始，来自中国的“状元”便充满着争议：他曾经被对手讥笑，被媒体称为“软蛋”，但他以自己的勤勉和努力赢得了美国人的尊重，让高傲的巴克利不得不低下头颅去亲吻驴的屁股。姚明的自我救赎契合了美国人的价值观——怀抱梦想，成为英雄；姚明的身上同时带有东方人的谦逊心态和集体利益至上的品质，在美国人眼里，这是中国社会文化精神的化身。姚明，能同时为大洋两岸的不同国籍、不同肤色的人所喜爱，其实没什么奇怪的。

从一个球员的角度来看，姚明在 NBA 的生涯算不得辉煌：九个赛季，场均 19 分 9.3 个篮板的数据并非有多么了不起，姚明和以他为核心的中国男篮也没有特别显赫的成绩，曾经到达的最高峰不过是两届奥运会前八而已。但我想说的是，数据远远不能说明姚明的人格魅力和影响力。

姚明在场上从来都是一名斗士，在场下，他的敬业和勤勉更是堪称运动员的楷模。姚明光是双脚就经历过七次手术，他的左脚到现在还埋有总重量达半公斤的钢板和钢钉，没有坚韧不拔的精神品质，他绝不会支撑到今天。

姚明对于中国男篮更是爱之深。他在雅典奥运会上发表的那些言论，至今仍振聋发聩。姚明一度成为中国体坛的标志性人物，绝不仅仅是因为他的球打得好。

姚明甚至不需要用进 NBA 名人堂来证明自己，因为没有几个人能像姚明那样改变一项运动。

姚明选择告别，自有其理由，我们应该尊重他的选择，我们对他的敬意绝不会因此而有一丝的降低。毕竟巨人也是人，何况是伤痕累累的巨人，人生也不是比赛，篮球并非生活的全部。对于姚明退役后的人生，我们除了祝福，还是祝福。

许多人都说，恐怕不会再有第二个姚明了。因为很难想象，谁还能像姚明一样把 2 米 26 的身高、柔和的手感以及敬业精神、幽默感和口才等如此完美地结合在一起。但没有姚明，生活仍要继续，中国体育还会向前走。翻过这一页，我们或许还能期待新的精彩——就像李娜在法网的完美夺冠。

拜托，别老想着“下一个姚明”

尽管姚明已经退役两年多了，但中国体育的“姚明情结”并没有因此消失。人们总是期待着“下一个姚明”的出现，并不惜为之浪费口水。球迷如此，媒体亦然。

王哲林、李慕豪就不说了，他们已经在 CBA 站稳了脚跟，未来能不能去 NBA，要看他们的造化，也要看 NBA 方面的综合考量。我的意思是，虽然实力是硬道理，但商业因素也不能不考虑。事实上，不仅是国人期待“下一个姚明”的出现，NBA 方面也着急。姚明打开了 NBA 通往中国巨大市场的大门，但随着姚明的退役，NBA 在中国的关注度下降也是不争的事实。各电视台转播的 NBA 比赛越来越多，但我不清楚，能完整看一场比赛的球迷到底有多少。这个数字应该并不乐观，据央视统计，NBA 的收视率甚至不如 CBA。

考虑以上背景，我们并不感到奇怪：周琦最近的转会能激起如此大的波澜。一个连一场 CBA 比赛都没打的球员竟然成为各大媒体体育版的头条，往浅里说，是他的身价超过了人们的预期，往深里说，就是“姚明情结”的体现。人们无须说出来，但已经能感觉到，目前身高已经达到 2 米 17 的周琦或许是那个能够无限接近姚明的人。

有细心的媒体已经做了功课：周琦目前的成绩单已经超出了同时期的姚明。在 1997 年世青赛上，17 岁的姚明首次亮相国际赛场，打了五场比赛，场均 6.2 分和 1.6 个篮板。而周琦在 2011 年时才 15 岁，却在土耳其 U16 邀请赛上，场均贡献 20.9 分、10.3 个篮板、0.9 次助攻、5.4 次封盖，率领中国队以七战全胜取得冠军。单从数据上看，周琦已经远远超出了同年龄段的姚明。

“周琦热”，似乎“热”得有道理。

但面对“周琦热”，我们还是要格外冷静，搞篮球的人更要冷静。毕竟，今年不到 18 岁的周琦还是一个孩子，他的身体甚至还没有完全发育成熟，他的心智更是在成长的途中。对于年轻的周琦，转会到一个财力更雄厚、运作更专业的俱乐部，当然是件好事，但“三年 4500 万”的年薪传闻却可能是年轻的生命不能承受之重。

不错，周琦在同年龄段选手的比拼中已经显示了自己的才华和实力，但 CBA 和国际青年比赛是完全不同的战场。周琦要想在 CBA 立足，恐非易事，更别说遥远的 NBA 了。事实上，新疆男篮甚至没有确定下赛季 CBA 是否要给周琦报名。周琦要想加盟 NBA，甚或成为“下一个姚明”，早着呢。

有好事媒体总结道，周琦要想成为中国又一名 NBA 球员、带领着中国男篮挑战历史新高度，至少要过“伤痛关”“邪欲关”“心魔关”“捧杀关”等拦路虎。姚明的成功无法复制，周琦要想成为“下一个姚明”，需要的历练还有很多。现在讨论周琦是否能成为“下一个姚明”，不仅毫无意义，而且对周琦本人也不是什么好事情。

“我什么也没忘，但是有些事只适合收藏。不能说，也不能想，却又不能忘。”这是周琦转会之后，在微博上给辽宁球迷的回应。看得出来，小伙子从辽宁转会到新疆，内心也很纠结。但他实在无须内疚，这就是职业篮球，球员流动总是容易让人感伤，但球员必须流动。“小皇帝”詹姆斯都有这样的心路历程，周琦又怎能免俗？而从球迷的角度出发，更需要超越地域的障碍，只要我们的“大魔王”能变得更好，我们又何必纠结他是代表新疆还是辽宁。

是周琦还是王哲林能成为“下一个姚明”？真的不重要。篮球名宿王立彬就认为：“像周琦、王哲林和姚明，都属于特殊身材的球员，但对中国篮球而言，我们现在最缺少的是 1.95 米左右的球员，如果在 NBA 或者欧洲赛场能出现更多这样条件的中国球员，那么中国篮球水平才能真正提高。光依靠个别特殊身材球员，中国篮球整体水平仍会停滞不前。”

因此，拜托，别老想着“下一个姚明”。姚明鼎盛时期都没能让中国篮球有质的提高，“下一个姚明”又能怎样？中国篮球需要有整体的全方位的规划和发展，是时候和“姚明情结”说再见了。

体育人要敢于发声

姚明就是姚明。在当运动员时，他敢为天下先，结果成了第一个在 NBA 取得成功的中国运动员；退役后，他又是重进大学校园，又是当 CBA 球队老板，还要做各种公益活动，忙得不亦乐乎，居然每样都很出彩。最近，姚明又成为舆论焦点，原因是他参政议政，也是有模有样。据悉，他在2014年递交的《取消赛事审批，激活体育市场》最终被采纳，还被写进国务院《关于加快发展体育产业促进体育消费的若干意见》和2015年政府工作报告中。为此，他得到了全国政协新闻发言人吕新华的表扬，还被请到全国政协十二届三次会议记者会上和中外记者见面，畅谈参政议政的各种感受。

忆往昔，“中国巨人”创造了中国球员在NBA的新高度；看今朝，姚明又成为明星代表参政议政的标杆。对此，除了钦敬，我们更需感谢——感谢他替中国的体育人发声，为中国体育发展的决策争取到了宝贵的话语权。

为什么总是姚明能言人所未敢言，做人所未能做？

这当然要归功于他独特的运动员经历所赋予他的国际化视野，他较高的文化素质，以及思考问题的方式。一句话，参政议政是需要能力的，姚明通过不断的历练，已经基本具备了这样的能力。

除此之外，参政议政还需要魄力和胆量。和那些动辄缺席，或者以百米冲刺的速度躲避记者，甚至连开五年会却一个议案都不交的明星代表相比，姚明显然更懂得珍惜自己身上“代表”的称号——代表不仅仅是一种荣誉和身份，更是一份沉甸甸的责任。他背靠的是成千上万的体育人和体育工作者。

因此，每年一次的“两会”，是体育人向社会发声的最好平台。姚明不想当一个只会鼓掌和按表决器的代表，事实证明，在参政议政的崭新舞台上，他再一次超越了自我，就像他在篮球场上努力做到的那样。

姚明能作为一个成功参政议政的典型，被全国政协肯定，并广为宣传，我觉得，这不只是姚明个人的光荣，同时也是中国体育人的自豪。就像他在全国政协十二届三次会议记者会上所说的："明星委员是一个普遍的社会现象，明星这个身份只代表过去我们做的事情。作为委员，我们应该提出有质量的提案，向社会发出声音。我希望大家更多关注我们担任委员之后所做的事情，关注担任委员之后所做的提案质量、方向以及发出的声音，而并不是过度地在意过去我们做了什么。"

事实上，在"两会"上，除了姚明提出的推广专项体育课的提案再次让人眼前一亮，其他代表同样精心准备了凝聚心血和智慧的高质量提案：中国登山队队长王勇峰带来了一份关于加快我国青少年户外教育体育建设的提案，湖北省体育局群体处副处长韩爱萍的提案是《关于推广政府与社会资本合作模式建设全民健身体育场馆的建议》，原八一体工大队队长钱利民的提案有关推动体育和医学融合发展，河北省体育局副局长杨静之的提案是关于体育协会社会化、实体化、产业化的问题，北京体育大学竞技体育学校常务副校长陈立人的提案是《关于加快竞技体育后备人才培养转型发展》……这些提案几乎都是关于中国体育发展的前沿性问题，且非常多元化，清晰地反映了中国体育从金牌战略到全方位发展的深刻转型，体现着中国体育价值观的变迁。

从被动关注到主动谏言，从提案有所回应到影响政府决策，中国体育界代表同样正在完成从体育人到社会人的华丽转身。“两会”是国家政治生活中的大事，在这样的大舞台上，中国体育人敢于发声，善于发声，并因此有可能影响到中国体育发展的进程，这无论如何都是社会的一种进步。

有一句被引用得有些泛滥的名言：体育拥有改变世界的力量。体育如何改变世界？窃以为，最重要的应该是让全社会认识到体育的价值，体育对于人的塑造和国民素质培养的重大意义。以姚明为首的中国体育民意代表们做的正是这样的工作，其价值不容低估。

真正的高贵是优于过去的自己

对于中国体育来说，姚明始终是一个标杆，一个符号，有着特别的意义。无论是过去还是今天，无论是作为运动员还是作为篮协主席。

现在，姚明的身上又多了个有趣的头衔——朗读者。在一期《朗读者》电视节目中，姚明登上舞台，他选择朗诵的是海明威的《真实的高贵》。

作为朗读者，姚明的表现远不如运动员那样专业、出色，但这似乎无关紧要。更为重要的是，在短短的十多分钟内，他说出了所有运动员、体育人的心声。

这似乎只有姚明能做得到，做得好。独一无二的经历让他具备常人无法拥有的视野，谦逊好学、长于思考的个性则让他拥有理性而聪明的大脑。在《朗读者》这样的舞台上，姚明代表运动员发声，再合适不过。

在和名嘴董卿的对谈中，姚明不仅不怯场，而且拒绝被对手引导。他说出了自己想说的那些话，发自肺腑，打动人心。他谈到了自己理解的胜负观，为此微笑着反问主持人董卿："赢了叫荣誉感，那输了呢？"在他云淡风轻的反问里，人们应该能够顿悟，胜败荣辱其实是狭隘的得失，努力追梦的过程才更应该被铭记。姚明还谈到运动员的伤病，不惜化解董卿对于他受伤记录的残酷描述，"对于运动员来说，最难承受的，就是受伤后的心理压力"。而最令他感到绝望的，是在最后一次做完康复之后，依然觉得恢复不了，最后不得不选择退役。

姚明谈到了体育给自己带来的快乐："我忘了是什么时候了，那年夏天在训练的时候，我突然感觉那种声音很美妙。当我们在场上奋力奔跑的时候，耳边会传过那种空气流动的声音，呼呼地响；当我们的球鞋在地板上摩擦的时候，有那种很尖锐的声音；篮球被投入篮筐里，有刷网而过的那种摩擦声，或者有弹筐而出的金属声。只有当你精神高度集中、全力以赴的时候，心里边是非常安静的，这个时候你才能听到那一种声音。"

他还谈到了竞技体育特有的残酷。2000 年悉尼奥运会出征之前几周，姚明在运动员宿舍楼里爬楼梯，忘记走到哪一层了，听到楼道里传来一阵撕心裂肺的哭声，"后来我知道了，那是有人在最后一刻被刷掉了，那声嘶号一直留在了我心里。他们付出了同样多的代价、付出了同样多的心血，他们是失败者吗？体育就是竞争，每一个人的成功，都淘汰了无数人，正是那些离开的人，成就了我们。”

这些话的确足够真实、足够精彩。它是姚明的初心，也是所有运动员的肺腑之音。

他们痛并快乐着，为国家，为团队，也为自己。通常，我们只能看到那些站在塔尖的人，却也不可忘记那些一样努力，且托举起成功者的人。这些沉默的大多数或许不够成功，但从来就不是失败者。因为他们来过，尝试过，也努力过。就像姚明很喜欢的特奥会运动员誓词中的一句话——“让我去获胜，如果不能获胜，让我勇敢地去尝试”。

正因为有这些痛的领悟，姚明才选择朗诵《真实的高贵》——“在哀痛和伤心的阴影之下，人们最接近真实的自我。优于别人，并不高贵，真正的高贵是优于过去的自己”。

还有什么话，比这更能表达出一个体育人的真实自我呢？

就在姚明完成《朗读者》任务一周后，在他家乡举行的国际田联钻石联赛中，我们也听到了赛场上传来的撕心裂肺的喊声，那是跳远小将石雨豪受伤后发出的哀号。它让我不禁想起了姚明描述的2000年的那声嘶喊，不一样的时空，却一样让人痛心，惹人怜惜。

或许，石雨豪不会像姚明一样去思考真正的高贵是什么，但他的确时时刻刻在想着要“优于过去的自己”（他要是不那么想，也就不会受伤了）。对于石雨豪们，也许高贵二字太远，那就让我们先送上理解和尊重吧！

没有刘翔，田径依然很美

2004年雅典奥运会，刘翔一鸣惊人，拿到男子110米栏金牌，自此开创中国飞人时代，拿下该项目全满贯（亚运会、奥运会、室内世锦赛、室外世锦赛、打破世界纪录），但也屡遭伤病困扰，2008年和2012年两届奥运会，连续退赛，成为国人心头之痛，也引发了诸多争议。

“刘翔效应”

刘翔已经不仅仅是一个人，一名运动员，甚至不仅仅是一位田径巨星。对于中国田径来说，他已经成为一种效应，一种能够刺激中国田径摆脱落后，迎头赶上世界水平的良好效应。

不用说，刘翔的横空出世激活了田径这个曾被中国人视为冷门和无趣的项目。自 2004 年雅典奥运会以来，国内的田径热潮一浪高过一浪：2005 年江苏十运会，为一睹飞人英姿，万人空巷，南京奥林匹克体育场崭新的座椅被踩踏得面目全非，真可谓飞人一跨，南京倾城；而上海黄金大奖赛也是一年火过一年，中国观众已越来越习惯像欧洲人那样在晚上有滋有味地去看田径比赛。

当然，也是因为刘翔，报道田径比赛的中国记者越来越多了，大阪世锦赛，前来采访的中国记者多达四五十人，仅上海就有十余家媒体。中国记者不仅人数众多，而且自始至终是最敬业的一群。刘翔的每一次训练都能吸引为数不少的中国记者前来采访、拍照，这是其他明星都没有享受到的待遇。

尽管心高气傲的新百米飞人盖伊说了一句“我不知道刘翔是谁”，让咱们中国人很是不爽，但我们似乎也大可不必在意他的评价。在盖伊夺得本届世锦赛百米冠军之前，我们还不知道他是谁呢。竞技场上能成就一番事业的运动员大多是有些霸气的，这件事我们不要怪盖伊不会说话，只能怪中国记者的提问太无趣。

那么，刘翔到底算不算得上是当今田坛的巨星呢？答案是肯定的。大阪世锦赛的秩序册上，刘翔的画像和伊辛巴耶娃、鲍威尔并列放在一起，刘翔的出场获得了和东道主选手一样多的掌声，在刘翔跑完预赛后，法新社用“最没有悬念的冠军，大阪最大的明星之一”来形容中国飞人的表现。面对这一切，你说刘翔是不是巨星？

对于中国田径来说，拥有刘翔这样一个超级巨星无疑是幸福的，他带来的不仅是项目的观众基础和舆论氛围的巨大变化，而且还产生了非常良好的示范效应。

2005年赫尔辛基世锦赛，黄潇潇一举杀进女子400米栏决赛，并在赛后说了一句非常精彩的话：“刘翔说了，一切皆有可能。”相信“一切皆有可能”的黄潇潇在大阪跑得更加自信、潇洒，再次跻身决赛。

受刘翔激励的何止黄潇潇。大阪世锦赛上，史冬鹏跑出了个人最好成绩，而刚刚大学毕业、7月才进国家队的邢衍安也逼近了自己的最好成绩。

史冬鹏和邢衍安的进步，我看和刘翔及其师傅孙海平的“传帮带”大有关系。不信听听邢衍安赛后是怎么说的：“能跟奥运会冠军、世界纪录保持者一起训练，那当然是收获很多！”

毫无疑问，中国田径的“刘翔效应”已经产生并将持续下去。这当然是一件大好事，现在的问题仅在于，中国田坛的“刘翔”太少了。对于中国田径的可持续发展来说，只有一个刘翔是远远不够的。刘翔一定会有跑不动的一天，因此中国田径必须珍惜现在难得的氛围，寻找、发掘、培养下一个“刘翔”，更多的“刘翔”。

刘翔伤了，生活还要继续

刘翔伤了，没有一个人愿意看到这个结果。

但刘翔伤了，生活还要继续，奥运会还要开下去，而且一样精彩。

在竞技体育竞争越来越激烈的今天，伤病已经成为运动员生活的一部分，刘翔也不能幸免。当健康和金牌二者之间必须做一选择时，刘翔和他的教练选择了健康。毫无疑问，他们做得对。

必须指出，刘翔自 2004 年雅典奥运会夺冠后，已经被国人神化了。这是刘翔的北京奥运之旅从一开始就显得那么沉重的原因。据了解，刘翔决赛的门票价格已经被炒到数千元甚至上万元了。随着刘翔的退赛，花高价钱买票的观众估计又要后悔了。

这些年来，我们已经能够接受这样的观念：金牌并不等同于国力的强盛；奥运会是比赛，也是游戏。但在某些领域，我们仍不能摆脱过于敏感的民族情绪。为什么是刘翔、姚明这样的运动员，而不是其他人被塑造为民族英雄？道理很简单，因为他们在欧美人的世袭领地取得了成功，我们能够通过他们找到更多的民族自尊。但其实中国人永远不进奥运会男子百米决赛又有什么关系？美国人就从来不为他们打不好乒乓球而遗憾。

说到底，把刘翔塑造成神，是源自一种弱者心态。

因此，我一直以为，“刘翔现象”是被公众和媒体夸大了。他只是一名优秀的运动员，一个活泼而可爱的年轻人，如此而已，但我们非要把他看成民族英雄。这是刘翔不能承受之重，也是一切痛苦的根源。

刘翔的男子110米栏只是一个比赛项目，奥运会也只是一次比赛而已。你非要给它附加更多的意义和价值，那只能是自寻烦恼。

在刘翔退赛后，一位网友这样写：“这个时候不知道应该怎样安慰你，知道你比谁都痛苦，我们也不好受，但这也只是一场游戏，只是场所不同罢了。人生也不是只有一场比赛，更不能因为一场比赛的退出而否定了你的人生，我们曾经爱你，现在爱你，将来也会爱你。回去洗个澡，好好睡一觉，明天的太阳还是从东方升起，没什么大不了的。好好养伤。留得青山在，还怕什么呢？曾经你给我们太多的惊喜，今天我们应该还你一份宁静！”

这位网友的文字并不华美，但我真心觉得他写得不错。

该放手时就放手

忘记一个人有多难，看看刘翔的“遭遇”就知道了。

淡出人们视线很久的刘翔突然成功抢到体育版的头条。先是在体坛风云人物年度评选颁奖典礼上，现场主持人张斌对翔飞人隔空喊话：“我们联系过他，他也特别想来，甚至探讨唱哪首歌才是最合适的。后来……也就没有了后来。我们特别希望能给刘翔一个舞台、一个契机，让他在结束运动生涯的时候跟我们说一声再见，我们也跟他说一声再见。如果这个日子存在的话，我认为 2015 年的北京田径世锦赛就是一个挺好的机会。刘翔，真的别放弃！穿起钉鞋，试着跑起来！”

作为北京田径世锦赛的推广大使，刘翔后又出席了“200 天倒计时”新闻发布会，坦言：参赛机会不大，但不管以什么身份，都会来北京世锦赛。而据田管中心副主任王大卫透露，刘翔的成绩还没有达到赛会选拔赛和国际田联的标准，仍然在训练中。这之前，作为全国政协委员，刘翔还要列席上海市政协十二届三次会议。

老实讲，无论是作为一个体育迷还是作为一名记者，我都认为，刘翔穿起钉鞋，重返赛场的机会微乎其微，世界田坛似乎也没有这样的先例（做完跟腱手术后还能参赛甚至夺冠）。但要命的是，刘翔从未向公众表示过要退役，田管中心也表示他仍然在训练中，刘翔就这样“既不复出，也不退役”地混沌着。

而对这样的混沌和暧昧，公众显然并不领情，由此也不难理解，为什么刘翔的新闻每次见诸媒体，网友多是责难之声。

其实，运动员急流勇退，并不耻辱。姚明高调“明谢”，李娜含泪告别，公众除了惋惜和伤感，更多的还是钦佩和祝福。而被一同划入所谓“姚刘李”时代的刘翔，竟然连说声再见都是如此艰难。两相对照，我们除了惊叹于经纪团队危机公关处理能力的重要性，更会感到一种巨大的悲哀——在当下这样一个多元化的时代里，最糟糕的事情莫过于无法自主决定自己的人生。

刘翔为什么欲走还留？在一份网络调查里，半数网友给出的答案是“因为代言费”，另有三成多网友认为是“迫于领导压力”。

看看，网友其实一点也不傻——刘翔早已不仅仅属于他自己。如果仅是个人行为，刘翔的选择题其实一点都不难——热爱跑步，就复出；实在撑不下去，就退役。但问题是，中国田径、中国体育只有一个刘翔，最好不要退役；但如果勉强复出，得不到好成绩，刘翔又可能毁掉一世英名，中国田径会少一棵巨大的“摇钱树”。因此，刘翔混沌着、延宕着，似乎成了最好的选择，但说实在的，这又是一种多么糟糕的选择！

无论有多么热爱刘翔，我们也必须接受——属于刘翔的时代已经过去了，中国田径必须翻过刘翔这一页。离开刘翔的日子里，中国田径没有大家想象的那么不堪，陈定、张培萌、李金哲仍会时不时地给我们送来惊喜，北京正在为举办一届无与伦比的世锦赛而忙碌着……中国田径失去刘翔会怎样？事实证明，不会怎么样，中国田径依然有梦，一样会向前走。

有时候，放手也是一种爱。是时候让刘翔做出自己的选择了。

没有刘翔，田径依然很美

刘翔又露脸了，还哭了鼻子，原以为这场景足够打动人心，但殊不知，这又中了“翔黑”的招。

网络上，骂声再起，不只网友如此，媒体似乎也不领情。有媒体人质问：刘翔告别何必泪奔。更有刻薄的评论说：刘翔退役仪式除了眼泪都是假的。还有评论说：这是继续消费刘翔。理由是，如果没有这个仪式，上海钻石联赛不会涌进近 4 万名观众。

我的看法是，刘翔退役仪式，是对于刘翔职业生涯的一次郑重其事的“官方总结”，站在主办方的角度，无可厚非。有人不喜欢它，也很正常，但似乎不必把它和体制什么的联系在一起。

刘翔取得的男子 110 米栏大满贯，别说中国绝无仅有，就是放在世界上，也堪称辉煌。刘翔退役仪式，规格如此之高，甚至姚明、李娜也不能企及，官方自有其考量的标准，似乎不能作为举国体制高于职业体育的证明。刘翔情之所至，流下热泪，当属人之常情；刘翔和昔日的对手并肩奔跑，向观众致意，更是体育人性之美的象征。如果说，观众愿意消费这样的场景，又有何不可？

自然，刘翔职业生涯有令人叹惋的“污点”，“刘跑跑”“刘退退”，这些难堪的称呼不会那么容易抹去，但两次奥运退赛，恐非刘翔一人所能决定，我们对此有那么多的道德义愤，实在是因为我们对刘翔寄予了过分的期待。

刘翔退赛，和金牌有关，更和社会心理与人们的价值取向有关。如果说刘翔由人到神，是大众狂欢的结果，那么刘翔由神到人，我们每个参与其中的人又岂能独善其身？如果说刘翔退赛是一个悲剧，那么它就一定不是刘翔一个人的悲剧，而是一个时代的悲剧。我们岂能一骂了之？

现在好啦，声明出来了，退役仪式也搞了，刘翔可以继续自己人生的下半场，去追逐新的梦想，舆论似乎也应该停止轻率而冲动的谩骂了。继续消费刘翔的事情，兴许会有的，但我觉得它不会是中国田径的主流，也不会总是管用。中国田径等于刘翔的时代已经一去不复返了。

“祝大家生活愉快，祝中国田径未来更美好。”这是刘翔最后送出的祝福。

是的，刘翔退役，生活仍会继续，中国田径依然会去追逐自己的未来。事实上，没有刘翔的这三年，中国田径的天没有塌下来，李金哲、张培萌、张国伟、谢文俊，适时地撑起中国田径的大旗。他们会否成为下一个“刘翔”，并不重要，中国田径似乎也不必纠结于“下一个刘翔”何时能够出现。最重要的是，中国田径要向前发展。这种发展，不仅体现在李金哲们的进步，还体现在全民对于田径运动的参与。城市马拉松，各种路跑、越野跑，已经迅速走进寻常百姓的生活。毫无疑问，这也是中国田径重要的组成部分，其重要性丝毫不亚于国家队能拿到多少大赛的金牌。

如果我们能以这样的视角审视中国田径，那么，刘翔退役，我们不仅不会沮丧，而且还会对未来充满更大的期待。

2015年，是中国田径年。世界田径锦标赛将首次来到中国，进驻“鸟巢”，这是多么难得而美好的事情！田径，对于普通人来说，不仅有使用价值，还有审美价值。我们应该学会欣赏田径之美，它无关金牌，但却胜似金牌。

如果可以，这个8月，到“鸟巢”去吧。记住了，没有刘翔，田径依然很美！

小学生不知刘翔，有何不妥？

刘翔又露脸了，准确地说，是躺枪了——

上海一小学三年级语文期末考试有道题是：“刘翔脚受伤了，肿得厉害，________。”要求把句子补充完整，一个孩子的答案是：“老师急忙打电话联系他家长。”被判答错。这下家长不干了，他把这件事发到社交网络上，结果引起大家热烈的讨论，据说还上了热搜。

争论的焦点不难想见，即小学生该不该知道刘翔？

出题者和老师当然认为，小学生应该知道刘翔，包括他为中国体育创造的一系列丰功伟绩，但家长们却大多认为，十岁的孩子不知道刘翔情有可原。毕竟，刘翔正式退役已快三年了，淡出人们视线则更久。因此，在孩子眼里，刘翔和小明没什么区别。小明脚受伤了，老师可以打电话联系家长，刘翔脚受伤了，又为什么不可以呢？因此，这答案应该算对。

其实，我理解，这是一道开放题。该学生能有这样的理解，符合生活常识，应该点赞，从家长展示的试卷来看，老师也并未判他全错，而是半对（对钩上加了一道），学生的偏差主要出在对于刘翔的认知上（老师为此特意在刘翔二字上画了个圈）。在这件事上，老师的判定可以商榷，但如果将其上升到“中国教育制度不合理”，应试教育“罪大恶极”的高度，应该是过度解读了。

回到刘翔的话题，窃以为，小学生不知刘翔，不仅情有可原，而且也没任何不妥。刘翔职业生涯最巅峰的时候，这些只有十岁的孩子都没有出生，当然不可能知道刘翔。刘翔在最近两届奥运会，都是因伤退赛，甚至连成绩都没有，他未在孩子心中留下任何印迹，也不应大惊小怪。这无关刘翔曾有的伟大，也不是孩子成长所必需。

一个时代有一个时代的偶像。刘翔的时代过去了，无论大家有多么不甘和怀念，我们都必须接受这一事实。

是的，刘翔创造了一个全民偶像的时代。放在那个时代，不知刘翔，可能是一件应该感到内疚的事（这也是刘翔反复出现在考试题中的原因），但时过境迁，在一个新的时代里，再为刘翔唱挽歌，似无必要，也欠明智，最重要的是，它于事无补。

事实上，刘翔本人也不会永远活在过去和试卷里，他会和常人一样开始人生下半场的生活，精彩程度依然会取决于他个人的努力。不只是刘翔，已经退役的李娜、姚明也都在纷纷转型，谋划余生。还没有退役的林丹、邹市明影响力依旧，但他们迟早会走到那一步。

新陈代谢是竞技体育的铁律，任何人都没有特权。

谢杏芳在谈到林丹的“出轨门”时，曾云淡风轻地说：这是一种成长。虽遭网友误读和取笑，但道理并未错，每个人都需要成长，即使是那些功成名就的潮流引导者。

有人说，过去十多年，中国体育曾有一个清晰的“姚刘李”时代，这当然是值得骄傲的，但我们不必伤感，无须眷恋。告别“姚刘李”，中国体育依然在发展，一直在前进。

这是一个没有巨星的时代，却充满了更多的可能性，因此也更加宽松有趣，越发参差多态：一个草根跑者（陈盆滨）会成为全民偶像；一个连奥运金牌都没有拿到的选手（傅园慧）居然变成网红；一个西方主导的冷门项目（高尔夫球），中国人（冯珊珊）也能登顶世界第一；一个外援包打天下的联赛（CBA），中国球员（丁彦雨航）也可以打出外援的数据……这样的故事，也许没有姚刘李们的事迹那么壮观伟大，却一样美丽动人。

李娜是李娜，体制是体制

李娜先后夺得2011年法网和2014年澳网冠军，成为姚明和刘翔之后另一位国际巨星，但她的个性和成长经历，也引发不少社会争议。

“娜旋风”刮过之后

温网打到第二周，赛场上已经基本看不到中国人的身影了。这原本没什么奇怪的，在过往的网球场上，中国人从来就不是主角，只不过李娜在法网的夺冠，让国人突然重新打量起这项西方运动来，温网赛场上中国记者激增很能说明一些问题——我们的媒体总是这样喜欢干锦上添花的事情。李娜法网夺冠让缺席的国内主流媒体手忙脚乱，而这一次的温网，显然大家又有些重视过头了。

突然关注起网球的当然远远不止媒体，我的许多朋友、同事，以往对网球知之甚少，但因为“娜姐”，他们也非常关注温网，许多人乐观地预计，李娜怎么着也要打到四强，至少八强。

事实证明，他们显然是过于乐观了，李娜甚至连第二轮也没通过。在李娜被淘汰回家休假后，许多人又把希望寄托在另一朵金花彭帅身上，希望她像李娜在法网一样，在温网刮起“帅旋风”，可惜彭帅有心无力，最终倒在比自己还小一岁却已夺得三个大满贯奖杯的莎拉波娃拍下，止步 16 强。

我非常理解部分媒体和球迷的心情，但他们显然并不太了解网球运动的特点。网球是一项非常难学的运动，也是一项高度商业化、相当昂贵的运动。网球比赛几乎周周都有，但要想成为冠军，没有人可以轻而易举地做到，而连续夺得冠军，更是难上加难。

这或许可以算作竞技体育的共性，但网球运动似乎尤甚。因为它对于选手体力、精力、意志力各方面的要求更高。明乎此，我们当然没有理由不对李娜的过早出局送上理解。连小威、沃兹尼亚奇都提前回家了，李娜凭什么就不能输球呢？

无缘温网四强的瑞士天王费德勒在谈到大满贯赛事时，不无沧桑地说道：“（大满贯）对每个人来说都是不容易的，但是总有一个能赢，其他的 120 多个都得空手回家。这就是我们从事的这项运动。”费天王已经拥有 16 个大满贯冠军了，而且依然渴望不断地去打破这一纪录，但显然，这将会变得越来越难。因为他面临着越来越多年轻对手的强力冲击。

李娜的运动成就当然远远无法和费天王相比，她要想夺得第二个大满贯恐怕也不比后者夺得第 17 个大满贯冠军来得容易。“娜姐”已经 29 岁了，而环视温网女子单打四强，24 岁的莎拉波娃居然是其中最年长的选手。

这就是当今这个群龙无首却朝气逼人的女子网坛，处处是机会，也处处是陷阱，李娜抓住法网的机会创造了历史，但她未来面临的挑战势必越来越大。国际网坛“一满贯”选手（指职业生涯仅仅夺得一次大满贯冠军）比比皆是，李娜要想不成为他们中的一员，需要付出更为艰辛的努力。

李娜夺得中国网球首个大满贯，增加了国人对这项运动的关注度，当然是件好事情，但这并不能从根本上改变中国网球的现状：中国的金花还是太少了。彭帅稳步提升但技术和意志力与顶尖选手仍有差距，郑洁一直不缺拼搏精神却为伤所困，张帅等小花被“放养”了一年仍摆脱不了大赛一轮游。

至于男子网球选手，在最新的世界排名中，中国男选手中无一能进入前 300。勉强称得上“希望之星”的柏衍，其排名仅在第 348 位。

我一点也不想看低李娜法网夺冠的伟大意义，但即使李娜可以，中国网球也不可以躺在法网的奖杯旁睡大觉。太多不切实际的关注和期望，对于中国网球来说，反而不是什么好事。

一句话，“娜旋风”刮过之后，中国网球还得往前走。

怎么走？按网球规律办事，从最基础的东西做起。水涨才能船高，中国网球基础雄厚了，才会涌现出更多的李娜甚至是“男李娜”。否则，李娜的法网惊艳便有可能是昙花一现。若干年前，中国花样滑冰女子单人滑出了个天才陈露，但陈露退役后，单人滑项目便再也没能缓过劲儿来。此中教训，值得记取。

被过度解读和消费的李娜

春节前后的体坛一向平淡，但李娜在澳网的夺冠无疑给中国体坛注入了一剂强心针。

吸引媒体和公众注意的不只是李娜在职业迟暮之年拿下的第二个大满贯，更有她在回国后一连串惊人的表现——在澳网赛场内外面对外国球迷的阳光、亲和、幽默、风度翩翩，回国后竟变成了冷漠、“黑脸”、爱搭不理，甚至对恩师、领导也是如此。

无论寻找怎样的借口，这都不得不说是一件尴尬的事情。它有些冲淡了李娜澳网夺冠给中国公众和整个中国带来的荣耀和喜悦。媒体、公众都希望看到更完美的李娜，就像始终温和、谦逊同时也不乏幽默感的姚明一样。

但李娜显然不想成为另一个姚明，她只想顺从自己的内心，就像她的球路一样，毫无保留、大开大合，攻击性极强。所以，她才会对那些满怀热情扑过来献殷勤的人摆出“黑脸”、爱搭不理。其实，她一向如此，不只是这次澳网夺冠后，但第二个大满贯放大了这件事情，因此，她的行为才会引起如此大的争议。

如果以一个普通的个体来看待李娜，这件事其实很好理解：她只是一个以网球为生的运动员，打完球后只想快点回家和家人团聚，但有些过于殷勤的相关人士却破坏了她归心似箭的心情，而碰巧这些人还不是特别讨她喜欢，所以她不开心；她赢球挣奖金光明正大，但来自政府的奖励却容易引起公众的争议（此前已有过一次了），所以送上门的80万元也买不来娜姐的一张笑脸。

而如果以一个符号、一种象征来看待李娜，这件事就不只是让人纠结，而且让人失望。公众和媒体之所以对李娜有这样那样的责难，就是因为他们把李娜视为中国体育甚至是中国形象的某种象征，以此标准来要求李娜，李娜当然在公众面前就应该表现得彬彬有礼、温文尔雅，就像姚明一样。

我想，这种分歧正是问题的症结所在。公众和媒体眼里的李娜不仅是榜样、偶像，而且还是中国体育和国家形象的代言人，甚至是民族英雄（刘国梁语），但这些显然是李娜生命中难以承受之"重"。

李娜不止一次地表示，自己只是一个靠打球挣钱的职业选手。她不想成为道德模范和完美的圣人，她宁可让人说她不礼貌、不尊敬老师领导，也要服从自己的内心，她的性格和经历（早年丧父、叛逆等）都决定了这一点。

让李娜回归到个体，不仅更接近现代职业体育真正的本质，也能令"娜姐"更轻松地去享受接下来可能来日无多的职业网球生涯，还可以让大家的心情不必太纠结。我们越是过度解读、过度消费李娜，就越容易失去对于体育比赛应有的平常心。

过度解读李娜的方式有许多种，最典型的是借李娜"单飞"成就来影射"举国体制"唯金牌是举的弊端，认为李娜的成功启迪着中国体育改革的践行模式。

不错，李娜的确是职业化的受益者，但她"单飞"之前所受的扎实的专业训练都是来自体制内，没有此前的"举国"，后来的“职业化”也就成了无源之水。借李娜的成功为“职业化”唱赞歌，不仅牵强，而且幼稚。

事实上，职业化不能包治百病，举国体制也并非一无是处。项目特点不同，人才培养和赛事运作方式自然各异，像体操、举重、跳水等中国的传统优势项目，开展职业化就很难，举国体制也许是最适合的。乒羽项目也一直在努力实现职业化，但成效甚微，不是有关部门不够努力，而是项目特点使然。

大力开展职业体育没有问题，但不必去攻击举国体制，二者完全可以相互补充，像李娜就是专业加职业的独特模式培养起来的。

中国体育对于职业化的热情，日渐高涨，但在可以看见的将来，不会也不必放弃举国体制。人们轻看奥运金牌，讴歌大满贯冠军，看似与时俱进，其实是中国体育渴望得到世界尤其是西方世界尊重的另外一种表达方式，和二三十年前国人对奥运冠军的狂热膜拜没有本质区别。

什么时候，我们能让体育回归体育，那或许才是中国真正成为世界体育强国的开始。

李娜是李娜，体制是体制

毫无疑问，李娜是当今中国体坛最大的腕儿，因此，有关李娜的一点一滴随时都可能成为新闻。这没什么奇怪的，我们就身处这样一个时代：我们关注公众人物远甚于关注身边的普通人。

一家网球专业媒体曝出消息，说即使在“单飞”之后，李娜也并未真正脱离湖北队，而是一直领取工资补贴，还报销了前往德国治疗膝盖伤等费用。消息一出，再次引发热烈的讨论。湖北省网球运动管理中心主任马克勤很快做出回应，表示“单飞”并不意味着一定要与组织脱离关系，李娜仍是湖北省网球中心的一员，仍代表国家和湖北报名参加了奥运会、亚运会和全运会，并一直为推动国家和湖北的网球事业做工作，“任何一个单位都应该为自己的员工发工资和补助”。

李娜年收入超过1亿元人民币，以她的收入水平还要领湖北体育局区区数千元的工资，自然要惹起公众争议。

有人认同，认为既然她为体育局出过力，体育局还因为李娜受益（湖北女子网球队因为李娜排名被列为去年全运会种子队），那么她领工资也就顺理成章了；更多的人反对，认为李娜平日并不到网球中心上班，最多是比赛之余回家乡和家人团聚，这是典型的“吃空饷”，湖北体育局有滥用公共财政之嫌。而认同或反对，并不妨碍大多数网友、论者把李娜和体制再次联系在一起：上次李娜澳网夺冠便引发部分媒体抨击举国体制的热潮，而此次李娜吃空饷的新闻似乎又给了举国体制捍卫者信心：看看，李娜从未脱离过举国体制！

但平心静气地讲，李娜是李娜，体制是体制。李娜只是一个个性鲜明的运动员，而非某种体制的标签。李娜夺冠，并不能证明举国体制已经过时；李娜“吃空饷”，也不意味着举国体制生命力依然。把李娜和举国体制无端地联系在一起，以达到某种目的，既不客观，也一定非李娜所愿。

那么，李娜就该“吃空饷”吗？举国体制就不能讨论吗？当然不是。

像李娜这样的优秀运动员享受体制内的各种好处，甚而吃吃空饷，在中国体育界并非秘密。中国体育向来有“锦上添花”的传统，对金牌运动员照顾有加。举个例子，2013 年年初，上海市体育局与上海市华山医院签署协议，刘翔等 23 名上海籍世界冠军将在该医院享有终身免费医疗的权利。这和李娜“吃空饷”何其相似乃尔！

类似的冠军待遇其实还有很多（如住房奖励、上大学、行政提拔等），无非是各地体育局要留住冠军选手，或为全运会效力，或为自己的政绩簿上贴金。这也能够从一个侧面证明，以金牌为指向的政绩考核体系，依然坚如磐石。如果说当下的举国体制有什么弊端，恐怕于此为甚。

李娜曾经说过：“法网之后我更加不喜欢锦上添花的人，我更愿意接受雪中送炭的人，但这样的人现在越来越少了，大家都愿意去做锦上添花的人。”李娜的话其实并不难懂，中国体育最需要去关心的不是塔尖上的少数精英，而是构成“塔基”的最为广大的运动员群体。讨论体制问题，也须从“塔基”出发，而不要老是拿塔尖上的少数人来说事。中国再出一个李娜或姚明，固然重要，但中国少出一些类似张尚武卖艺、才力英年早逝的悲剧，或许更为紧要而迫切。

因此，举国体制的问题，并非那么简单。职业体育当然是现代体育的发展方向，但不可一概而论，至少中国大多数优势体育项目还不具备职业化的条件，这些项目不实行举国体制，运动员又如何实现自己的人生价值？现行的举国体制当然要改革，最重要的就是要改革体育管理体制，要淡化官员的政绩意识，改革现行的金牌考核体系，要强化教育的重要作用，坚定不移地实行体教结合。让体育真正成为一种教育，这才是中国体育所渴望的“雪中送炭”。

赛场风云

我们需要
闪耀人性之光的金牌

从雅典到北京，从北京再到里约，中国体育收获的不只是金牌数量，更有运动员的体育精神，以及国人日渐成熟的金牌观和体育观。

爱笑才会赢

连着两个晚上都去雅典奥运会体操赛场，不仅是因为想偷懒（体操馆离主新闻中心很近），更重要的还是想亲眼看看，昔日威震寰宇的中国男子体操队如何醒来，如何恢复应有的体面。

我总觉得，像中国这样一个有着悠久历史的体操强国，它的根基是不会说倒就倒的。滕海滨夺冠后，我曾在文章里高兴地写道："中国梦之队从梦中醒来。"但可惜，中国队醒得并不彻底。在最后一天的比赛中，中国队的小伙子们和小姑娘们似乎还是在半梦半醒之间。李小鹏一上来就在自己的强项跳马中坐在地上，平时颇有大将风度的张楠第一个动作就从平衡木上掉了下来，紧接着李娅也掉了下来。三个致命的失误一下子定下了中国体操在这场比赛中的基调，那一刻我马上有种不好的感觉：这天晚上雅典奥林匹克室内体育馆的热闹怕是已经与中国人无关了。

赛后，面对众多记者，李小鹏还没有走完混合区那条短短的路，就哭了。

没有一个运动员不想拿金牌，尤其是像小鹏这样已经具备一切拿金牌条件的优秀运动员，但毫无疑问，小鹏在这个晚上的比赛中比得太沉重了，不应该有什么心理负担的张楠和李娅也比得太沉重了。

从一开始，我就看不到他们的笑容，只有那些没有希望拿到奖牌的运动员，如后来上场的程菲、肖钦，才露出了一点点笑容，而他们也成了仅有的发挥正常的中国运动员。

我多么希望小鹏一上场就能向观众微笑，他笑起来一定会更帅。但可惜，他自始至终都绷着自己那张英俊的脸。我也希望中国运动员在失败后，能有风度地向记者们笑一笑，就像当年李宁在汉城奥运会上不断表演“低级失误”后做的那样，但我知道，这是不可能发生的事情。

不知大家留心没有，那些在场上不断微笑的运动员是更容易接近成功的人，罗雪娟、刘翔，还有高崚，他们都是这样微笑着比赛，微笑着去迎接胜利的。

眼前的例子则是女子网球选手李婷与孙甜甜，她们在那天晚上的决赛中自始至终笑着，连李婷不停地发球失误时，两人还在“傻乐”。而赛后的发布会，两位大大咧咧的姑娘更是把会场变成了欢乐的海洋。皮肤被晒得黝黑的她们一点都说不上漂亮，但那天，在场的中外记者都不由得喜欢上了这两个爱笑的中国女孩。

“爱拼才会赢”，这是句老话了，但像奥运会这样的大赛，不是一个简单的“拼”字就能比好的。要想得金牌，除了敢拼，还得会笑。金牌固然不是笑出来的，但对于那些高水平的运动员来说，笑可以放松心情，从而享受比赛，全身心投入，“笑”和拼其实都很重要。

他们不是“金牌机器”

采访北京奥运会跳水比赛，对于大多数记者来说，可能不是什么特别激动人心的事情。一是中国跳水梦之队发挥太出色，太平稳，比赛场面不够刺激；二是这些金牌选手年龄普遍偏小，除了郭晶晶等个别媒体的宠儿之外，大多数选手都较为腼腆，寡言少语。不多的话语也未必出彩，不大容易成为记者写作的好素材。

对此，不少媒体似乎颇有微词，有记者甚至直指这些小选手是“金牌机器”。

我也是一个记者，但我实在不敢苟同个别同行对于跳水梦之队的指责。我想，选手的主要任务是训练和比赛，他并不是为媒体而存在的。

如果一个选手成绩好，又长得漂亮（就如田亮）；或者一个选手水平高，还能口吐莲花，表演脱口秀（就如姚明），那对于媒体来说，当然是再好不过了。但我以为，这样为媒体所热爱的选手实在是可遇不可求，绝大多数选手似乎无须如此。他们干好自己的本职工作，就够了，就如记者只需写好稿，拍好照片，而不需要会跳水一样。

我还想说的是，这些年龄很小的奥运冠军不仅不应被指责，还应该让我们引以为傲。因为作为同胞，他们给所有的中国人（无论是在场的中国人还是在电视机前守候的人们）都带来了欢乐。这种欢乐是本能的、真实的，而且直逼人心。说体育超越国界，当然是对的，但在奥运会这样世界性的竞技舞台上，民族情感是最本能的情感，谁都无法拒绝。连富如比尔·盖茨，贵如布什者都不能免俗，他们在“水立方”照样会为菲尔普斯的金牌而欢呼雀跃。

我更想说的是，他们不是“金牌机器”，而是我们的“邻家小孩”——会快乐，会悲伤；懂事理，有时又难免调皮。他们的金牌让人艳羡，但金牌的背后是汗水、是心血。当同龄的孩子还在父母的怀里撒娇时，他们却不得不在高高的板台上，重复着一次又一次枯燥而艰难的起跳。就像郭晶晶说的：“我们付出了很多。”

没有人可以随随便便成功。对于这些坚强的孩子来说，没有平时的付出，就没有今天的成功。他们配得上观众的欢呼和媒体的追逐。

请不要再叫他们“金牌机器”。他们是竞技舞台上的真正英雄，是年轻人的最好榜样。

我们需要闪耀人性之光的金牌

“金牌”一词从没有像这个夏天一样受到如此多的质疑。在许多国家为一块铜牌而举国欢腾的时候，国内舆论对于金牌的“冷静”态度多少显得有些另类和异样。这或许是古老的奥林匹克在现代中国的一次返璞归真，将之视为时代的一种进步也未尝不可，但矫枉不必过正，有许多问题依然需要厘清。

问题一，我们还需要金牌吗?

或许是因为在北京奥运会上我们的金牌拿得太多了，这几年类似“我们其实不需要那么多金牌”的言论甚嚣尘上，有许多网民也随声附和，似乎运动员苦苦拼搏，在奥运会上为国家（当然也是为了所在的项目、为了个人）拿了那么多来之不易的金牌，反倒是一种过错。

但运动员何辜！金牌何辜！在奥运会这样象征世界最高水平的竞技殿堂上，为金牌拼搏，不正是“更快更高更强”的奥林匹克精神的体现吗?争强好胜，为金牌而战，是融入运动员血液的本能，是体育魅力的集中体现，是体育之所以为体育的根本。

在奥运会这样的世界大赛中，金牌天然地和国家荣誉、民族情感联系在一起。当看到如我邻家儿女般的体育健儿在奥运赛场上为金牌流泪，为国旗而战，我在电视机旁一样难以抑制自己的情感。那一刻，我一点也不觉得自己矫情——这或许也是源自一种本能。

我们还需要金牌吗？答案毋庸置疑，我们当然需要。不仅吃竞技体育这碗饭的人需要，普通百姓同样需要用金牌来激励情感。

我们“淡化金牌”，不是不要金牌，不是不去争取金牌，而是反对“唯金牌”，反对为了金牌不择手段，反对体育部门把金牌和官员政绩挂钩，但显然，我们也不能为此走向另外一个极端。在奥运会上，没有金牌从来就不是一种荣耀，伦敦奥运会上，东道主选手迟迟不见金牌，英国国民的焦虑远超出我们的想象。这就是奥运会，它从来就不是娱乐场，撇开民族情感、国家荣誉，奥运会就不是奥运会了。

接下来的问题是，我们需要什么样的金牌？

专业的答案是，我们需要有含金量的金牌。什么金牌含金量高？当然不是羽毛球、跳水，这些项目我们老是赢，没劲，它们在世界上也不属于主流项目，金牌的分量自然不足。但游泳、田径就不一样了，所以在伦敦奥运会上，孙杨、叶诗文等人大大地露脸。

这当然是一种视角，但除此之外，我们还需要闪耀人性之光的金牌。在残酷的奥运赛场，金牌是冷的，但人心应是热的。

林丹卫冕男单冠军，在尽情释放胜利喜悦的同时，没有忘记送给对手李宗伟拥抱和安慰，这不只是英雄相惜，更是人性之光的闪耀；吴敏霞抛却千年老二，首次在单人项目中卫冕，小师妹何姿大度地送上祝福，说她“替霞姐高兴”，我爱死了她这句话。

从单纯追求金牌的数量，到追求金牌的质量和含金量，这当然是一种进步，但如果把教育和体育割裂开来，这种进步就不是完整的。

一言以蔽之，我们今天依然需要金牌，但我们需要有分量的金牌，更需要有人性温度的金牌。

和而不同，方有大同

奥运会正在伦敦火热上演，是个地球人，恐怕都不能对此无动于衷。我身边有许多朋友并非体育迷，但亦为奥运所吸引。这正是四年一次的奥运会独有的魅力。

看奥运，有不同的看法：有人看金牌，有人看过程；有人看美女，有人看帅哥；有人看门道，当然也有人看热闹。这都没什么不好，谁也没规定，奥运到底应该怎么看，关键是你高兴就行。

奥运会本来就是个让人高兴的玩意儿，所以英国人在开幕式加了不少喜剧元素，从憨豆哥到零零七，从女王跳伞到恶搞“火的战车”……许多人可能不喜欢，但我却看得哈哈大笑，谁说奥运会的开幕式一定要严肃，一定要宏大？

英国人一向以刻板、守旧面目示人，现在看来，他们也有自嘲的勇气和娱乐的精神。一个嘻嘻哈哈、唱唱跳跳的奥运开幕式便是证明。

我身边不少人表示不喜欢伦敦奥运会的开幕式，就连我不谙世事的女儿也认为它没有北京奥运会的开幕式那么气派。我认同并尊重她的感受，但我同样尊重伦敦奥运会开幕式的创意和手法。

整齐划一是一种美，参差多态也是一种美；庄严宏大是一种美，轻松率意同样是一种美。一些人之所以对伦敦奥运会开幕式感到有隔膜，不是因为人家不美，而是我们太习惯于整齐划一、庄严宏大的美。

而至于哪种美更美？我看还是不分出高下为好，艺术不是体育竞赛，何必要搞出个三种颜色的牌子来。

在奥运会上，这种基于文化差异产生的不同，还有许多。开幕式的搞法只是其中一种。

此外，如各国和地区代表团旗手的产生办法，我们这么多年都是以不变应万变，由中国男篮那个最高大最帅气同时球技最好的小伙子充当旗手。这于我们看来天经地义，但国外的搞法却多种多样：有的由网民投票选举，有的选择最励志的运动员（比如残疾运动员），至于选择另外半边天的就更多了。

是我们的搞法好还是老外的搞法好？恐怕是仁者见仁，智者见智。

再比如志愿者，我们通常都会选择在校学生，青春靓丽，看着就养眼，而国外，却有许多是长者。据说我们的不少前方记者一到伦敦，看到接待自己的志愿者许多都是英国的大妈大叔，心就有点凉，有些人甚至不禁怀念起四年前的北京来。但大妈大叔志愿者也不是没有优点，他们有亲和力，办事沉稳，通常情况下更有利于解决问题。

到底年轻的好还是年长的好？我看，还是各有各的好。

为什么一到奥运会，我们会感到那么多的“不同”？因为大家来自不同的国家和地区，有着不同的文化背景。这意味着奥运会不仅是一个体育交流的盛会，也是一个文化展示和融合的大会。

对于许多基于文化差异产生的不同，我们其实不必强求一致，互相尊重、正视彼此的不同，让它们和平共存就是。奥运会之所以那么有魅力，就是因为大家有那么多的“不同”，所谓“和而不同”，大概就是这样的境界吧。

当然，奥运会上有不同，也有相同，比如赛事组织的专业性、运动员“追求更快更高更强”、奖牌带来的民族情感激励……还有些方面则是在不同中趋同，比如过去我们过分重视金牌，但现在大家也开始意识到不能“唯金牌”，“金牌至上”。

和而不同，求同存异，或许只有这样人类才能逐渐走向“大同”。

缺憾也是一种美

通常，人们对“坏事情”的兴趣远超过“好事情”。我们中国人的俗语“好事不出门，坏事传千里”表达的或许正是此意。

索契冬奥会开幕式的规定环节——五环展示，因为一个“雪花”没有打开，五环变四环，瞬间成为舆论关注的焦点，全世界网友也掀起了新一轮的语言狂欢，极尽嘲讽挖苦之能事。概而言之，站在旁观者的角度，有点幸灾乐祸的意思。就连英国 BBC 解说也显得不太淡定，说："至少我们奥运会的时候五环是正常的。"

如何看待这样的失误？

当事者和旁观者的见解迥异其趣。

索契冬奥会开幕式导演康斯坦丁·恩斯特在开幕式后召开的新闻发布会上主动谈起这个失误，认为它只是一个意外，并不影响开幕式整体的水准。为了说服穷追猛打的记者，他甚至搬出了佛教哲学："我知道大家一定想知道为什么一片雪花没有变成环形。我想说的是，在佛教的禅中，任何事物都没有完美的，即使是一个抛光很好的球也是如此。出现的问题并不影响其余部分的完美展出。"

我不认为，恩斯特说这话只是想推卸责任。像奥运会这样规模和体量的盛会，某个环节（不只是开幕式）出现技术问题都不会让人感到意外：温哥华冬奥会的点火环节也出现了"险情"，更远点的悉尼奥运会更是如此，伦敦奥运会的组织问题和裁判问题亦颇为让人诟病。国人眼中的北京奥运会无与伦比，完美至极，但开幕式上，林妙可的"假唱"同样引起轩然大波。

再回到索契冬奥会的开幕式，个人见解，瑕不掩瑜。就像 19 世纪俄罗斯诗人丘特切夫说的，"理性无法理解俄罗斯，她不能用普通尺度衡量，她具有独特的气质"。这个开幕式最重要的特征就是感性，所以它摒弃了我们喜欢的许多形式化的东西，如大型团体操等，把精力用在了道具的精美制作、音乐和灯光的激情渲染上。名字叫作“爱”的小女孩贯穿表演始终，同样有利于感性力量的表达。

俄罗斯方面没有我们如此强大的人力资源优势和社会动员机制，所以他们才会出现技术上的疏漏，但我们有时候又过于理性，过分追求完美，因此北京奥运会的开幕式才会出现让西方社会莫名惊诧的“假唱风波”。这些始料未及的事情的出现，不是技术问题，其实是价值观的问题。

像奥运会这样的全球性赛事，经常会面临价值观的撞击和交融。再举一个例子，在对记者的餐饮接待方面，我们国内办大赛，通常是热情有加，优待有加，恨不得让外国记者吃饭一分钱都不花，但索契冬奥会的组织者却时刻盘算着如何掏空我们的腰包。记者一顿简单的饭菜，通常要花上 500 卢布（接近人民币 100 元），让人不禁无限怀念国内举办的世界大赛，同时也徒唤奈何！

不同的接待方式，表达的是不同的诉求，追求的是不同的利益，很难说谁优谁劣，孰高孰低。这些年我们在努力地学习国际惯例，同时国外也在学习我们的动员和控制方式，这就是一种文化上的交融。

因此，站在文化的角度，我们的确不应该揪住人家开幕式上的一个失误不放，而应宽容待之。和冬奥火炬“上天入水”所展示的强大软实力相比，五环变四环的意外并不会让东道主有多么难堪。而且，别忘了，缺憾也是一种美。

有一种伟大叫“千年老二”

人，得一次奥运会亚军不难，难的是连续三届奥运会都得亚军。

我丝毫没有调侃的意思。

当看到李宗伟输给谌龙后的无助眼神和拥抱李永波时的失落，我相信，即使是中国球迷，也会感到心疼。但没有办法，这就是竞技体育。冠军永远只有一个，亚军和季军常常被人淡忘，这也是人之常情，并非人心有多么不堪。

不过，李宗伟这三个亚军是注定要被人记住的。因为，是他成就了冠军的伟大。人们常常说，对手的高度决定了你的成就。从这个意义上讲，是李宗伟成就了今天的林丹，也是他成就了未来的谌龙。

“我非常非常感谢这样伟大的对手，我觉得因为有这样强劲的对手，才能让我告诉自己每天不能偷懒，不能放松，要很认真、更加努力地去面对每一天的训练。这样的对手，他的影响力可能有时候已经超过了教练。”林丹在出征里约奥运会前如此感慨。

这是一种有阅历的人才能有的感悟。能得到对手如此高的评价，也证明了李宗伟的伟大。

我还注意到，当李宗伟在中国打比赛的时候，即使对阵中国运动员，也会有中国观众为他加油。这不是哪个运动员都能随随便便享受到的。

一个运动员伟大与否，固然与他得到的冠军数量有关，但他的人品，他在场外的言行举止，他在公众中的影响力以及对于运动项目的推广等也是重要标尺。以此来衡量，始终敬业勤勉、谦和友善的李宗伟的确配得上“伟大”二字。

连续三届奥运会亚军，看起来是悲情了些，但竞技体育就是如此残酷，胜负系于毫厘之间。绝世高手间的对决，每一个细节的变化、每一刻心理的波动都可能决定最终赛果。最近三届奥运会的“林李对决”，林丹从大胜到险胜再到惜败，说明这八年，李宗伟不只是在坚持，而且在成长。对于一个老运动员来说，这有多么难能可贵！

输给谌龙，对于李宗伟来说，其实没什么可羞耻的，别忘了他已经 34 岁。也别忘了，此前的一场比赛，33 岁的林丹也输给了阿塞尔森。这两场比赛释放出的信号还不清楚吗？羽毛球运动翻篇了，年轻人要接班了，一个叫作“林李”的伟大时代或许就要结束了。

我们丝毫不必为此感到痛惜，新老更替是竞技体育的不二铁律。但若干年后，我们一定会怀念这个叫作“林李”的伟大时代和两位伟大的主角。

林丹的两枚奥运金牌和李宗伟的三枚奥运银牌谁更伟大？从成绩看，当然是前者，但从过程看，我觉得一样伟大。

《败者为王》，这是李宗伟自传的名字，似乎有某种不好的寓意和征兆，但我想告诉李宗伟的是，他没有失败。他只是输掉了三场重要的比赛，并没有输掉自己全部的人生。

“这是比赛，无关生死，无论你成与败，太阳照常升起，家人会一如既往地爱着你。”每届奥运会都会被人议论一番的美国射击选手埃蒙斯曾如此解读体育比赛。

想想埃蒙斯，再想想王皓（他也是奥运三连亚，而且每次都输给不同对手），李宗伟应该释然。即使是悲情的宿命，也要坦然地领受。

“三连亚”如何？“千年老二”又如何？它不是笑话，它是另一种伟大。

参差多态乃幸福之源

北京奥运会给北京、中国留下什么？这已经引起了世人的热议，这种议论可能会持续下去，并逐步接受事实的证明。

同样的事情还会发生在正在进行的残奥会上。和北京奥运会一样，残奥会也会给北京、中国留下宝贵的遗产。

两个奥运同样精彩，对于中国的现代化进程来说，两个奥运同样有价值。

“对于北京，对于中国而言，残奥会留给你们的将是人们观念上的根本改变。”国际残奥委会主席克雷文如此意味深长地评价北京残奥会。他还富有哲理地说：“有些人认为残疾人是不完美的。但实际上，在这个世界上没任何人是十全十美的，而生命也正是因为不完美而充满了挑战和意义。如果我们能够从根本上转变对残疾人的偏见，那么我们就会自然而然地养成为他人考虑的习惯，这将令全社会的每一名成员受益。”

克雷文是有资格说这些话的，因为他本身就是残障人士。以残障人士的角度，他并不认为自己身上的残疾是一种负担或者缺憾，而只是“不完美”而已。如果一个残疾人能够这样看待自己，我们健全人又有什么理由不更积极地看待残疾人呢？

北京残奥会火炬手、北京电视台《真情互动》栏目主持人刘文燕或许是中国采访残疾朋友最多的电视主持人。因为，她的这一节目就是以残疾人朋友为报道对象的。她在接受媒体的采访时呼吁，“对残疾朋友表达爱要从尊重平等开始”。一位残疾朋友曾对她说：身体的缺憾不是缺点，那是我们的特点。“对于他们的特点，有时我们要学会视而不见。”刘文燕深有感触地说。

克雷文和刘文燕，想表达的东西其实是一样的：作为健全人，我们不能刻意地去关注、强调甚至夸大残疾人身上的“残疾”。所谓“残疾”，其实只是一个相对的概念。一些残疾人，他们的内心或许比健全人还要强大。不信，听听美国著名残疾人游泳和铁人三项选手鲁迪·加西亚·托尔森是怎么说的：“失去双腿就如同一份赠礼。如果我不是一名截肢者，我就没有相同的动力做我现在所做的事。”

借着残奥会的东风，我们急需树立这样的观念：所谓的残疾人只是和我们健全人有着不同特点的人而已，他们也是正常人，和其他人一样有着同样的尊严和梦想。残疾人和健全人当然有差别，但这种差别和社会上其他的差别一样，无须大惊小怪。参差不齐从来都是一个社会的常态，西哲罗素说：参差多态是幸福的本源。诚哉斯言！

那一种刻骨铭心的相爱相杀

中国乒乓球队是无敌之师，是中国体育的一面旗帜，但国乒也有伤痛时刻，更有刻骨铭心的相爱相杀。

往事并不如烟

对于乒乓球运动而言，这 20 多年来，还有什么能比中瑞对决更能激动人心的呢？

1983 年第 37 届世乒赛男团决赛，当 18 岁的少年瓦尔德内尔和蔡振华隔网相向的时候，他一定不会想到，小小年纪的他就此开启了乒乓球运动的一个时代，一个让球迷津津乐道的中瑞对抗的“黄金时代”。

瓦尔德内尔可能更不会想到，23 年后，蔡振华已经官至中国国家体育总局局长助理，蔡振华的弟子刘国梁也早已光荣隐退，担任中国乒乓球队总教练，而已经从小瓦变成老瓦的他依然还要作为瑞典队的一号主力出战不来梅世乒赛。

中国乒乓球运动员“江山代有才人出”，而瑞典队的乒乓球运动似乎在这 20 多年中已经停滞了。所谓的中瑞对抗，终于在今天难以为继，成为明日黄花，似乎也不足为怪。

有道是，往事并不如烟。六年前的吉隆坡，瑞典队一举击败中国队夺得世乒赛男团桂冠，瓦尔德内尔高兴地仰躺在地弹着双腿的镜头，我至今历历在目。但印象中，那是瑞典乒乓球队最后的辉煌，一年后的大阪和三年后的多哈，瑞典队都没有进入男团决赛，中国队想报仇都没有机会。

而老瓦的传奇倒是没有结束。2004年的雅典奥运会，他击败了当时势头正旺的马琳，闯入男单四强。我不知道，这算不算是老瓦最后的辉煌，但至少从本届世乒赛的情况来看，老瓦和他的瑞典队的确显得有些老了。41岁的老瓦，37岁的卡尔松，再加上最年轻的伦德奎斯特，瑞典队三位主力的年龄加起来已经达到108岁，对于乒乓球运动来说，这样的年龄的确显得太大了。毕竟乒乓球不是门球，也不是高尔夫。

喜欢老瓦的人都希望他继续打下去，因为他是一个时代的象征。老瓦好像也想这么打下去，因为他即使挺着啤酒肚，也能赢球。在不来梅，他已经赢了梅兹、克里桑，这两个小伙子可都是被欧洲乒乓球界寄予厚望并被视为老瓦接班人的角色。41岁的老瓦连他们都能赢，的确值得人们敬佩，但这又何尝不是当今欧洲年轻一代乒乓球运动员的悲哀？

往事并不如烟，但岁月总是催人老。当时光飞逝，有些往事终究还是要化成云烟。当中瑞对决已成尘封旧事，我们只有期望新的故事和新的传奇发生。德国会取代瑞典对抗绵延不绝的中国乒乓长城吗？抑或是天生坚韧的韩国人？日渐精进的日本人？天知道。

那一种刻骨铭心的相爱相杀

大概没有哪种国际大赛像世乒赛那样，总是能令国人气定神闲。幸福的世乒赛总是相似的——中国在团体世乒赛上输球还得追溯到 2010 年，单打丢冠则远至 2003 年。试问中国体坛，有哪个项目能如此霸气？国球之誉，真真实至名归。

或问，既然横竖都是中国赢，那球迷还看个什么劲儿？非也，一是可以看过程。从过程看，每届世乒赛都有不一样的精彩，也总会有横空出世的黑马。比如 2005 年上海世乒赛放高球放“死”一众中国高手的梅兹，布达佩斯世乒赛把中国正胶发扬光大的瑞典大个子法尔克，他们带给球迷的惊喜和刺激总是让人回味无穷。二是可以看中国“内战”。中国选手之间对决，球迷司空见惯，但一旦搬至世乒赛这样的大赛场，其精彩其刺激一点也不亚于中外对决，从惨烈程度看，则更非中外对决所能相比。

比如布达佩斯世乒赛，让我印象最深刻的两场比赛便是两场“内战”，一场是女单半决赛刘诗雯对丁宁，另一场是女单决赛刘诗雯对陈梦，最终的结果大家知道了，两场“内战”成就了 28 岁的刘诗雯。她在经历三次世乒赛决赛后，终于破茧成蝶，一圆世锦赛女单冠军之梦。这个冠军来得晚了些，但正如刘诗雯所说，她的表现“值得这个冠军”。

刘诗雯可谓天才少女，19 岁就夺得世界杯冠军，2009 年首次参加世乒赛，就进入四强，职业生涯看似顺风顺水，但谁也没想到，随后的日子她过得并不顺心——2010 年，女乒弄了个兵败莫斯科，刘诗雯正是事件的主角。2013 年和 2015 年，刘诗雯两次杀进世乒赛决赛，结果都输给了自己人。尤其是 2015 年苏州世乒赛，她在大比分领先的情况下，对手丁宁意外受伤，反而打乱了她的节奏，最终把冠军“拱手相让”。这也直接导致她无缘 2016 年里约奥运会女单比赛。过去一年多，她的状态也难言出色，甚至一度面临没有主管教练的窘境。本次世乒赛队内选拔赛，她也只是名列第五，是压着及格线来到布达佩斯的。但好在刘诗雯没有放弃。她直言在世乒赛封闭训练中，把自己练得“筋疲力尽”。而这样的魔鬼训练最终成就了迟来的世界冠军。

没有谁命中注定就一定要拿到世界冠军，国际乒联也从不欠谁一个冠军，所有的冠军都要靠选手用实力、意志、勇敢、坚韧去赢得。

而对于中国选手来说，他们常常感觉最难的不是打败外国选手，而是要踩着自己的队友前进，直至到达巅峰。那是一种刻骨铭心的相爱相杀，不止刘诗雯，所有的杰出选手都经历了这样艰难的心路历程。

刘诗雯曾在本届世乒赛半决赛后，回答现场主持人提问“更愿打陈梦还是王曼昱”时，笑言“谁都不想打”。我感觉，这并非一句玩笑话，或许正是实话实说。

中国选手之间的比赛，一是双方非常熟悉，技战术毫无秘密可言，二是没有教练临场指导，全凭选手现场掌控。选手更容易感觉孤立无援，没有强大的心理作保障，就很难成为笑到最后的那个人。中国“内战”无比惨烈，也皆源于此。

还能作为此种惨烈佐证的是，刘诗雯在本届世乒赛半决赛中，分别送给丁宁和陈梦各一个11比0。这不合常理的举动，却得到了网友一边倒的支持，大满贯得主李晓霞也送上了理解和尊重，刘诗雯更是搬出了乒协主席刘国梁来做“救兵”，说赛前刘主席就讲过，没有规则要求球员一定要让分，只有每一分全力以赴才是对对手的尊重，“这一切都是自然发生的”。

有网友说得好，“连续打出11比0的刘诗雯，绝不是不慈悲，而是她太知道慈悲背后的结局”。我不知道，这指的是不是苏州世乒赛女单决赛，但显而易见，正是因为有那样刻骨铭心的经历，才有今天刘诗雯一分都不让的决绝。

竞技体育从不需要怜悯，理解运动员那样的决绝吧。11比0只是为了竭尽全力争取胜利，和敌意无关，也无损队员赛场下的友谊。据央视的新闻报道，刘诗雯在女单颁奖仪式候场时，就分别给丁宁和陈梦道了歉，而队友也纷纷表示“没事”。那一刻，几个小姑娘笑意盈盈的样子真的美极了。

队内比赛“让球”曾是国乒一种悠久的光荣传统，但自21世纪以来，“让球”之风日渐没落，取而代之的是越来越残酷的队内竞争。从让球到相爱相杀，一方面是国乒更加强大的表现，另一方面也是对选手个性和个体利益的尊重，公允地讲，其实是时代进步的见证。

所以，我相信，那一种刻骨铭心的相爱相杀，未来还会经常发生，并带给球迷更多的感动。

从前种种，譬如昨日死

如果一个人拥有 24 个世界冠军，28 个公开赛冠军，那是一种什么感觉？

我们不是马龙，自然不知道那是一种什么感觉。

换成常人，有了这么辉煌的过去，小小自我膨胀一下，随时随地显摆一下，或者干脆选择急流勇退，享受惬意人生，大概也是可以理解的吧。

但马龙偏不，32 岁的他依然选择坚持，依然对胜利保持饥渴。

11 月 22 日，马龙击败小师弟樊振东，拿下国际乒联巡回赛总决赛冠军，成就该项赛事六冠王，也打破自己 538 天的冠军荒。当赢下最后一分，他丢掉球拍，握紧拳头，仰天长啸，兴奋之情似乎不亚于奥运会和世乒赛夺冠。赛后，马龙眼眶泛红，直言“像做梦一样”。

按理说，各种冠军拿到手软的马龙不至于如此激动，巡回赛总决赛只是一个商业比赛，分量远远比不上三大赛。但就像马龙说的，运动员拿到的每一分和每个冠军都弥足珍贵，因为它都是运动员用无数的汗水和心血换来的。他期待新的冠军，为这个冠军，他等得太久了。

尤其是当央视赛后首次播放马龙术后养伤康复的视频时，网友都心疼不已，几乎泪目：术后的马龙，独在异乡，默默进行康复训练，度过了职业生涯最漫长的夏天。此前，他拿下了世乒赛单打三连冠，比肩传奇庄则栋。而选择世乒赛后进行膝盖手术，就是孤注一掷，从头开始，备战东京奥运会。

这一年多来，马龙经历了太多——反反复复的膝伤，半夜疼醒的折磨，手术和复健的漫长煎熬，一次次输给年轻人的挫败……难怪他在拿下一个“区区”巡回赛总冠军后，会如此释放自己的情绪。

“这一路的难可能只能等赢了才有机会说出来吧，所有的胜利从来没有轻而易举，马龙的传奇只是他把原来的自己打碎了又重塑。”有网友如此动情地写道。

而中国乒协主席刘国梁的点评更是专业到位：“虽然马龙的优势在缩小，但马龙的欲望和境界正在提高，对自己的要求也在提高。”

的确，马龙今日的坚持，需要战胜的不只是今日越来越多、越来越年轻的对手，还有自己“过于辉煌”的过去——除了 24 个世界冠军和 28 个公开赛冠军，他还是史上第十个大满贯得主，唯一的全满贯得主（世乒赛、奥运会、世界杯、亚锦赛、亚运会、亚洲杯、全运会、巡回赛总决赛冠军）。他还在向史无前例的“双圈大满贯”（指各拿到两次奥运会、世界杯、世乒赛单打冠军）冲击，目前只差一枚奥运会单打金牌。这样的战绩太恐怖了，国际乒联已经迫不及待宣布，不出意外，马龙应该是乒乓球史上最佳运动员。

无限接近史上最佳的马龙要继续前行，就需要忘掉过去，打碎那个曾经无比辉煌的自己，以今日之我与昨日之我战。这个过程有多难，或许只有马龙本人最清楚。

因此，当马龙说他赢许昕是幸运，击败世界第一也是幸运，打张本智和是下风球，他不是故作低调。他必须放低自己，低到能忘掉所有的过往，去拼每一个正在当打之年的对手。这是马龙必用的战法。

马龙一定也清楚眼下的自己应该采取什么战法。“只要没放下球拍，就会继续坚持，不问终点，全力以赴。”这是他的名言，也是国乒的队魂。“龙队”就是以这样一种龙马精神，率领国乒准备着一次次的进击。

中国运动员也被外协会称为“队长”的，除了马龙，我想不出第二人。“龙队”，不只是一个称谓。这是国际乒乓界对于马龙独有的尊重，也正是马龙今日“欲望和境界”的写照。

从前种种，譬如昨日死；从后种种，譬如今日生。有这样的决绝和勇毅，“龙队”就不会老。而且别忘了，球迷还没看够他打球呢。

体育和城市的相互成全

中国大球职业联赛，从无到有，从小到大，给运动员提供逐梦的舞台，给城市留下记忆和温度，也给中国体育留下宝贵的精神财富。

“工体记忆”：体育和城市的相互成全

“工体被拆了！”

前一阵子，这个消息在北京球迷中不胫而走，引起不小的震动。

好在有关部门迅速出面，解释了其中原委，也安抚了北京球迷的心。

原来，北京工人体育场被拆是真，但并不会消失，而是要进行“保护性复建改造”。2022 年年底，整旧如新的工体还会归来，并承担 2023 年足球亚洲杯的任务。

“保护性复建改造”，名字听起来有点拗口，具体来说，一是做好风貌保护，保留北京十大建筑城市记忆。二是注重功能提升，与城市地下轨道交通无缝连接，使地下空间资源得到综合开发利用。三是优化观众体验，使观赛环境更为舒适，将给观众带来最佳的观赛体验。

如果这些得以实现，那么工体不仅还是人们熟悉的那个工体（从旗杆、大门门柱到雕塑、建筑装饰构件等，都尽可能保留历史原貌），甚至还会如著名足球评论员张路先生所言，“恢复到1959年的状态”（指地面环境）。

一个甲子，从终点回到起点，这不是简单的循环，而是情感与技术的博弈后，各方权衡下的艰难选择。

北京如今拥有鸟巢、水立方、五棵松篮球馆等多个现代化体育场馆，但无论这些场馆有多豪华、多气派，它们似乎都无法取代工体独有的位置。

工体是新中国成立后修建的第一个大型体育场馆，用张路的话说，“五代国家领导人都在工体的主席台出现过。这样的地方全中国除了天安门城楼，就要数工体”。

工体还举办过五届全运会的开闭幕式，也是亚运会、世界大学生运动会开闭幕式的举办地，还举办过奥运会、亚洲杯的足球比赛。工体还曾举办过首个西方摇滚乐队的演唱会，在改革开放征程中留下了难以磨灭的印记。

所谓“工体记忆”，从某种程度上也是一种国家记忆，是新中国体育从无到有，从弱到强的历史见证。

而对于北京人来说，工体又承载了另一份沉甸甸的情感。它是北京国安的主场，是“绿色狂飙”的海洋，是“工体不败”的见证地，是“国安永远争第一”的主战场。

对于北京人来说，工体从来不只是一个地名、一座建筑，它是一个有生命的公共空间。工体是家，工体是梦；工体是聚会，工体是记忆；工体是四合院，工体是博物志；工体是不离不弃，工体是唇齿相依。

对于北京人来说，工体是有温度的，泪水和汗水齐飞，荷尔蒙与肾上腺素随时准备升腾。

正是因为有了工体，北京人的激情有了去处，梦想有了依托，回忆有了坐标。

有人的地方才有灵魂，有体育场的城市才有活力。北京和工体，就如里约和马拉卡纳，是你中有我，我中有你，相互见证，相互成全。

工体的拆除，像一次来不及举行仪式的告别，像自家的宝贝疙瘩被突然带走，北京人有些舍不得，是自然的。但人们也似乎不必伤感，因为工体只是暂时离去。它一定会回来。

我们也无法真切想象新工体的具体样貌，只是希望它能留住人们心中的“工体记忆”，依然有扑面而来的人间烟火，依然是北京人挥洒活力和热情的最佳场所。

当然，我也希望，新工体里，再也不要有“5·19”，再也不要有“京骂”声响起。

当时只道是寻常

八一男篮退出CBA，篮球圈唏嘘一片。

惜别、致敬、泪目……人们以各种动情的词汇，抒发自己内心的不舍。

这其实是一个意料中的消息——2019 赛季 CBA 联赛，八一男篮就是以特邀球队名义参赛，之后，有关八一男篮退出联赛的消息，就不绝于耳。2020 赛季 CBA 首轮比赛，八一男篮就没有如期出现在赛场，但中国篮协仍认认真真地履行了比赛程序，北京男篮足足等了对手 15 分钟。

这或许是可以写进中国篮球史的 15 分钟。

也大概只有八一男篮才当得起这样的等待——明知道你不会来，但依然要等你。这也算是对 CBA 八冠王的独有尊重和另类致敬吧。

是的，说到八一男篮，人们都会说一个词，“八冠王”——那个年代里，八一男篮太强了，强到八一男篮输球，好事的记者甚而会感到莫名的兴奋。

到目前为止，八一男篮仍保持着许多 CBA 的纪录：最长的连冠（连续六年夺得总冠军）；最长的连胜场次（跨赛季 48 连胜）；本土球员赛季场均最高得分（刘玉栋，37.0 分）；本土球员季后赛得分最高纪录（刘玉栋在 2002 年半决赛第三场中爆砍 56 分）；本土球员得分 50+ 次数最多纪录（刘玉栋六次砍下 50+）；第一个登陆 NBA 的中国球员（王治郅）；唯一一次以亚军身份获得的总决赛最有价值球员（MVP，刘玉栋 2002 年）；唯一将得分王、常规赛 MVP 和总决赛 MVP 集于一身的球员（刘玉栋，2001—2002 赛季）……

多少摘金夺银事，当时只道是寻常。

于 25 岁的 CBA 来说，八一男篮注定是一个伟大的存在，前无古人，恐怕也将后无来者。

八一男篮不只是战功显赫，更有八一精神加持。八一男篮总是和八一精神如影随形，这种荣耀，在中国体坛，或许只有中国女排可以比肩。

因为八一精神，八一男篮曾获得中央军委颁发的“团结拼搏的体坛劲旅”荣誉称号；2006年，中国篮协发出“向八一队学习”的号召，称赞八一队是“中国篮坛的铁军”……

八一队代表着CBA的一个时代，他们更凝聚着CBA在那个时代的精神气质。

八一精神看不见摸不着，也似乎无权威的官方表述，但奇怪的是，每个球员、每个球迷都能感受到它，认同它的存在。

也许，对于热爱八一男篮的人们来说，所谓的八一精神，一点也不抽象，它是战神刘玉栋膝盖里十块黄豆大小的碎骨；是拼命三郎张劲松“只要我还能跑，我就要上场，死拼对手”的决绝；是最佳第六人李楠服从安排，召之能战，即插即用的“微波炉效应”……

前八一男篮队员李可说得好，“八一精神是几代人的努力和奋斗传承下来的，看不见、摸不着，但总有默契。我们每一个人都代表不了八一精神，但是八一精神感染着我们每一个人。”而拼命三郎张劲松则说得云淡风轻：“可能是外界谈八一精神比较多，其实对我们来说，这更是一种习惯。”

把精神内化为一种习惯，这是一种多么坚韧的意志，一种多么可怕的力量！

如今，八一男篮离去，这是历史的选择，时代发展的需要，无论我们有多么不舍和难过，都必须接受。

篮坛从此无八一，但八一男篮培养出的优秀教练员和运动员仍将服役于中国篮球，他们身上承载的那种精神也绝不会磨灭。它们会像种子一样播撒在中国篮球这片热土上，感染和带动更多热爱篮球的年轻人，去创造新的传奇。

梦想还是要有的，万一出线了呢？

足球不只是一种运动，而且是一种文化，一种人文生态。21世纪中国足球高开低走，绝不仅是人才储备出了问题。

中国足球：越热闹越堕落

国足在巴西输了个0比8，据说是76年来最惨的失利，真应了那句俗话：一朝回到解放前。原以为大家不会骂的，毕竟骂了这么多年，骂累了，而且明摆着骂也没什么用。但没想到舆论的反应仍然很强烈，报纸的标题充满了各式各样的冷嘲热讽："一直在丢人，从未被超越"，"输八球，被扒光"，"0∶8！国足终于'突破'了"，"76年最惨一败 国足不远万里讨暴打"，"输一场球并不难，难的是一场输八球，你们做到了"……

从一个新闻从业人员的角度，我得承认同行做的这些标题都还挺漂亮，可谓骂人不带脏字。一直以来，中国足球就是这样扮演着一个"痰盂"的角色，谁都可以吐上一口。骂，不仅是球迷对于中国足球的第一反应，也成了足球记者的习惯性思维，差别只在于看谁骂得"艺术"，骂出"水平"。

但奇怪的是，中国足球依然拥有畸高的关注度，就像臭豆腐一样，闻起来臭，吃起来香。

国足不说了，中超这几年也是疯狂烧钱，国际巨星挨个儿来。我生活的这个城市的球队年年要争第一，但很少能争得第一，即便如此，他们依然是当地体育台的第一宝贝疙瘩，球员们一年四季的一举一动、一点一滴都是体育新闻的头条。

如果一个人、一支队伍老被媒体这么关注，我想，他（们）要是没有一点优越感，一丝心理膨胀是很难的。我觉得，这也是中国足球老是喊“冲出亚洲、走向世界”却老是冲不出去，而且离世界越来越远的原因之一。换句话说，中国足球上不去，足协肯定有责任，而且责任极其重大，但其他吃足球饭的（包括媒体）难道没有责任吗？

我一直觉得中国足球被过度关注了，和它取得的成绩极不相称。如果大家有意识地晾晾中国足球，或许它真的能在寂寞中前行了。事实上，中国体育值得关注的项目太多了，我们为什么一定唯足球是瞻呢？美国人也不怎么关注足球，但人家的男足是世界杯上的常客，且屡有惊艳演出。相形之下，中国足球却是越热闹越堕落，我们在足球上的投入产出比实在太离谱了。

中国足球为什么上不去？专业的说法并不复杂。这么多年来，我们没有尊重足球运动应有的规律。足球应从青少年普及开始，然后是俱乐部建设，最后才是国家队，而我们却把这个顺序搞乱了，把所有的精力和注意力都放在了国家队层面，老是在出线足球和奥运足球上打圈圈，结果反而欲速则不达。

历史的所有经验证明，把希望寄托在国家队的 11 个人身上是不靠谱的，但我们还在给西班牙输送“足球少年”，“国家队至上”“出线足球”的思维似乎依然很有市场。国青队在热身赛中也输了个1比5，青年队输就输了，其实不用大惊小怪，但足协有关领导找的借口是，现在的国青队还没有雏形，“一切着眼于下届奥运”。看起来，“政绩足球”在主政者心目中仍是第一位的。

许多人都说，韦迪不是搞足球的，足协中层干部也没有几个是搞足球的，但就算这样，我觉得他们也应该懂得从青少年足球抓起的简单道理和基本规律，问题是，他们有没有这样的动力。搞青少年足球周期长，见效慢，不容易出政绩。俱乐部层面也是如此，请高水平外援立竿见影，且有很高的曝光度和强大的广告效应，不似培养青少年，需“润物细无声”。所以我们才会拥有一个热闹无比但本质上却很虚弱的联赛。

要么在热闹中堕落，要么就在寂寞中重生，这是中国足球正面临的痛苦抉择。

“骂”不出亚洲

原以为没事就拿中国足球开涮的时代早就过去了，但现在看还真未必。不信看看国足佩戴红领巾事件引起的舆论风暴就知道了。

让人意想不到的是，网友骂骂就算了，媒体人士也纷纷冷嘲热讽，在我看来，不少言论还是相当刺激的。什么“ 国足戴红领巾还真戴对了，他们刚好就是小学生的水平”，什么“国足还是别去了，弄不好把小学生都带坏了”，如此种种，不一而足。显然，这些话，说者得意，听者会心，只是谁也不会顾及国足队员和那些小学生的感受。

不用说，这就是中国足球一种典型的生态环境：大家都习惯以消极的态度来看待问题，球迷如此，足球从业者如此，吃足球这碗饭的媒体从业人员更是如此。

中国足球的存在似乎就是为了给大家谩骂的。它就是一个大大的痰盂，谁都可以吐上一口，你不吐都有些不好意思，显得你另类、不合群，如果你吐得有水平，吐出艺术，那就更好了。据说，许多足球名记、足球评论家都是这么“吐”出来的。

我当然不认为，应该为中国足球唱赞歌，但也似乎不必妖魔化中国足球，这对那些还在为中国足球努力工作的人不公平。国足踢得不好，可以骂，但问题是，现在他们还没开始踢，只是赛前去参加一个公益活动，借机和小朋友互动，为校园足球鼓与呼，我实在看不出这事有什么不好、为什么就该骂。

事实上，国足教练和队员们也觉得参加这样的活动挺好，那些和国足队员互动的小朋友似乎也没觉得不好，唯独是那些写足球的、评足球的、吃足球这碗饭的人看不下去，乃至义愤填膺。为什么？我能想到的理由是：他们好久没有骂中国足球了，实在憋得难受。

如果大家一起骂，中国足球就能被“骂”出亚洲，走向世界，那我情愿大家多骂一些，但显然这个假设是可笑的、虚妄的。骂不仅于事无补，而且还会令中国足球的生态环境变得越发恶劣，甚至陷入恶性循环。

骂和捧一样，其实都是一种过度关注。而无论踢得如何之臭，中国足球最不缺少的就是关注度。中国足球向来就是这样热闹着喧嚣着，但却距离世界水平越来越遥远。

因此，对待中国足球，我一向有一种不太成熟的看法：别捧也别骂，晾着就行。中国足球不需要热闹，需要的是寂寞。青少年足球现在被视为拯救中国足球的尚方宝剑，不过，青少年足球本来就是个寂寞的工作。青少年足球要是搞得过分热闹，轰轰烈烈的，就有形式主义之嫌了——我没有别的意思，只是想提醒那些有诚意搞青少年足球的人士能够耐得住寂寞。

至少还有“骂”

有关中国足球，我有几点印象：第一，关注度高，且不是一般的高；第二，特能输，因此老是显得苦大仇深；第三，与此形成鲜明反差的是，球员特能挣钱，因此，有人说中国足球是臭豆腐，闻起来臭吃起来香；第四，综合以上三点，中国足球特容易挨骂——被骂是正常的，被表扬反而有点不好意思。因此，中国吃足球饭的人也特皮实，反正也骂不死，那就骂吧。

有鉴于此，我对李毅“大帝”炮轰相声演员贾旭明和张康，感觉有些吃惊和费解。我怀疑他有些反应过度，人家毕竟没点名道姓说李毅“大帝”“护不住球”，如此等等。中国足球是一个很宽泛的概念，不等于国足，更不等于某位球员。

中国足球踢得那么逊，球员反而挣那么多钱，其他行业的老百姓心里有点不平衡，骂两句，宣泄一下，我看也属人之常情。至于贾旭明和张康的相声，拿中国足球调侃的包袱好不好笑，幽不幽默，当然也是可以讨论的，但上纲上线，说人家这么做就是“不爱国”，就有点过了。

爱之深才会责之切，我以为，中国足球老挨骂，归根结底，还是因为球迷太爱它了。足球从业者以这种心态，来看待大家的骂，并“学会”挨骂，或许心态会更平和些。

不同的职业和群体之间，学会尊重，是应该的，但体育比赛，还是要靠实力说话，一支球队如果老输球，甚而比赛态度也出现问题，就不仅得不到球迷的尊重，也得不到对手的尊重。当年山东鲁能在亚冠赛场上，输了个 0 比 5，对方球迷就毫不客气地向鲁能队员伸出五个手指头。国足的情况更是如此，他们留给公众的负面印象不是一两场比赛造成的，而是经漫长的时间和无数的比赛积累下来的。“黑色几分钟”“恐韩症”、打平即可出线必出不了线……中国足球这么多年输球都“输”出了宿命、“输”出了“规律”，对此，哪个球迷不伤心？不失落？让他们不骂娘，成吗？

中国足球要想不被骂，或被骂得少点，似乎没有别的办法，只能寄望于自己争口气。

中国男篮这几年也没少挨骂，主教练宫鲁鸣甚至被侮辱性地称为“宫宫”，但前不久的一个亚锦赛冠军立马让这些责骂消失于无形。球迷就是这么个简单的群体，喜怒皆形于色，绝不藏着掖着。

当然，这些年来，中国足球被骂得的确有点过了头，它们有时看起来像个痰盂，谁都可以唾上一口；有时又会被视为一个随时可以往里添加素材的笑话，谁都可以调侃它，以给无聊的生活增添些喜剧色彩。

总而言之，中国足球在当下似乎有点被妖魔化了，俨如人们不如意人生的一个出气筒和舒压阀。其实，足球从业者一样在努力工作，只是干得不好而已，有些东西的确不该由他们承受。但没办法，谁叫他们的关注度如此之高，人们又那么热衷于消费足球呢？

有人说，中国足球纵有万千不好，但它至少可以让你骂。这并非全是玩笑话。在这个社会里，比足球还糟糕更应该骂的事情多了去了，但我们有时对此只能忍气吞声。两相对照，谁又能说，这不是中国足球的一种气度呢？

因此，我劝李毅“大帝”们不要着急上火。要珍惜中国足球“至少还有骂”的日子，如果大家连骂都懒得骂你，那才是真正的“哀莫大于心死”。

不是命太苦，而是心太急

不知为什么，中国足球总是有那么多“苦主”。先前，说韩国队是咱们的苦主，“恐韩症”什么的，成了中国足球 30 多年的梦魇。后来，这事不怎么提了，又出来个苦主卡塔尔队。每到大赛，中国队经常能和他们碰在一起。而且赛前媒体言必称“刷卡”，好像轻松就能搞定对手似的，但结果却多半是人家虐我们。有人就分析说，最近十年，卡塔尔队很希望也很喜欢和中国队分在一组，就是看准了中国足球是软柿子。

这自然有点伤自尊，也可能是臆断，但事实摆在那儿，卡塔尔队就是中国足球这些年的苦主。这不，U23国家队又输给卡塔尔队，在家门口无缘亚洲杯小组出线。结果似乎并不意外，但过程分外惨烈，中国队付出七张黄牌一张红牌的巨大代价，依然无法拿到胜利。于是，大家把气全都撒在当值的伊朗裁判身上。现场1万多名球迷高喊：“黑哨！”有球员还对媒体表示：“我可以说脏话吗？如果不能，那就没什么好说了。”而中国队领队刘殿秋也称“我们是在和12个人战斗”。另据悉，中国队已在第一时间以正式文件的形式向亚足联申诉，希望能够讨回公道。

总而言之，大家出离愤怒，希望讨回公道，但我估计这公道十有八九是讨不回来了，亚足联不追加处罚，我们就该谢天谢地了。像队员围堵裁判，拒绝和裁判握手，对裁判指指点点，这些行为放在任何一个足球赛场，都是不允许的，因这已经越过了足球文明的底线。

我的意思当然不是说，球员不应该生气，是个人都有情绪，齐达内气急了还拿头撞别人呢，何况他们都是血气方刚的小伙子。我只是觉得，小伙子们应该有更好的表达愤怒的办法，比如更稳妥地把球控制在脚下，更准确地把球传出去，直至找到破门的办法。就像足坛名宿徐根宝的名言所说的，裁判总不能把进球都给吹出来吧。而像小伙子们选择的那样，只会让偏心的裁判变本加厉，最终也只能吃哑巴亏。应对裁判可能出现的误判并管理好自己的情绪，和技战术一样，也是球员能力的一种体现。在这方面，对手年龄比我们小，但表现却老练得多。

中国人最服“银狐”里皮，那我们就听听他老人家的高见吧。他在接受媒体采访时，曾一针见血地指出：“中国足球之所以不能成为足球强队，主要还是因为中国足球在教学上存在一些问题。这里面最突出的问题就是中国教练从来都不教中国球员应该去尊重裁判，也不教中国球员如何控制情绪，表面上看这些都是小问题，但其实它有时候是可以决定比赛走势的。”

一语成谶！里皮的水平真不是盖的。

我非常理解小伙子赛后的失望和愤怒，也赞成像张玉宁一样把自己的想法大胆地表达出来。但扪心自问，就算裁判不偏心，中国队就肯定能赢得比赛吗？中国队员的急躁情绪一小半是因为裁判，一大半应该是对手给予我们的压力（尤其是传控球和创造进攻机会的能力）。撇开裁判因素，我也看不出，中国队有多大的理由应该取得胜利。在过去两届 U23 亚洲杯赛中，中国队一场未胜，连续三届无缘小组出线，这是一种巧合和偶然吗？

说一千道一万，搞足球着急不得，要按规律办事。所谓的 U23 新政，我们才刚实行多长时间？一场对阿曼的胜利，居然就被解读为政策红利，结果后两场失利，惨遭打脸，惹得足协急忙从官网撤稿。其实，即使从政绩看，亚锦赛也不是最重要的，下一届才决定奥运会的出线权。如果管理者都那么急火攻心，吃相难看，那我们又如何去要求队员管理好自己的情绪呢？

足球不只是一项运动，它是一种生态，一种思维，一种文化，牵一发而动全身。中国足球这么多年，没少使劲，就是弄不上去，大家其实都有责任。譬如，中卡之战中队员的情绪失控，我觉得就是“中超思维”在作祟，以为在家门口作战，裁判就会照顾我们。还有对裁判判罚不依不饶，嘴里不干不净，赛后围堵裁判，这些行为，在中超赛场何其多也！如果这些东西成为中国球员的潜意识，那将是一件很可怕的事情。

中国年轻球员在家门口被亚足联“欺负”，许多人都在讨论争取话语权问题，这当然是必须的，但它和球员加强职业素养，并无矛盾。中国足球要想有所突破，就要求每个人以专业的精神把自己分内的事干好，而不是大家都盯着国家队。要舍得下笨功夫，懂得尊重规律，还要耐得住寂寞，有马拉松赛跑般的耐心。

罗马不是一天建成的，搞足球也不能一口吃个胖子。要我看，中国足球不是命太苦，而是心太急。我们最大的“苦主”不是卡塔尔，也不是伊朗裁判，而是源自每个人内心的浮躁。

上帝都救不了中国足球，马云行吗？

马云“涉足”不再是传言，广州恒大集团与阿里巴巴集团召开发布会，正式宣布阿里巴巴向广州恒大俱乐部注资 12 亿元。增资扩股后，阿里巴巴将拥有恒大足球俱乐部 50% 的股权。

自称对足球外行的马云话里话外一如既往地透着豪气，充满着蛊惑人心的力量：“如果足球还是老套路的玩法就不够新颖，足球需要搅局者。本来我们是不想来的，既然来了，我们就搅搅局，带些新玩法，这是我真实的想法。”

马云如何“搅局”，能带来什么“新玩法”，他没有说，也许还没完全想清楚，但这的确引起了许多球迷的期待。人们普遍认为，这是一次强强联手，是中国足球的大事件。即使冲着马云在年轻人中的号召力，这也是中国足球的一大利好。

马云会是中国足球新的救星吗？

我看没有那么乐观。按照坊间的说法，连上帝都救不了中国足球，马云行吗？

马云“涉足”，对中国足球最明显和最直观的意义，一是资金层面的，一是关注度层面的。但问题是，中超缺钱吗？中国足球缺少关注度吗？“万人迷”贝克汉姆人气和关注度都够高的吧，但他成为中国足球的形象代言人后，中国足球还不是在那里苦熬吗？

照我看，中国足球缺少的东西太多了，最不缺少的就是资本和关注度，而马云能带来的至少从目前看还超不出这两样。马云只是为中国足球（具体说，是为恒大足球）做了件“锦上添花”的事情，他能为中超和整个中国足球带来多少积极的变化和冲击，我们还得走着瞧。

有人说，马云“涉足”，至少能改变中超地产足球一统天下的格局，能带来所谓的互联网思维，但其实电商介入足球，阿里巴巴并非首例，京东集团是中超联赛的赞助商。申花老板朱骏也是电商企业老板，好像他这七年的足球玩得并不怎么样。早些年，“文化大鳄”赵本山甚至也曾短暂搞过足球，后来一样没坚持住。

马云转述许家印的话，“足球有很多的快乐，你不进来就不知道这里的快乐”，但其实足球并不那么容易让人快乐。在中超大家庭中，恒大或许的确很快乐，但绝大多数俱乐部并不快乐。马云未来可能会让自己和恒大更快乐，但他要想让苦大仇深的中国足球变得更快乐，没那么容易。

当然，马云可能不会介意中国足球是否快乐。一个并不喜欢足球的人却执意要去搞足球，这只能说，他要的就是关注度。足球是很好的注意力经济。王健林、许家印这些地产大鳄都是足球注意力经济的受益者。马云知名度够高，所谓的电商背景看起来也很高端、很大气，但在商言商，他搞足球恐怕还是要通过注意力经济赚钱。他不选择绿城，而选择恒大，也正是说明了这一点。

足球圈多了一个许家印，的确让中国足球有了些许生机，但老实讲，中国足球的生态并无明显的改观，中国足球的水平依然没有实质性的提高。现在，马云来了，中国足球再次为世人瞩目，但恐怕也仅此而已，中国足球的春天依然还在远方。

梦想还是要有的，万一出线了呢？

“我以为我会哭，但是我没有……”国足“突然出线”，让习惯苦难的中国球迷措手不及，就连国际足联的报道也认为："中国队力压竞争对手出线甚至令自己的球迷感到惊讶。"被打脸，很尴尬，但这尴尬多么让人欢喜！八个小时的等待，有些漫长，但这等待又是多么值得！

中国球迷真的可爱至极。据说，有关国足出线，最经典的段子——

"为什么还没睡？"

"我在等伊朗，只要阿曼最后三分钟不攻进伊朗八个球，我们就出线了。"

对话不无夸张，但我相信，那个晚上，和中国足球一起守到最后的球迷应该不在少数。我们本可以不必等，但没办法，我们总是对中国足球不放心——落后不放心，领先也不放心；输了固然一了百了，赢了看人脸色也不放心。这当然也没什么奇怪的，中国足球生来就是让人揪心的，想放心，就别看中国足球，看国球去。

永远让人揪心的中国足球，这次居然成功了一把。虽然不过是进了12强赛而已，离俄罗斯还远得很，但用球迷的俏皮话说，"至少我们没有在2016就失去了2018"！要知道，国足已经有15年没进12强赛了。这种怀抱希望的感觉，谁不喜欢呢？尽管老实讲，我们对12强赛依然很悲观。

也许正是这种希望与悲观同在的复杂感觉，对于此次奇迹般的出线，球迷的狂喜似乎也来得比较节制，抒情的少，调侃的多，俏皮话一句接一句。"你会不会突然出线？""梦想还是要有的，万一出线了呢？”“没看错的话，这是半个亚洲组团助攻国足出线啊！”“看一场比赛变五国球迷，为国足也是操碎了心。”“上联：国足伤我千百遍，我待国足如初恋。下联：国足虐我千百回，我誓今生永相随。横批：我的柔情你永远不懂”……

在如今这样一个人人拥有麦克风的时代，调侃很容易成为群体性行为，刺激和娱乐着人们的日常生活。作为球迷，郁闷时调侃，可以让他们苦中作乐；幸福时调侃，或许则是因为大家对国足依然不够自信。这也无须大惊小怪，在中国社会，足球更多时候是作为一个笑话存在的。球迷还不习惯中国队赢球，尤其是稳定地赢球的感觉。

球迷怎么说俏皮话，都是球迷的事。有关国足出线，作为媒体人，还需要说几句大实话：

一，12强赛不同于40强赛。此次出线，中国队本可以不用如此被动。是两平中国香港队让国足犯了战略性错误。12强赛，对手更强，竞争更残酷，国足要想出线，就不能仅凭匹夫之勇，而需有战略性眼光。绝不能再犯同样的错误，也不能指望幸运总能眷顾我们。

二，国足不等于中国足球。国足冲击12强赛的事要做好，中国足球的基本建设更需加强，比如校园足球、教练员队伍建设，当然还有联赛的经营。这些事情，不会短期让人看到效益，但说不定什么时候，就能帮到我们。就像此次菲律宾队和澳大利亚队的中超外援所做到的一样。

三，本土教练不等于龙套，正如洋教练不等于救世主。高洪波和国家男篮主教练宫鲁鸣一样，都是在最困难的时候，执教球队，而且最终都取得成功。这不只需要勇气，更需要智慧。本土教练可能理论水平没那么高，但他们了解队员情况，懂得如何调动队员的士气，和外教相比可谓各有利弊。像国足这样层次的球队，态度非常重要。中国队“刷卡”成功，与其说是技战术的胜利，不如说是态度的胜利。

四，亚洲二流不等于妄自菲薄。国足目前排名亚洲第 12 位，是典型的亚洲二流。但排名并不能说明一切，正如高洪波所言：“其实中国男足还是有一定实力的”，关键是如何正常地把这种实力发挥出来。国足可以抱着向对手学习的态度去打亚洲比赛，但切不可妄自菲薄。像 12 强这样的大赛，即使只有 1% 的希望也要去奋力争取。用球迷的话说，梦想还是要有的，万一出线了呢？

足球是圆的，中国足球也不应该是方的。只要努力工作，中国足球就会有闪亮的时候，西安的这个夜晚就是证明。

努力工作的人不应被嘲笑，中国足球也不会永远是笑话，我坚信。

归化就归化吧，吃相别太难看就行

若干年前，足坛名宿陈亦明语出惊人：中国足球只能由国产教练带领一帮老外球员，才能冲出亚洲，杀进世界杯（大意）。彼时，大家都觉得他是在说笑话，有人还认为他疯了，但现在看，陈指导岂止是没疯，他似乎还颇有先见之明呢。

君不见，当下的中国足坛，“归化”已成热词。作为首个归化球员，李可已经在国足阵中亮相。而在公布的国足备战世预赛初选名单中，李可依然在列，而另一归化球员则是广州恒大的前巴西中锋埃尔克森。遐想一下埃尔克森加武磊的前锋组合，是不是有点美如画的感觉？国足的“锋无力”貌似有救了。

李可、埃尔克森只是国足归化计划中的排头兵，这个名单据说还很长：恒大前腰高拉特、“重庆小摩托”费尔南多、河南建业大将伊沃、前挪威球员侯永永、前英格兰球员布朗宁与前秘鲁球员罗伯托·萧初……如果未来的国足阵中，时不时有洋面孔闪过，不要奇怪。那依然是我们的国足。

当然，最重量级的洋面孔只有一个，那就是坐在教练席上的意大利“银狐”里皮。

陈亦明想象力超前，但可惜他也只说对了一半。目前的国足，依然还是选择信任洋帅。当然能不能冲出亚洲，杀进世界杯，另当别论。

国足阵中“混”进这么多洋面孔，许多人感觉情感上受不了。有人甚至说，宁可国足输球，也要保持国足的纯粹性。

不客气地说，此论未免迂腐。盖因归化已成世界潮流，是人才交流的方式之一，关键是要合规合法。日本足球当年也是靠归化球员带动了整体水平的提高；平昌冬奥会上，韩国的归化运动员达到了十几人之多；安贤洙为俄罗斯获得的冬奥会金牌，同样得到了全世界的赞扬和欢呼；日本橄榄球队在世界杯上击败南非，举国欢腾，震惊地球，但是别忘了，那支日本队中有 11 名归化球员（主要来自新西兰、萨摩亚和澳大利亚）。

而在 2019 年年初举行的亚洲杯上，超过 2/3 的球队至少有一名归化球员，552 名报名球员中，符合归化球员定义的约占 1/6。拥有 11 名归化球员的卡塔尔队最终还夺得了冠军。难怪有人戏称，亚洲杯俨然成了“归化杯”。

中国足球这么多年，各种法子想尽，依然是烂泥扶不上墙，突然找到归化“良方”，其实不妨一试。毕竟，球迷最大的快乐之源还是看到自己的球队赢球。

世界杯重要还是保持纯粹性重要？我相信绝大多数球迷还是会选择前者。如果国足在短时期内，能够依靠少数归化球员的帮助，实现突破，并以此带动中国足球的整体氛围，让中国足球步入良性循环，那就更是我们求之不得的。

我想，每个中国人都希望，国足能够在本土教练的率领下，带领全部由中国人组成的阵容，杀进世界杯。但问题是，我们做得到吗？有这个自信吗？既然做不到，也没自信，归化就归化吧，只要吃相别太难看就行。伟大如中国女排，教练席上也有洋面孔吧，那影响了我们的快乐和荣耀吗？

当然，归化也不能完全不考虑情感因素，因为归化球员都有一个文化融合的问题，这也是为什么需要从俱乐部开始试点。中国足球搞归化，合理合法之外，还要合情，让归化球员有归宿感，出工又出力，这同样不是那么简单的事情。

有关归化问题，除了吃相不要太难看，更重要的还是要看到：归化毕竟是短期行为，是治标，不是治本。归化应该是中国足球整体规划的一部分，需要服从整体的利益。应该认识到，没有一个国家能够仅仅依靠归化就成为足球强国。依靠归化或许可以短期内提高成绩，也可以改善足球氛围，但只有持之以恒地认认真真地搞青训，才能让整体水平发生质变。

许多国人有救世主心态，但对足球来说，从来就没有救世主，洋帅已被证明不是，归化球员也绝不是。搞足球没有灵丹妙药，只需要有认真劲儿，下笨功夫。中国足球缺的就是这种笨功夫和认真劲儿。

以热爱抵抗寂寞

中国足球有很多宿命，其中一种就是：一旦冲击世界杯失利，大家又会拿基础和青训说事。

这次也不例外，在国足以一场胜利无缘俄罗斯世界杯后不久，中国足协便正式启动青训战略布局，其中一项重要内容就是对青少部、女子部的部分工作职能进行调整，在保留青少部、女子部的前提下，增设男足精英青训部、女足精英青训部。除此之外，还将制订针对青训战略布局的“一揽子计划”，包括引进世界先进青训理念和方法，结合中国足球自身青训工程的实际，建立青训总监制度，聘请国际著名青训专家和国内资深青训专家合作；推动建立国际、国内标准的青训中心；提升俱乐部准入标准并提供奖励等。足协相关负责人表示，“走出去、请进来”将是下一步中国足协青训改革的第一理念，将汲取、借鉴国外高水平足球国家的青训经验并结合中国足球的自身特点，打造“有中国特色”的青训模式，为我国青训发展探索出一条新路。

足协此举被某些媒体解读为“主动求变的有益探索”，预示着中国足球向科学化、规范化、严谨化的管理模式，主动融入世界青少年足球发展潮流迈出了坚实一步，势必将对我国青少年足球事业产生深远的影响。

我也认为足协的战略布局，有些新意（比如把普及和提高分开），但是否像大家期待的那样对中国足球未来有深远的影响，却未敢乐观。毕竟，青训工作，重要的是做，而不是说得多好听。“战略布局”“一揽子计划”“中国特色”，这些话我们听得太多了，未免将信将疑。

事实上，中国足球从来就不缺各种规划和布局，缺的就是一种踏实肯干、耐得住寂寞的精神。

和其他工作相比，青训尤其需要这样一种精神。青训工作，周期长，见效慢，关注度低，比经营国家队和俱乐部要寂寞得多，但唯其寂寞，才更需要有人去做这项工作。没有一些人的寂寞和坚持，就没有另一些人的光鲜和抢眼。没有青训打基础，国家队和俱乐部就是空中楼阁。我们不能等国家队不行了，才想起去搞一下青训，青训必须经常化、制度化，常抓不懈。唯有如此，我们才会最终尝到青训的甜头。

国足很少尝到青训的甜头，那是因为，我们还未到收获的时候，也是因为有人总是耐不住寂寞。一分耕耘，一分收获；几分寂寞，几分成绩。竞技体育，往往就是这样残酷而公平。

在天津全运会比赛中，上海代表团在足球项目的四个组别中包揽四块金牌，可谓前无古人。人们艳羡他们的成功和荣耀，却不知他们背后的寂寞和付出。据悉，上海足球的成功，就是因为他们多年来坚持狠抓青训，尤其可贵的是，他们并不拘泥于某种模式，而是摸索出多种培养人才的途径。上海足球在全运会上展示了青训的力量，是一个很好的成功范本。

在讨论中国足球青训时，人们常深切地感到，最稀缺的不是小球员，而是高水平的教练，而上海队中就有成耀东这样一门心思做青训的高水平教练，他已经率领上海 U20 队连续两届全运会夺冠，他不寂寞吗？当然寂寞，但他认为，"如果热爱，耐得住寂寞就不是问题。我很乐意去做。"

以热爱去抵抗寂寞，这是中国青训教练的宿命，也是他们必须秉持的使命。如果像成耀东这样的优秀教练越来越多，我就不信，中国足球青训结不出果实。

怼不回来的尊重

热闹了一个月的世界杯甫一落幕，我们的中超便密集登场。这种切换让人有些恍惚和不适应，但好歹还有球看，我看许多场次的上座率依然不错，由此足见中国球迷其实并不挑剔。

其实，属于中国足球的好消息还是不少。比如保利尼奥重归恒大，人家可是入选了本届世界杯最佳 11 人阵容的；还有恒大新援塔利斯卡上演帽子戏法，郜林告别“飞机”，打出漂亮倒钩……这还不算，天皇巨星C罗也来中国了。他加盟尤文图斯后首站出访就选择了中国，中国球迷为此感觉些许荣光和骄傲，大概也是人之常情吧。

不过，且慢，人家C罗可不是来中超踢球的，他是来参加商业活动，履行赞助商有关条款的。所到之处，C罗依然保持了大牌球星的风度和亲切，说C罗对中国球迷有爱，我也是相信的，但要说，他多么看重中国足球，则未必。不信听听他加盟尤文图斯后，首次发布会上是怎么说的：“我来到这里是为了寻求新的挑战，无意冒犯，像我这个年纪的球员一般都去卡塔尔或者中国踢球了。在生涯的这个阶段还能效力豪门让我很开心，我要感谢尤文给我这样的机会。”而在此前的世界杯期间，曾有记者询问他是否有意去中国踢球，他干脆来了一句：“我不关注中国足球，对中国足球并不是很了解。”

C罗果然还是挺耿直的，虽然他说自己无意冒犯，但他显然也不想说违心的话。在他心目中，中国足球的确还不太入流，中超就是一座“养老院”，所以通常像他这样年纪的人才会去中超踢球，发挥余热，顺便挣点养老金，以便颐养天年。而他可以不去中超，还能在尤文这样的豪门成为当家球星，这也能从一个侧面证明自己的绝对实力，当然也包括对自己身体良好的保养。

对于C罗的这一番话，许多人都理解为中国足球“躺枪”了。也有人表示不服，认为他对中国足球缺乏足够的尊重，还跑来中国捞钱。“国足炮轰界”第一人，48岁的郝海东，甚至认为

C 罗“不抽烟也不喝酒”“没有文身”也不足为训。他在一档节目中说，“（C 罗自律性强）那纯粹是胡说八道！我们天天跑 1 万米，C 罗跑过 1 万米吗？他没跑过！我们训练可比他苦多了！”

郝海东的这些话立即遭到网友的讥笑，还有人挖出他八年前说 C 罗“火不过三年”的陈年往事，但“郝大炮”也并无尴尬，反而质问网友：“再过几年后，你们不是也吃着泡面、抠着脚、打着键盘？”

某种程度上，我理解郝海东的用心，他是要替国足出头。他现在反正也这么大岁数了，闲着也是闲着，说点过头话，别人还能拿他怎样？

其实不只是郝海东，现役国足队员也都是受不了一点委屈的主儿。

世界杯期间，王永珀因为台媒说了他一句“白斩鸡”，立马发微博怼回去，表示自己“今非昔比”，争取“白斩鸡变辣子鸡”。这话其实没毛病，还透着知错就改的诚恳，但另一句“努力向年薪一亿加油”，就有点太那个了，素质立显。难怪有家传三代做白斩鸡的网友也不干了，恳求大家不要拿国足和白斩鸡比，以免自己的小本生意也做不下去。

我从来也不认为国足有多么不堪，郝海东、王永珀们都在不同的时期做了不同的贡献，但以国足的年薪，公众期待他们做出更大的工作成绩，也完全可以理解。身为国脚和公众人物，必须承受这种压力。君不见，韩国队 2 比 0 击败德国后回国，还被球迷扔鸡蛋。相形之下，中国球迷倒似乎更宽容些。

对于球迷的责备，我以为多是恨铁不成钢，国足队员虚心接受就是。退一步讲，至少可以做到，有则改之无则加勉，犯不着以更大的愤怒怼回去。

尊重，是要靠行动赢得的，用钱买不得，靠打嘴炮也怼不回来。不信您踢出韩国对德国、日本对比利时那种水准，我估计球迷爱都来不及，又怎忍心以“白斩鸡”称呼您呢?

嘴炮无益，都散了吧

“菜”和“送菜的”打起来了……

看到这样的标题，了解中国足球最新舆论场的人，多半要会心一笑。

“菜”是谁？国足也。

这称号有点侮辱人，但国足菜，且菜得特稳定，的确也是事实。

“送菜的”是谁?

美团 CEO 王兴也。人家最新身家近 800 亿元人民币，叫人家送菜的，其实也有点侮辱人。不过这样也好，两边扯平了。

“菜”和“送菜的”怎么打起来的？说来也简单，王兴通过社交媒体讲述自己学生时代跑 3000 米的见闻，并联想到中国男足 12 分钟跑考核，感叹“专业球员跑不过清华普通男生”，“被中国有些行业标准之低震惊”。

此言一出，足球圈内人士都坐不住了。范志毅、马明宇、孙雯、黄健翔、刘建宏等大佬纷纷陈词，反驳王兴业余、无知、以偏概全、不懂足球。

最喜感的是，被球迷戏称“曼联名宿”的董方卓，在个人微博上向王兴发出 12 分钟跑的挑战：“如果我输了，给你们美团做一个礼拜骑手，帮你们送外卖……但要是你输了，就来我的足球夏令营当一天营员，也体验一下足球这个行业的标准，究竟是不是真的低到让你震惊。”

这一场“约跑”迄今无动静，王兴看起来毫无兴致，倒是小董明显“夹带私货”，营销意图明显。难怪身形明显胜出一筹的王兴，不为所动。

从目前的情况看，这场论战并无停歇之势，因为又有学者王小东等人声援王兴，评论国足“贡献是负数，拿了世界杯贡献也不如清华北大”，国脚、前国脚、足球名记们又是一通乱战，骂声震天。

我原先对中国足球的印象是，他们特别扛骂，基本风格是骂不还口，然后钱照挣，球照输。但以此次事件来看，他们的自尊比我们想象的其实要强，他们的心理比我们想象的要脆弱。而且，特别难得一见的是，他们还同仇敌忾，团结如一人，面对王兴，几乎都表现出清一色的义愤填膺。君不见，“护球如亨利”的“李毅大帝”气得都卸载美团 App 了，曾经痛骂中国足球“脸都不要了”的范志毅，甚至懒得提王兴的名字，干脆称其为“那个人”。

那么问题来了，这一次足球界人士为什么反应那么大，那么敏感?

我琢磨，是足球界人士感觉自己的饭碗被挑战了，这也是他们那么团结一心的原因。运动场上有一个定律：“不要用你的爱好去挑战别人的饭碗。”以足球而论，王兴是否有这个爱好都难说，他只不过选择了一个常见而安全的噱头。

他说那些话的时候，估计打死也不会想到，会有那么多足球人士抢着要给他“上课”。

其实，要是真能上上课也挺好的，正好也给大众普及一下足球运动的知识，尤其是基础体能和踢好足球到底是一种什么关系。过往围绕中国足球的讨论看起来不少，但大多陷入情绪化，甚至是谩骂。如果王老板唱的这一出，能普及下足球基本知识，无论其初衷如何，对传播足球其实也不是坏事。

这当然是有些理想化，因为眼下足球界人士都深深地沉浸在自己的义愤中，说维护行业形象，是有点高看他们了。他们想的大半是自己的饭碗，所以那些看起来猛烈的反击，就不免流于狭隘——谁说没有专业背景，就不配评论中国足球呢？那全中国有几个人有资格去评论中国足球？谁说中国足球“处在困难时期”，就应该得到特别照顾，而不应该被批评？那与袒护有何区别？

以愚见，对待批评声音，足球界人士还是多做少说为好，有则改之，无则加勉，知耻后勇远胜于巧舌如簧。要知道，对待偏见，最好的办法是用行动说话。

“大嘴”巴克利说姚明得不了20分，那就得给他看，他最后还不是得乖乖地亲驴屁股。国足做不到，那也得忍着，怼回去绝不是好主意，因为尊重是怼不回来的。

犹记得两年前，某国脚被媒体戏称为“白斩鸡”，他反击说自己要努力挣一个亿，结果却招致更大的嘲笑。

说一千道一万，中国足球从不缺各种骂，各种怼，缺的是切实有效的行动。所以这一场旷日持久的论战，我劝大家都少说两句，嘴炮无益，都散了吧。

我们真的有那么爱足球吗?

国足输球，里皮辞职。中国足球还是那种熟悉的配方，熟悉的味道。

许多人又开始说，中国足球迎来了黑暗时刻。似乎里皮在，中国足球就能一直光明着。但事实证明，里皮带给我们的欢乐也极其有限。里皮，不是我们想象中的那个救世主。

对于中国足球来说，从来就没有救世主。里皮不是，热闹一时的归化球员看来也不是。埃尔克森甚至没有几次触球，而李可只能替补出场，唯一为国足挽回一点颜面的还是武磊——目前中国唯一的足球留学生。

也有人对里皮改捧为骂，觉得“银狐”本来就不行，现在又老了，他就是来抢钱的。更多的人责怪里皮这样中途撂挑子，实在是没担当，没责任感，也太不尊重中国足球。他根本就不爱中国足球。

先来说第一个问题，里皮到底行不行？

里皮肯定行，一个带队拿过世界杯和欧冠的教练，不需要证明什么了。

以他的水平，带中国队，就像媒体说的，那是博士生带小学生，绰绰有余。他当然老了，也可能不需要那么多钱。但他不是来抢钱的，是我们愿意给那么多。准确地说，是恒大的许老板愿意给那么多。

至于第二个问题，也没多么复杂。里皮带国足，本来就不太情愿，只是给钱实在太多，不好意思不拿。年初亚洲杯，他已经撂过一回挑子了，我们又非要把人请回来。现在他故态复萌，不是老爷子长脾气了，而只能证明中国足球的主事者不长记性。

在国足晋级 12 强希望犹存的困难时刻，里皮中途撂挑子，当然可以谓之没担当，不负责任。但他 70 多岁了，就这么任性，你又有什么办法。

里皮有生气的权利，却没有爱中国足球的义务，所以他担任主帅期间，看起来的确没那么投入，没那么多热情，包括不看中超比赛，甚至拒绝带队打东亚杯什么的。

但你请里皮来，显然不是冲着人家的热情，而是他的专业水准。要热情，请中国香港的陈婉婷女士（曾担任过中国女足 U16 主教练）来好了。问题是我们敢用吗？

因此，别怪里皮绝情。他一定爱足球，但不一定要多么爱中国足球。

而且，我们还需要反躬自问：我们真的有那么爱足球吗？

比如国足队员，他们有那么爱足球吗？要真的爱足球，他们就一定要像里皮说的那样，不要害怕，表现出斗志和欲望来。

不止里皮，武磊赛后也认为，中叙之战，国足队员取胜的欲望没有对手强。但以常理推断，难道不应该是国足更应该表现出强烈的取胜欲望吗？我们的积分可是落后对手两分啊。

也许问题症结仅在于，他们只是将足球当作一项谋生的工作——打不好国家队的比赛，回俱乐部照样挣大钱。有这样的“底气”，他们表现不出取胜的欲望，也不足为怪。

还有中国足球的管理者，他们真的有那么爱足球吗？

也许他们更看重的是在任期间的政绩吧。押宝里皮，豪赌国家队不是政绩冲动，又是什么？青训人人都讲，但总是雷声大雨点小，无非也是青训不容易出政绩罢了。真爱足球的人，要耐得住寂寞，坐得住冷板凳，中国足球的主事者做得到吗？

还有那些现场的中国球迷，他们真的有那么爱足球吗？

他们在比赛初期还能歌唱跳跃，还能为国足摇旗呐喊，但最后怎么就成了沉默的一群人呢？要知道，落后时和球队站在一起，不离不弃，才是真爱啊。

即使那些到不了现场的电视观众和键盘侠们，也不要那么肯定自己有多么热爱足球。如果你只是打打嘴炮，通过骂国足和中国足球，来释放生活的压力，而从不亲自去球场感受下足球运动的魅力，或者当孩子希望去踢踢球，而你却以写作业为由拒绝他，那，也绝不能叫爱足球。

爱，从来不是口头上的呐喊，而是需要付诸行动的。足球，更是如此。

我绝不是为国足输球推责。但千真万确，中国足球搞不上去，不只是从业者的事，其实和每个人都有关。当我们每个人真的足够爱足球时，中国足球离崛起的那一天也许就不远了。

足球教育从瞎踢开始，这还真不是瞎说

“足球教育应该从瞎踢开始。”

初听这话，还真有点被惊着了，但好在它不是一般人说的，是张路指导说的。

一般人要这么说，也就是瞎说而已，但浸淫足球半个世纪的张路指导这么说，我们就一定要洗耳恭听了。

张路指导何许人也，段位高的球迷一定知道，也必须要知道。

他曾担任过北京足球队门将，退役后到北京体育科研所工作，官至副所长，1991 年获得北京体育学院硕士学位。但副所长、高学历不过是常规操作，真正让张路暴得大名的是从 20 世纪 90 年代初开始，担任央视意甲联赛的解说嘉宾。

记得当年和他搭档的是张慧德老人，一个庄重，一个活泼；一个懂足球，一个懂意大利语；一个操着标准的京片子，一个略带南方口音。两人你唱我和，竟成“天作之合”，大受球迷欢迎。

想起来，那也是意甲联赛在中国的黄金时代，也是中国球迷

不可多得的一段欢乐时光。

随着 1996 年进入国安足球俱乐部高层，张路逐渐淡出足球解说，这些年则致力于青少年足球和校园足球。不仅屡有惊人之语，更身体力行。

比如北京国安这两年做的“小比赛，大梦想”，就是让孩子自由地游戏，进行小场地比赛，四对四或者五对五，不要教练也不要老师去管他，去告诉他怎么做，就让孩子自由地踢。

为此，他们还提出一个口号，叫“一班两队，一周两赛，小场瞎踢，健康快乐”。

结果，这个项目大受学生欢迎，家长也支持，因为一周才两赛，每次才四分钟，不影响学习。

这个形式，其实也不算什么创造，《国际足联草根足球计划》就明文要求，6—12 岁的儿童踢足球，就是小场地比赛，自由发挥。

足球教育，从瞎踢开始，不仅符合孩子天性，也是国际潮流，还真不是瞎说。

足球从娃娃抓起，这口号喊了多少年了，但为什么实际执行的效果不佳？

答案很简单，就是观念出了问题，唯成绩论，太功利了。

我们处处以提高为主，以选拔运动员为核心，结果导致“早期专项化”，孩子连学习也不要了，整天就是踢球，导致所谓的“学训矛盾”。

结果只能造成一个局面，家长不支持、学校不支持、老师不支持，这三方面不支持，普及效果如何，可想而知。

可见，以功利之心去搞足球，不仅成人足球上不去，青少年足球也搞不到点子上。

有句很流行的话，叫“不要因为走得太远，而忘记为什么出发”。搞足球其实也有个初心的问题，那就是，我们搞足球，究竟是为了什么？

世界杯出线，中超登顶，亚冠夺冠，这些当然都是现实的目标，但不是根本目标。

国际足联对于足球运动的目标是这样定义的，“团结、教育、文化，以及人道主义精神”。中国足协章程也有明文规定，就是“增强人民体质、丰富群众业余文化生活、提高足球运动水平和加强社会精神文明建设”。

听起来都很虚，但其实非常重要。

足球从来就不只是一项运动，它是一种文化——大众文化。搞足球的根本目标是人的教育，是身心的全面发展，整体素质的提高。

无论是成人足球还是青少年足球，无论是普及还是提高，都需要服从这个根本目标。因为只有如此，人们才能感受到足球运动的快乐和魅力，足球才能真正在人们心中扎下根来。

足球在中国至今仍被视为第一大运动，但它从未在这片土地上扎下根来。

我们也没有想象中的那么爱足球，我们中的大多数人都只负责谈论足球，骂足球，那并不是真正的爱足球。

我想，这大概就是中国足球苦大仇深的原因所在。那么，从孩子瞎踢开始，让快乐一点一点回来，中国足球或许还有疗救的希望。

我们为什么热爱世界杯

无论是否有中国队（正常情况下没有），足球世界杯都是中国球迷的快乐之源，也是最令体育记者感慨万千的赛事，没有之一。

交换球衣

喜不喜欢足球，都不会妨碍我们以一种欣赏的眼光去注目于绿茵场上双方队员交换球衣的那一瞬间。当硝烟散去，对垒的两军战士脱掉身上的战袍，露出男人强壮、精致而生动的上半身肌肉和各式各样好看的文身，好勇斗狠的足球也因此多了些许温情。

交换球衣是一场绿茵大战最后的仪式。不管赢球还是失败，不管快乐还是悲伤，球衣通常还是要交换的，因为它代表了游戏双方的互相尊重，留下的是一份珍贵的友谊和难忘的记忆。

但不是所有的比赛都会上演这样的动人场面。

当英国和阿根廷的"世纪大战"结束后，双方队员都径直走进了休息室。他们没有心情交换球衣，双方多年来在政治和足球上的恩怨使他们都不约而同地回避了这一仪式。

当中国和巴西的比赛结束后，双方队员也没有在全世界都能看见的电视镜头面前，像一群战士一样交换他们身上的战袍。

不是我们的队员不想，而是巴西人不屑。0 比 4 的比分只是一个数字，但比赛中每个细节所显示的双方在技战术上巨大的差距远比这个数字要大。

这不是一场真正意义上的战斗，这根本上就是一场“屠杀”，和沙特所经受的那场“屠杀”并无二致，只不过是散漫的巴西人并不像倔强的德意志人那样非要赶尽杀绝而后快。他们在上半场 3 比 0 领先后，就“已经没有比赛的兴趣了”（巴西队队长卡福赛后语），他们在进第四个球后，就已经没有进球的快感了。

所以千万不要说，我们在四球落后的局面下踢得是如何之好，如何积极进取，如何差点就进了球。那改变不了一个事实——我们压根儿就没有赢得对手的尊重。所以，人家轻慢我们，拒绝我们队员交换球衣的要求，你也不要显得那么义愤填膺。如果我们真是个够格的对手，不用你央求，不用你追到人家的休息室，他们就会当着全世界人民的面把球衣脱给你的。

据说，中国还是有三四个球员通过各种途径，包括动用米卢的私人助手胡里奥，弄了几件巴西队员的球衣。这没什么，球员也有追星的权利，不过我希望他们能把这球衣留作一个失败的记忆，而不要把它挂在董事长的办公室里，变成一个炫耀的资本，一个光荣而吓人的招牌，因为毕竟失败就是失败，伤疤远不是鲜花。

顺便说一句，我特别看不惯，中国记者这董那董地瞎叫，据说，现在还有记者叫球员“老板”的，可是你能指望 11 个董事长或是大老板玩命踢好球吗？他们更应该去打高尔夫才对。

央视体育频道的一次“塌方”

忘掉那个沉闷的“意大利之夜”吧，忘掉那个糟糕的解说员，还有那个歇斯底里，惊醒无数婴儿、老人的恐怖声音吧。

你当然知道我说的是谁，有关黄健翔“解说门”的报道和评论已经铺天盖地，甚至超过了创造历史的罗纳尔多、力压黯然离别的金童劳尔和突然苏醒的大师齐达内，还惊动了外电。对于一场沉闷而且丑陋的 1/8 系列赛，黄健翔的“激情 3 分钟”，像天空中的一道闪电，像北京突降的倾盆大雨，让我们在深夜里睁大了熬红的眼睛，睡意全无。可是作为中国人，你能把我们伟大解说员的忘情呐喊当作一种光荣，当作我们对于世界杯的一种伟大贡献吗？

我不能，我只能为此感到害臊。

印象中，我们中国人总是喜欢以一种怪异的方式去表明我们的存在，显示我们和世界杯的联系。我们总是不甘寂寞，从来就不满足于当一个默默的学习者。

日韩世界杯，中国队早早地被淘汰，本来没我们什么事了，可是后来韩国人赢球了，中国人为此争吵不休，还差点引发了外交纠纷，让老外莫名惊诧；德国世界杯，中国足球彻底成为看客，但中国媒体的亢奋一点不减，那么多的中国记者聚集在德国，连外国人都看不过去。“又没有你们的球队，你们那么关心干什么？”

这样的问题足以“击毙”那些把足球当饭吃，视足球为生命的人。可是我们那些吃足球饭的人，那些牢牢掌握话语权动动嘴皮子就觉得自己“像男人一样去战斗”的伟大解说员们仍然高高在上，感觉好得不得了。他们中的杰出代表——黄健翔到最后终于绷不住劲，把自己的无知、无礼、无趣来了一个总爆发，而且让所有守候在电视机前的球迷无处可逃。

说实在的，从我个人的角度，我倒是挺喜欢黄健翔那些妙手偶得的排比句，也喜欢他的真性情，可惜他的才华和真性情真的是用错了地方，选错了时候。

黄健翔引起了许多人的同情和力挺，我也一点不感到奇怪，因为这在中国电视史上的确是没有先例，它一定会成为一个代表性的个案，供后来者研究，但绝非所谓的“经典”。因为毫无疑问的是，黄健翔的“解说门”就是一次不折不扣的事故，是央视体育频道的一次严重“塌方”，对于任何一方都没有光荣和自豪可言。今天的中国体育电视观众没有频道选择权，央视的强势地位暂时可以无忧，但相信我，不会永远如此。

央视道歉了，黄健翔也暂时歇了，是时候收拾口水和笔墨了——对于四年一次的世界杯来说，不谈足球，而去谈黄健翔是可笑的，甚至是可耻的。也许有人会怀念黄健翔，那就让他们怀念去吧。世界杯来日无多，让我们且行且珍惜。

足球就是一乐儿

每届世界杯都会伴随着球迷的疯狂之举。

有关疯狂球迷，我听到的最新版本有：在澳大利亚，因为球迷要看本国球队的比赛，结果一天有 200 万人旷工，经济损失惨重；德国则有公司为了方便球迷看球，干脆给员工放假；还有更绝的，德国的婚姻登记处给那些希望借世界杯喜庆气氛喜结连理的准新人们发出了公告：你们最好在下午 4 点前来，因为 4 点以后我们就要看球了；而远在阿根廷，也有中小学给学生放假，让他们专心看球，但据说人家也不让学生白看，看球之余，还要搞点爱国主义教育之类的，有点我们通常讲的“寓教于乐”的意思。

世界杯让球迷疯狂，想想其实也能理解。四年等一回，那么多球星聚集一堂，球迷能不像过节一样？什么叫过节？就是能干一些平常不能干的事情，就如春节可以放鞭炮，而平时不能随便放一样。所以，对一些球迷热情乃至疯狂、出格的举动，我认为是应该予以充分理解的。对于那些真正热爱足球的球迷来说，世界杯期间不让他们看球是不人道的。

但疯狂球迷所干的疯狂事情并不全是有趣的，有些甚至让人心情沉重。

在印度，据说有球迷聚集在室外看球，结果不幸遭雷击，“牺牲”了好几个。我们中国也不甘落后，日韩世界杯就传出一位球迷看球心脏病发作不幸身亡的新闻。德国世界杯，我国球迷则更上层楼，据报道全国因看球丧命的就达六七人之多。

当然，这些为足球而殉情的球迷各有不幸，有看球兴奋引发心脏病的，有只顾高兴狂饮而因酒精致死的，也有看球太疲劳出车祸的，还有看球观点不一大打出手酿成命案的。对于这些不幸，即使为死者讳，我们也不能把板子打在足球和世界杯上。

爱足球、爱世界杯永远无可厚非，但如果这种爱要用生命去抵押，那是足球这项运动无法承受的。足球不就是一个乐儿吗？生命永远要重于足球，身体发肤，受之父母，理当好好珍惜。为球殉情，不仅不值，而且不孝。

中国足球这20年基本没有翻身的时候，这让许多球迷变得极端，充满了悲情色彩：有球迷为看球而舍妻抛子的，有为追随中国队负债累累的，还有球迷为看球而丢掉工作的，如此种种，不一而足。而可笑的是，有些媒体对此似乎情有所钟，褒扬有加之余还要推波助澜。我认为，媒体这样的态度实在不智。

足球对于绝大多数球迷来说，只是生活的一种点缀，而不能当饭吃；足球也并非男人身上必不可少的标签，当年有国脚振臂一呼：是男人就要踢球，眼下也有名主持著书，标题赫然是：像男人一样去战斗。奉劝广大球迷千万不要受他们的蛊惑。他们都是吃足球饭的，自然要把足球神圣化。不喜欢足球，或者喜欢但品位不高，一点也不丢人，而且丝毫不妨碍你去做一个真正的男子汉。

踢踢球，跳跳舞

足球和舞蹈或许天生就有一种密切的关联吧，看看正在如火如荼上演的世界杯盛宴，我的这种感觉更加强烈了。

南非世界杯从一开始就是蹦蹦跳跳地来到世人面前的。40分钟的开幕式，除了唱歌，就是跳舞——演员在跳舞，观众在跳舞，就连主席台上的一些贵宾也卸下矜持，跳起了欢乐的舞蹈。没有华丽的时装表演，也没有红地毯，更没有大人物们冗长的致辞，甚至贵为布拉特和姆贝基等都只能成为配角。

以我们中国人的眼光，对于世界杯如此重量级的大赛来说，这样的开幕式似乎有点不够庄重，但想想，又有什么不好呢？世界杯，足球才是真正的主角，世界杯本来就是一大派对。如果唱歌跳舞最能表达东道主快乐的心情，那他们又为什么不那么做呢？

踢踢球，跳跳舞，世界杯的快乐本来就应该如此简单。

非洲人天生就爱唱歌跳舞，当年喀麦隆的米拉大叔从哥伦比亚疯狂门将伊基塔脚下抢过足球射门得分后，就是跳着舞让世界惊艳的。南非世界杯，加纳的吉安、南非的沙巴拉拉，在进球后都跳起了欢快的舞蹈。而至于赛场外和看台上，非洲球迷的舞蹈更是没有一刻停止过。足球，让人快乐；跳舞，也让人快乐，而跳着舞，看足球，当然会让球迷的快乐变得无以复加。

发明了探戈的阿根廷人在足球场内外似乎不是那么热衷于跳

舞，但阿根廷球员却是绿茵场上天生的舞者。南非世界杯开赛至今，人们都对德国四球大胜澳大利亚的场面津津乐道，但在我看来，阿根廷对尼日利亚比赛的上半场，才是南非世界杯迄今为止最为华丽的表演。阿根廷前锋梅西把足球变成了舞蹈，尼日利亚守门员恩耶马同样把足球变成了舞蹈，一攻一守，一手一足，尽显足球魅力。他们是对手，也是舞伴，共同跳出了世上最美的绿茵舞蹈。

现在终于有点明白为什么人们要把巴西足球叫作“桑巴舞”了。最高级的足球一定和舞蹈有相通之处，不仅是因为他们（踢球者和演员）都用脚，更重要的是，他们都拥有一颗自由奔放的心。

那些泪水会被人经常想起

每届世界杯都少不了泪水，只是谁都没有想到，南非世界杯小组赛就伴随着泪水。

没错，我说的是郑大世。这位朝鲜铁汉在和巴西比赛前升旗仪式上哭成了泪人。他在那一刻想什么，没人知道，其实也不重要，但毫无疑问，郑大世感动了全世界，或许也感动了上天。朝鲜队在比赛最后一刻的进球，在我眼里便是上天对他们的眷顾。

和五星巴西一战，朝鲜队赢得的不是普通意义上的尊重，而是尊敬——全世界球迷的尊敬。

我一点也不想夸大精神力量在体育比赛中的作用，但对于世界杯这样的大赛，精神层面的东西似乎从来就不可忽视。它或许左右不了比赛的胜负，却可以让赛事生色，让体育升华。朝鲜队就拥有这样一种强大的、可怕的精神力量。

朝鲜队不是今天才拥有这样的精神力量：1966 年英国世界杯，他们就依靠顽强的拼搏精神成功地把整个米德尔斯堡变成了自己的主场；而数年前，国内也有媒体曾经报道：朝鲜到中国打比赛，赛后将场地提供的矿泉水统统整理好带走。昔日足协掌门阎世铎在看到朝鲜四五名球员合买一瓶可乐时，竟哭到用头去撞栏杆。

总是在寂寞中苦练的朝鲜队却总是如此让人惊奇和感动，他们让中国球员踢不好比赛的所有借口都变得荒唐而可笑。

老实讲，南非世界杯迄今为止的演出并不完美：安保问题突出、天气有点冷；球迷上座率不高、进球数有点少；绿茵豪门的表演不够漂亮，呜呜祖拉有点吵……但还好，世界杯拥有朝鲜队。

世界排名第 105 位的朝鲜队的确让世界杯增色不少，它不得不让世人从另外一个角度打量世界杯：足球是游戏，但世界杯不是儿戏，它和国家荣誉、拼搏精神这些字眼其实有着天然的关联。朝鲜队还用行动告诉人们：世界杯不仅属于巴西之类的所谓绿茵豪门，也属于朝鲜、新西兰这样的平民球队。

在南非赛场上，郑大世并不孤独，同一天，为新西兰得到世界杯第一分的雷德眼中也依稀闪过同样的泪花。我相信，若干年后，世人一定会经常想起这些泪水，并为之深深感动。

我们为什么热爱世界杯

“又没有中国队，你们看个什么劲儿啊？”

这是世界杯期间，熬夜看球的球迷经常要面临的诘问。老实讲，这问题挺尖锐的，还有点伤感情。但对于真正的球迷来说，这其实是个伪问题。

没有中国队，就不用看世界杯了吗？按照这样的逻辑，世界杯的比赛只需要那 32 个参赛国的球迷参与就够了，但事实上，远非如此，世界杯是真正的全球狂欢。据称，全世界 30% 的人对世界杯感兴趣。这其中当然包括那些没有取得世界杯参赛资格的国家和地区的球迷。

足球是最平民化的、最具号召力的全球性运动，而且世界杯充满变数和悬念，以弱胜强的例子不胜枚举，小国和大国的分野变得模糊，再加上形形色色的球迷蜂拥而至，四年一度的世界杯实际上浓缩了足球运动所有的精华。

对于真正的球迷来说，这自然是享受的最好机会，即使以熬夜伤神为代价，也在所不惜。世界上绝大多数美好的东西，是可以超越国界的。《蒙娜丽莎》难道只配意大利人欣赏吗？不是中国人就不能看《红楼梦》吗？热爱世界杯、观看世界杯，其实何须理由。

自然，球迷的倾向性向来是比赛魅力的一部分。没有中国队，也并不妨碍中国球迷成为“巴迷”“阿迷”“德迷”“意迷”

甚至“朝迷”。我所在社区的一位小朋友是“韩迷”，原因竟是“韩国人和中国人长得像，而且和我们还是近邻”。我丝毫不觉得这有什么不妥，或许还会在他的成长历程中留下一个有趣的印记。

我本人就是个“荷迷”，因为我上大学时，正逢荷兰三剑客驰骋足坛，那是一个橙衣飘飘的年代，也是一个浪漫主义和理想主义盛行的时代（不仅仅是足球），至今让人神往。尽管荷兰足球后来再也没有当年的盛世，但“荷兰情结”就此埋下种子，每到世界杯年便会反复“发作”。

我相信，我所经历的事情也会发生在别人身上。足球就是这样伴随着一代代人的成长，并影响到他们的人生。

世界杯期间，让我们暂时忘掉中国足球吧，也拜托媒体别总是提什么世界杯的“中超球员”“中国元素”了。世界杯就是一乐儿，不要让太沉重的东西败坏了我们看球的心情。

看球，多大个事儿

世界杯期间，看不看球，还真是个事儿。

对于铁杆球迷，这当然不是问题，他们不仅要看，而且最好还要看直播——回看或看录像，都显得档次不够。深夜的手机“朋友圈”依然热闹，这是属于真球迷的快乐，多少也带点炫耀和自豪。

但对于另一部分球迷，要想在深夜爬起来看球，就不是那么容易的事情了。所以，手机微信上流传的不仅有“世界杯装腔指南”，而且还有“假装看过直播指南”。世界杯，就是这样，不由分说地影响着人们的生活和交际，这个夏天，你要想躲开世界杯的喧嚣，难啊！

世界杯期间，为什么要装腔，还要装着看过直播，这其中的社会心理其实也不复杂——人类是社会性动物，只有当人们与周围大多数人行为一致时，人们才会觉得心里踏实，否则就会产生人际压力。因为观看世界杯的所谓“真球迷”太多，他们实际上已经形成了一种无形的“话语霸权”，因此他们才会带动身边的“伪球迷”和准球迷，这些人可能并不或不太关心足球，但当四年一度的足球狂欢到来时，他们同样希望加入庞大的世界杯球迷队伍，渴望找到归宿感、安全感和被承认感。而且，观看世界杯最重要的后果是：突破日常的生活秩序，这种刺激的感觉其实是绝大多数人乐于尝试的。

于是，我们才会看到一种有趣的现象：世界杯期间，足球迷成倍增长。其中的真伪或档次之分，自是仁者见仁智者见智，但球迷有真伪，乐趣各不同。真球迷无论对伪球迷有多么不屑，他们都为世界杯的疯狂氛围做出了贡献。在这个夏天，他们拥有一个共同的名字——球迷。

据说，全世界有30亿人观看了巴西世界杯揭幕战，我不清楚，中国人对于这个数字的贡献有多少，那一定是一个惊人的数字。

中国足球在世界足坛的影响委实有限，按坊间的调侃，自高俅退役以后，中国足球 1000 年都没有缓过劲儿来。但中国球迷对于世界足球的贡献却应该有个公道的评价，要知道，巴西世界杯几乎所有的比赛都在晚上 12 点至早上 6 点之间开赛，对于一个第二天需要正常上班的人来说，要想坚持看所有的直播场次，实在是一件有损健康，也未必快乐的事情。

因此，要我说，看不看直播，实在不必纠结，想看就看，有条件就看，实在困了还是睡觉为上，不必强求，更不必以此炫耀，或视之为“爷们儿”的标志。

看球本是一件快乐而轻松的事情，如果因此弄得壮怀激烈、疲惫不堪、人将不人、家将不家，就有点舍本逐末了。

有人说，四年一度的世界杯是一场狂欢，要的就是非理性和无节制，何况世界杯期间，大家都找到了“组织”，从个体变成了群众，不发泄一下更待何时，但凡事均有度，越是这样，越是蕴藏危险。

按照法国社会心理学家勒庞的说法，“群众”（由异质的个体临时组成的集合）就是一种“缺乏逻辑推理能力”“感情单纯而夸张”“容易受暗示容易冲动”的乌合之众。世界杯庞大的球迷群众，就有勒庞所描绘的某些特征。每届世界杯期间，都有球迷极端事件发生，也从某种程度上印证了足球可以是天使，也可以是魔鬼。普通的足球迷离“足球流氓”其实并不遥远。

让足球回到足球，让看球变得更轻松一点吧！无论世界杯有多么大的魔力，足球终究是生活的一种调味品，而不是生活本身。作为球迷，珍惜看球的乐趣，也需尊重别人不看球的权利。

这才是真正的和而不同。

足球是一种很玄的东西

看世界杯，常常能感觉到足球的玄妙。套用一句老歌的歌词：足球是一种很玄的东西。它是22个人围绕着一个皮球抢来抢去的游戏，但又不全然是。

巴西对喀麦隆的比赛中，巴西队员几脚曼妙的传递后，最终射门未果。央视的解说员说："这球要是进了，就是一件艺术品。"似乎怕观众不明白，他还补充了一句："是一件行为艺术品。"和此前朗诵诗歌一样，这评论让人印象深刻。事实上，足球的确是足尖上的艺术，我们夸奖一个运动员，最高的评价通常是他的脚"会拉小提琴"或"中场的指挥大师"之类，这同样可以视为足球和艺术的交集。

本届世界杯在素有桑巴足球王国的巴西举办，这让足球离艺术更近了。巴西、荷兰都踢出了艺术足球的味道，西班牙出局了，但他们曾是艺术足球的代表，因此，远隔千里的中国媒体才会用诗歌为他们送行。他们配得上这样的礼遇。西班牙的谢幕演出中，比利亚的脚后跟再次让我们领悟到了足球的美妙和诗意。

足球是艺术，也和生命有关。智利队世界杯的宣传励志片恫吓了对手，也震惊了全世界球迷。听听当年那些被困井下79天最终奇迹生还的矿工是怎么嘶喊的："西班牙很难打，荷兰很难打，这是死亡之组，死亡算什么！我们战胜过死亡！智利万岁！”“我们无惧死亡之组，我们无惧死神，因为我们曾经打败过它！”

在智利人眼里，足球就是这样横跨生死，成为一曲生命的礼赞。也许正是有这样的精神力量支撑，他们才会在死亡之组中踏着世界冠军西班牙的“尸体”成功突围。

“足球无关生死，但高于生死”，这是利物浦传奇主帅比尔·香克利的名言。足球对于许多人来说，不是生活的全部，但对有些人来说则是全部：贝肯鲍尔在 1970 年墨西哥世界杯西德队对阵意大利队的半决赛中，肩膀脱臼，仍然缠着绷带打满全场；澳大利亚足球运动员科威尔身患癌症，仍坚持参加 2010 年南非世界杯；本届世界杯，乌拉圭后卫佩雷拉，被英格兰斯特林的铁膝重击太阳穴，一时失去意识，醒过来后，当教练准备将他换下时，竟咆哮着打死也不下场……

足球就是这样一项充满战斗精神、让观者肾上腺激素飙升的运动，它和诗意、艺术并存，让足球变得更加美丽动人。

足球还和青春、成长、隐秘的记忆有关，球迷看世界杯的幸福和快乐是经由时间累积下来的，记录着传承、友谊和家族的温暖，因此也显得格外庄重，需要倍加珍惜。

身为中国球迷，看不到中国队在世界杯的身影是不幸的，但这正好给了他们钟爱其他球队的理由。无论你是“巴迷”“阿迷”还是“西迷”“荷粉”，我相信都和青春中的某段珍贵而美好的记忆有关。

比如我之喜欢荷兰队，因为长发飘飘、高大英武的荷兰“三剑客”伴随着我和小伙伴们的成长，这是一种无理由的喜欢，毫不因为“三剑客”的飘然离去而有所改变。看世界杯，完全超然、没有任何倾向性，没有一点情感投入，对于球迷来说是不可想象的，也是无趣的。世界杯的温度，就是由球迷的情感堆积起来的。

足球，就是这样一种很玄的东西。

有一种风景叫橙衣飘飘

神剧情！神逆转！人们似乎只能用这样的词来形容荷兰与墨西哥的八分之一决赛。

在巴西北部下午炙热的阳光下，郁金香正在枯萎，范加尔的世界杯之旅也眼看着就要结束，但在一场戏剧性的补水之后，荷兰人的风车再次起舞，两位早已不再显赫的球星完成了从扳平到绝杀的全部剧情。墨西哥人仍然无法摆脱宿命，而荷兰人则继续前进，风车还会起舞，橙衣将继续飘动……

老实讲，巴西世界杯，没有人对荷兰队有太高的期许。橙衣飘飘的美丽与潇洒停留在球迷的记忆里，深藏在他们的怀念中，即使是南非世界杯，荷兰队出人意料地夺得亚军，他们也没有收获应有的赞许。相反，全世界球迷都指责荷兰队踢得丑陋，与他们的想象和期许不符。既要有好成绩，还要踢得漂亮，当今世界足坛，除了巴西队，恐怕就只有荷兰队会享受如此“待遇”了——这与其说是球迷一种不切实际的要求，倒不如说是球队一种无法取代的荣耀。

荷兰队就是这样，时刻背负着为美丽足球证明的使命，这让他们过去宁可在绚烂中死去，也不愿在挣扎中活着。

“无冕之王”，有时是一种赞许，有时也像一种讽刺。所以，试着理解范马尔维克和范加尔吧，今天的荷兰不再想理会什么使命感，他们把艺术足球暂时放在了一边，他们要的只是进球和胜利。

在小组赛中，荷兰人做到了，尽管三场全胜、十个进球（所有球队之最）都换不回球迷“踢得漂亮”的认可，但范加尔依然我行我素；在淘汰赛的第一场，荷兰人不仅做到了，而且还展示了荷兰足球鲜为人知的一面——战斗到最后一刻的韧劲。这种事情过去通常发生在德国人身上，就像防守反击打法经常会发生在意大利人身上一样，但本届世界杯上的荷兰队却成功地当了一回学习者，让德国式的坚韧和意大利式的犀利“灵魂附体”。难怪，已经有专业人士迫不及待地说：荷兰队踢得像一个世界冠军球队。

荷兰队的胜利依然充满着争议，比如罗本是否假摔，比如他们的两个进球有些偶然。我的一位朋友对荷兰的踢法痛恨有加，认为范加尔和他的球队是踩着“狗屎”在前进。但平心静气地说，荷兰队在巴西世界杯的运气并不好：有两场比赛被判点球，被澳大利亚队打进世界波，对墨西哥队开场九分钟即损失大将德容，上半时罗本的点球未判，还有比赛地 39 摄氏度的高温……荷兰队要是运气好，也许就用不着逆转和绝杀了。

对于世界杯这样的赛事，总是需要一点运气的，但运气不会决定一切。荷兰队一场比赛逆转，你可以说是运气，三场比赛逆转，似乎就不能叫运气了；范加尔一场比赛换上替补就立功，但三场比赛都如此，就更不能仅仅用运气来解释了。

我的意思是，荷兰队没有踢出理想中的艺术足球和攻势足球，但他们的努力依然需要尊重。荷兰足球变功利了，这是他们的自我修正，效果其实看起来更好，因为荷兰足球从来不缺少才华和漂亮的进球。最重要的是，荷兰队更团结，更有韧性，这样的荷兰队有理由走得更远。

一个橙衣飘飘的新时代会来吗？天知道，但至少到目前为止，巴西世界杯上的橙色依然生动鲜艳。

世界杯的面孔

英国人类学家德斯蒙德·莫里斯旧书新出——中文版《为什么是足球？》已登陆中国。此君的大作《裸猿》曾是我们大学时代的流行读物，所以对于这本讨论足球的书，我虽未及拜读，却是相当期待，尤其在俄罗斯世界杯开幕这样的特殊日子里。

为什么是足球成为世界最热门运动？这样的问题的确值得一探究竟。冠以世界杯的赛事很多，篮球、排球都有，前不久在武汉落幕的跳水赛事也名为世界杯，但为什么独独是足球世界杯才能成为全球性的狂欢，甚至形成一种独有的话语霸权，让不关心足球、不关心世界杯的人感觉到压力甚或“孤独无助”？

著名足球教练穆里尼奥的回答是："足球是由情感和数字共同组成的一道优雅的方程式……那些只看到 22 个人追着一个球跑的人，无法理解这项运动蕴含的几何学原理、芭蕾舞般的美感、精神深度及其本质。足球是对人性及其众多面目最忠实的演绎。"

而诺贝尔文学奖得主帕慕克在回答媒体提问时坦承，人们能从足球中学到很多，"比如，我们可以学到，原来世界上还有这么多其他国家、这么多不同肤色的人，他们跟我们一样，我们必须尊重他们。足球也教会我们，尽管一个球队的队员能力弱，但运用一些常识，他们仍能取得胜利。再如，在遭受令人沮丧的失利后也不应该对任何人动手动脚"。

这些各自领域的大腕，对于足球的理解，各不相同，但他们都提到了人性、尊重、精神深度这些看似玄虚的字眼。这并不奇怪，他们都是洞彻人性的大师，否则他们也不会有今天的成就。当然，我倒不认为，人性、尊重、精神深度等字眼为足球专属，但的确就像穆里尼奥说的那样，"足球是对人性及其众多面目最忠实的演绎"。

和一场跳水或举重比赛相比，足球比赛蕴藏更多的可能性，更丰富的过程呈现，这或许和它的场地大，参与人数多，战术复杂，观众动辄以万计有关。或许还有更深刻、专业的解读，但倾情投入其中的球员和球迷可能并不关心这些，他们只关心当下正在发生的一切。而正是因为他们的倾情投入，足球才有了更多的面孔，世界杯才变得如此动人。

足球有着怎样的面孔？莫里斯的回答让人吃惊，足球竟有七重面孔：它是一种仪式性的狩猎，一种程式化的战斗，一种地位展示，一种宗教仪式，一种社会毒品，一门大生意，一种戏剧表演。

莫里斯果然是莫里斯，必须承认，我们一般人不会想到这么多。但看看历届世界杯发生的一切，我又必须承认，他说得很有道理，且并无夸张。

比如说，世界杯对于某些人来说，就是宗教仪式，庄严而神圣。所以，2010 年世界杯，“人民鲁尼”郑大世被人记住了，至今难忘。在那届世界杯朝鲜队参加的首场比赛中，当朝鲜国歌奏响，郑大世难掩激动，泪流满面。这掺杂着喜悦与自豪的泪水让全世界都为之动容。还有可怜的哥伦比亚球员埃斯科巴也被人记住了，他只是因为在 1994 年世界杯与美国的比赛中打进一粒乌龙球，结果回国之后，竟被一位球迷枪杀，终结了自己 27 岁的年轻生命。对于南美人来说，足球就是宗教，没有比这更让人伤痛的注脚了。

在宗教仪式的另一面，世界杯也是戏剧表演的舞台。1990 年意大利之夏“米拉大叔”的舞蹈，2010 年世界杯“章鱼哥”的横空出世，2014 年世界杯“瞪眼哥”因迪的意外走红，还有各色“太太团”、各种“宝贝”、各路争奇斗艳的“乳神”，他们构成了世界杯的另一半，一样真实而顽强地存在着。

世界杯很重，也很轻；世界杯很快乐，也很失落；世界杯有爱，也有伤害；世界杯是战争，也是娱乐；世界杯很励志，也很无厘头……如果说足球有七重面孔，那么世界杯也许有九重，或者更多。

世界杯的面孔是如此丰富、复杂、深邃。难怪，我们一直以来都爱她、恨她，却又惦记着她、离不开她。

快乐也是要有所附丽的

人生苦短，足球太圆。无论对于球迷还是球员，快乐都不是一件容易的事。

正因为快乐难求，那一场出人意料的 1 比 6 带给人们的出人意料的快乐，便显得弥足珍贵。英格兰队赢球，球迷快乐可以理解，最让人叹为观止的是，失败者巴拿马队所展现出的快乐氛围。当下半场替补上场的 37 岁老将巴洛伊攻入历史性的进球，巴拿马球迷表现出的激动和狂欢，似乎他们才是胜利者，似乎进六个球的是他们，而不是对手。

主教练戈麦斯更说自己“非常感动”。他表示，他和他的队伍已不那么看重世界杯的结果，“我们是带着尊严去踢球的！我的队员们很开心，整个国家都很开心，这对球队和巴拿马来说都是无与伦比的经历”。

巴拿马队有理由开心。这是他们 80 年来首次世界杯之旅，便收获了历史性的进球，巴拿马也因此成为世界杯历史上第 74 个取得进球的国家。而 37 岁 120 天高龄的巴洛伊还超越阿根廷的帕勒莫（36 岁 227 天），成为世界杯中初次登场就取得进球的最年长球员，同时，他还成为世界杯取得进球的球员中排名第四年长的球员。

1 比 6 的比分的确有点扎眼，但和有着历史意义的进球相比，又算得了什么？一位巴拿马球迷说得好，巴西还曾输过德国 1 比 7 呢。我们只是首次参加世界杯，我们输得起，我们相信国家队下一次会变得更好。

赢球开心，输球也开心，大家好才是真的好。这大概就是传说中“快乐足球”的模样吧。

“快乐足球”，对于中国人来说，早已不是新鲜事了。多年以前，塞尔维亚老头米卢来中国后，就不遗余力地推广“快乐足球”哲学，他和队伍一起练习网式足球，成天嬉皮笑脸，和媒体打成一片，百般讨好球迷……在他的努力下，中国足球的确有过短暂的快乐时光，也进了 2002 年世界杯决赛圈，但可惜，幸福生活倏忽而过，快乐足球终于还是梦，在那届并不愉快的世界杯之旅后，中国足球又回到人们熟悉的苦大仇深的轨道。

为什么中国人踢不了快乐足球？我觉得最重要的原因恐怕在于——快乐依然是要有所附丽的。巴拿马人在一场惨败后，依然如此开心，就是因为他们找到了存在的意义和价值，一个进球，就是全部开心的理由，快乐就是这么简单。

这样简单的快乐，我们有吗？没有，2002 年世界杯，中国队的肇俊哲和杨晨分别射中了巴西队和土耳其队的门柱，但那的确只是门柱而已。如果把那两次击中门柱，换成一次进球，我相信中国球迷也会感到快乐有加的。

快乐，谁不会呢？可是，临门一脚真的不是那么简单的。

据说，参加俄罗斯世界杯的英格兰队也在推广“快乐足球”。他们过去号称“欧洲的中国队”，也是一副苦大仇深的模样，球星不少，联赛水平很高，但一到世界杯这样的大赛就掉链子。在俄罗斯世界杯上，他们广泛吸纳年轻球员，组成“幼狮”军团，场上朝气蓬勃，场下也是无比欢乐。比赛之余，逛儿童乐园，看真人秀电视，教练一边慢跑一边夜观天象导致肩膀脱臼……英格兰媒体也格外配合，英国广播公司还录制了一个英格兰夺冠的恶搞视频，让全世界都忍俊不禁。

英格兰队的“快乐足球”到目前为止，效果不错，但英格兰人能否将快乐进行到底，我们还得走着瞧。因为对“快乐足球”最大的考验，不是赢球，而是失利——我们都看到了，英格兰队在比分领先时，林加德是如何在替补席上快乐地颠袜子的。如果情形相反，我估计他就没有那样的雅兴了。

要我说，“快乐足球”本无所谓有无所谓无，其本意不过是让球员放松心情，以更好地发挥水平。“快乐足球”不是目的，而是手段。快乐或悲伤，都是足球的一部分，都同样充满魅力。

翻滚吧，内马尔

每届世界杯都会伴随一些有趣的新鲜词，比如俄罗斯世界杯的“内马尔滚”。

这位巴西头号球星在与塞尔维亚的比赛中，演绎了这一动作，引得全世界网友纷纷P图。连法国足坛名宿坎通纳也在网络上发布了一段视频对此进行调侃。视频中，他拿出一个和巴西队黄色队服同样颜色的行李箱，并为行李箱取名为内马尔，因为它的一个最大特点是，轻轻一碰就可以不停地打转。最后，坎通纳还提醒内马尔，虽然他是一名伟大的球员，但是要小心别犯错误。

看不惯内马尔被侵犯后满地打滚的人显然不只有坎通纳，墨西哥教练奥索里奥认为内马尔是“小丑在演戏”，西班牙《马卡报》称“内马尔未来会拿到金球奖，但他永远也拿不到奥斯卡”；英格兰队原著名前锋莱因克尔则调侃内马尔拥有“世界杯历史上最低的疼痛阈值”，暗讽他被葡萄牙球员拉云轻踩后各种掩面、皱眉、闭眼、打滚的痛苦表演。

也有为内马尔鸣不平的。德国足坛名宿克林斯曼就认为，对方球员对内马尔做了太多的犯规动作，裁判应该观看视频重播，对内马尔被踩一事重新做出裁决。不少球迷也表示：“就允许你踩我还不允许我演了？”“这世道被踩的人反而还有错？”“难道被踩还要装作若无其事吗？不夸张怎么给裁判压力，这是足球比赛好吗？”……

还有人从物理学的角度分析，认为球员被踢倒以后顺势做出的“内马尔滚”，其实是在用物理学保护自己不受更大的伤害。

众说纷纭，莫衷一是。内马尔到底有没有表演？我看还是有的，只是他的演技还不太“纯熟”，最终没有达到自己想要的效果，甚至被拉云踩中脚踝，却什么利益都没得到，白忙乎一场。

也有可能是因为裁判了解他的“前科”，最终没中他的“奸计”。

假摔、拖延时间等表演在绿茵场屡见不鲜，不独内马尔如此。苏亚雷斯更甚，他还咬过人，咬人以后还捂着嘴，似乎是对方的肩膀撞伤了他的嘴。俄罗斯世界杯，苏亚雷斯在乌拉圭对葡萄牙队的比赛中，与格雷罗的一次对抗后倒地，痛苦地捂住自己头部，但直播画面显示格雷罗是撞到苏亚雷斯后背。这一幕让央视足球评论员贺炜看不下去了，他在微博写道：“一个资深颈椎患者的现身说法，苏亚雷斯肯定颈椎不好，就是那种碰到后背就会牵到后脑疼的症状。特别感同身受，同情他。”

从目前各方的反映看，大家对“内马尔滚”之类似乎批评更多。而我却更倾向于善意地认为，球员之所以热衷于各种夸张的表演，目的无非一个，就是让球队得利，这样的出发点似乎无可厚非。

资深一点的球迷，可能还记得 2002 年世界杯时，英格兰球星欧文的一句名言：“假摔？如果为了英格兰，为什么不？”正是他的一记逼真的假摔骗点，英格兰队淘汰了死敌阿根廷队。而阿根廷队也有不那么光彩的历史，马拉多纳的“上帝之手”比欧文的假摔可是要有名得多。

我当然也理解大家的好心——内马尔是巨星级的人物，应该专心踢球，不应该把精力和聪明劲用在表演上。但足球本身就是一个游戏，和规则有关，与道德无关。

绿茵场上，大家是来比输赢，比进球数的，而不是来比谁更崇高的。所有著名球星都会各种小聪明，梅西也会拖延时间，C

罗当年假摔比内马尔厉害多了，还有那个跑得飞快的罗本，受伤后翻滚的频率和圈数，和“内马尔滚”相比，也不遑多让，但我们不会因此就否认，他们是伟大的足球运动员的。

这就是足球，在规则允许范围之内，球员为了得到利益会“不择手段”，有时候看起来不那么光明磊落，但似乎也无伤大雅，何况还有裁判和视频助理裁判。足球的公平从来都是相对的，日本队公平竞赛的红利最终以十分钟消极的倒脚得到释放，便是一种活生生的证明。

因此，如果内马尔愿意，就让他翻滚吧。它给球迷带来了不一样的欢乐，却并没有妨碍巴西球星的杰出，不信看看数字——到目前为止，内马尔贡献了 23 次射门，12 次射正，为队友制造过 16 次威胁球机会，且被犯规 23 次，所有数字都排名全部球员之最。

让大师多工作一会儿

网球不止有李娜，和费德勒、纳达尔、小德、小威这些大师级选手同处一个时代，作为运动员或许会感到悲哀，作为球迷和记者，则应该感到幸运。

让大师多工作一会儿

世事通常都是这样的：等待越长久，幸福越醇厚。

费德勒的第 17 个大满贯让人等了 125 周，这个时间放在生命的长河中不算长，但对于吃青春饭的运动员来说，却足以消磨人的全部意志。曾几何时，许多人都怀疑，年华老去的瑞士天王能否在职业生涯中再添一个大满贯，但现在人们议论的话题却变成了：他的大满贯数量能否到 20 个。

不能怪大家的势利眼，人心本来如此，从某种意义上说，竞技体育（尤其是职业体育）就是一个成者王败者寇的名利场。但对于热爱费德勒的“奶粉”（费德勒有“奶牛”的雅号，故他的粉丝自然就被称为“奶粉”）来说，或许大满贯数量并非一个多么重要的指标，它只是一个数字而已，重要的是，费德勒仍在打球。

环视当今网坛，瑞士人优雅的球风依然无人企及。就像有球迷曾在赛场上打出的横幅："安静，大师在工作"，费德勒对于当下的网坛就是这样一个特别的存在。无论排名第几，无论大满贯的数量停止在哪个数字，费德勒就是无人可以取代的。他是大师，也是网球场上的艺术家。

如果从网球史学意义上讲，穆雷夺冠比费德勒夺冠更能引起轰动，或许也能让世界网坛更为生动。换句话说，穆雷比费德勒更需要温网这座奖杯，英国人 76 年后再次本土夺冠，可想而知将会给这个即将举办奥运会的国家带来多少喜悦。

可惜，剧本并不是这么写的。这场吸引了包括英国首相、凯特王妃姐妹、伦敦市长和贝克汉姆夫妇等各界名流在内的决赛，穆雷已经做得足够好，他不再心浮气躁，年少轻狂，绝大多数时候表现得像个不屈的战士，但不幸的是，对手费德勒比他做得更好，而且更为收放自如。这是优秀选手和伟大选手的区别，工匠和艺术家的区别。

赛后费德勒说："我试着不去想 NO.1、第七个、第 17 个。"但他显然无法阻止穆雷去想第四次大满贯决赛，76 年后英国人再夺冠。这或许也是两人的差别，费德勒是为自己比赛，而穆雷则是为一个国家战斗。温网决赛，穆雷吸引了足够多的注意力，但胜利者却是费德勒。这没有什么不公平，因为体育比赛总是如此，表现最好的人才会赢得最后的胜利。

我一向不太能理解"粉丝"对于偶像的疯狂，但温网这两周，作为一个"奶粉"显然是幸福的，事实上，我们好久没有看到费德勒连着两场比赛如此放松自如地施展他的十八般武艺，一招一式都如教科书般精确。尤其他的单反技术，用一位网友的话说，总让人有一种“诗意的感动”。这是真正的“奶粉”才有的语言。

以费德勒即将31岁的“高龄”，我们不知还能期望他有多少场这样的演出。岁月总是运动员最大的敌人，但我们仍然希望他能不断地战胜这个敌人，不断地带给世人惊喜。

让大师多工作一会儿，这不仅是“奶粉”们的心声，也是所有热爱网球运动的人们的期盼。

“奶粉”的幸福之源

在印第安维尔斯大师赛决赛中，瑞士天王直落两盘战胜同胞瓦林卡，收获个人在此项赛事的第五冠。与此同时，费德勒也成为最年长的大师赛冠军。还有五个月将满36岁的瑞士人继续书写着自己的不老传奇。

网球是个典型的“以成败论英雄”的项目，没有冠军，没有好成绩，就没有积分；没有积分，你的排名就会不断下降，你的职业生涯就岌岌可危。以费德勒现在的高龄，他不仅在打，还能夺冠，且重新燃起冲击世界第一的希望，这真的算得上是一个奇迹。

幸福不在于曾经的拥有，更在于长久的陪伴。对于“奶粉”来说，也许他们更能懂得这句话的含义。

说实在的，这五年，许多人都在怀疑费德勒的坚持，也许其中也包括痴心不改的“奶粉”们。但瑞士人似乎并不着急，因为在他看来，“过去五年并不太糟”，他甚至在不断寻求各种改变——更换拍面、重新设计反拍战术、减少赛事安排。结果，在一片质疑声中，瑞士人等到了——澳网决赛，两个老男孩的决战看哭了无数球迷，在无数次的“费纳对决”中，习惯失利的一方终于成为胜利者。这样的剧情，大师赛再度上演，而且费德勒的胜利来得更加轻松，纳达尔输得心服口服。

也许，连费德勒也不会想到，对于纳达尔的三连胜，竟出现在他 35 岁的时候。是纳达尔变老了？还是费德勒变得更年轻了？

当然都不是，费德勒还是费德勒，正如纳达尔还是纳达尔。喜欢纳达尔的球迷也很多，他对胜利有着无与伦比的渴望，在场上始终充满能量，永不疲倦地奔跑，还有他美妙无比的上旋球，摆得整整齐齐的饮料瓶……纳达尔总能带给人们许多感动，但显而易见，喜欢费德勒的球迷更多，他是现役球员中唯一能享受“全世界主场”的那个人。

对这一点，所有的优秀球员都充满了羡慕嫉妒恨，包括总是活泼搞怪、似乎也挺能讨好球迷的小德。但没有办法，一个球员的威望和感召力，是通过一场一场的比赛，一拍一拍的击球，经年累月积淀下来的。费德勒已经连续 14 年当选国际男子职业网球协会（ATP）最受欢迎球员，这并非一个安慰奖，因为它横跨了他成名后的整个职业生涯，无论有怎样的起起伏伏，全世界的“奶粉”依然是最多、最痴情的。

费德勒为什么那么受欢迎？

首先当然是因为他球打得好，不仅打得好，而且打得漂亮、打得优雅——能演绎网球优雅含义的，现役球员中，除了费德勒，别无他人。费德勒当然有卓越的天赋，但他并不依赖更不会挥霍自己的天赋，这让他避免成为萨芬。除了天赋，费德勒还拥有努力、热爱、坚持等品质，这很俗，却是成功的不二法宝。

费德勒在场上是绅士，偶尔会流泪，表现一下真性情，但他尊重裁判、尊重对手，从不退赛，按咱们中国的说法是个老好人。他在场下，有稳定的家庭，是个慈祥的父亲和充满爱意的丈夫，走哪儿都带着米尔卡，因此，也绝无绯闻，形象健康得不得了。他热衷公益，是个慈善家。他懂得感恩，富于人情味，只要去澳网比赛，就要安排好已故启蒙教练鲍勃·卡特的父母去现场包厢看球。他还喜欢来上海比赛，因为他爱这里的“奶粉”。当时，他是用中文说这句话的，这又怎能不让中国球迷感动呢？

这就是费德勒：球风优雅又足够努力，热爱工作且家庭美满，与人为善还知恩图报，一副正人君子面目却也不拒绝真性情，始终坚持终于老而弥坚……请问，网球的世界中，除了他，还有谁能做到这样完美呢？

在网球打法越来越趋于底线相持的今天，有一个费德勒存在，是非常重要的。他在某种程度上是网球运动的代言人，最能演绎这项运动的力量与智慧，优雅与坚韧。他全身充满了正能量，能够影响到更多的人尤其是青少年，投身网球运动，并改变自己的人生。就像一名“奶粉”所说：“很庆幸我的青春里有你走过，一个正能量偶像也能让自己变得更好。”

费德勒还会拿到更多的大满贯，还会重返世界第一吗？老实讲，很难，但这并不重要，重要的是，他仍在场上，大师还在工作。这就是所有“奶粉”的幸福之源。

青春不是用来祭奠的

网球宿将柳比西奇曾经有句名言：“我们拼尽全力，就是为了打进决赛，然后输给那个叫费德勒的人。”这样的恭维话出自对手之口，多少显得有些肉麻，但对于鼎盛时期的费天王，也大抵是实至名归。

当纳达尔拿到自己的第十个法网男单冠军后，我们完全可以把这句话置换一下，只需把费德勒改为纳达尔即可。

一个运动员在一项赛事中十次夺冠，这的确太不可思议了，更疯狂的是纳达尔夺冠的方式：七场比赛的大比分居然全部是 3 比 0，且总共只丢了 35 局。另一位网球宿将罗迪克的俏皮话说得妙极：“纳达尔整个赛事只丢了 35 局，我今年都丢了 35 把车钥匙了。”

纳达尔的强势，甚至让人们忘记了他 31 岁的“高龄”。比西班牙人更早称霸红土的巴西名将库尔滕，赛后做出了一项惊人的预测——纳豆很可能会赢得 15 次法网冠军！

这的确很惊人，意味着纳达尔至少还要打到 2022 年，且保持最好的状态。而那时他将年满 36 岁，相当于现在费德勒的年龄。

库尔滕的话能否兑现，其实远没有那么重要。他不是预言家，也许只是想用这种方式表达自己对于纳达尔的敬意罢了。即便是纳达尔，也没有想到自己在 2017 年会一举夺冠。“2005 年，我想 2017 年我应该会在马洛卡，在自己的船上钓着鱼。我当时也没有想到自己会有那么长的职业生涯，能赢得那么多冠军。”始终谦虚的纳达尔如是说。

那么，是上天格外眷顾纳达尔吗？显然不是。世上没有人能随随便便成功，更何况他成功了那么多次。

纳达尔为什么成功？天赋，当然很重要；但就像他说的，顶尖选手之间天赋相差无几，最重要的还是保持谦虚、勤勉，永远渴望胜利，始终充满打球的动力和热情。纳达尔的现任教练莫亚就说：“执教纳达尔的最大挑战就是让他离开训练场，因为他实在是太勤奋了。”打小就调教纳达尔的叔叔托尼则认为：“拉法从小就是个老实孩子，到现在都没变。”纳达尔也认为谦逊、认真、勤勉这些品质帮到了自己，并有利于自己在比赛的最关键时刻保持最大的专注。

有关纳达尔专注、认真的故事，但凡热爱纳豆的球迷都不陌生。比如，他每次喝完水都要把水瓶放在原来的位置，而且标签一定要有固定朝向。此外，他的袜子长度不能超过小腿胫骨 15 厘米，高度要保持一致；每一分开始之前必须用毛巾擦脸和左手手臂。还有，他和朋友聚会，从不喝酒，永远点可乐；基本不去夜店和迪厅，因为不喜欢嘈杂的环境；他对时尚圈也没感觉，因为觉得自己不会成为时尚明星，“那绝对不是我的风格”。当有记者问纳达尔是个什么样的选手时，纳豆说："我想我是个每天按时训练，在比赛前不暴饮暴食，非常懂得克制的职业球员。"

有点乏味和无趣？是的，这正是纳达尔能够成功的原因。

成功的人生让人艳羡，但成功的过程却常常充满挑战，让人感觉寂寞、苦累和无趣。绝大多数人都无法承受这些。因此，这世上成功的常常是少数人。

31岁的纳达尔和36岁的费德勒都是这样的人，他们不忘初心，因此，方得始终。两个"老家伙"拿走了2017年的两个大满贯冠军，世界网坛从来没有这样奇妙过。别忘了，在法网和纳达尔争冠的瓦林卡也32岁了。这么多的老男孩还在挥洒着自己的青春，其他正在当打之年的年轻人，又怎能轻言放弃呢？

"青春如同奔流的江河，一去不回来不及道别"，曾经有首叫《老男孩》的歌，如此感伤地唱道，但青春不是用来祭奠的，而是用来奋斗的。网球选手如此，普通人亦如是。

时光里的"费纳决"

网坛真的神奇，两个老男孩，一个36岁，一个31岁，包办了四个大满贯。他们的名字，每个网球迷都知道（如果不知道，对不起，那你一定算不上网球迷），他们的比赛，叫"费纳决"。

在我看来，"费纳决"此前是地球上最好的网球比赛，现在依然是，只不过，人们更担心看不到那么多场——费德勒都36岁了，像他这样的年纪似乎早应该回家抱孩子了，而31岁的纳达尔也不年轻，他还遭遇了更多的伤病。如果他们中任何一人出现任何状况，“费纳决”就会画上句号。

有这种担心的不止球迷。我记忆犹新的是，英国名将穆雷曾说过一番肺腑之言：“我觉得只有他们俩在的时候，网球才会更有看头，这是史上最出色的两位球员，或许他们只是今年不够走运罢了，如果他们来年能够保持健康，我想对网球来说会是一件好事。”

让穆雷和球迷庆幸的是，人们所熟悉的费德勒和纳达尔双双归来，“费纳决”居然四度上演，而且次次精彩绝伦，场场让人难忘。我猜测，当人们坐在上海旗忠网球中心，看第38次“费纳决”时，或许会有某种错觉：时光仿佛停止了。但显然时光依然在走，否则你无法解释费德勒眼角的皱纹，和纳达尔日渐稀少的头发……他们以自己的坚持在抵抗着时光。

我想，时光大概是永远不会被打败的吧，但珍爱时光的人，时光可能会给他们以出人意料的眷顾。费德勒和纳达尔大概都是这样的人，因此时光里的“费纳决”才会历久弥新，越陈越香。

又见“费纳决”，我不只是感到庆幸，而且还感到敬畏，甚至有种莫名的感动。一位球迷说得特别好：“这不仅是体育比赛中水平最高、观赏度最强的比赛，也是关于我们一两代人的记忆。当费德勒眼角的皱纹越来越深，纳达尔的头发越发稀少，我们也跟着他们从翩翩少年变成了中年人。”

当某种比赛成为一代人甚至两代人的集体记忆，陪伴他们的成长，甚至成为代际间联结的纽带，它恐怕就真的“不止于比赛”了。体育可以改变世界，改变人们的生活方式，激励一代人，甚至几代人，这些话，过去常常出现在一些文章的标题里，但如果你有幸看一次“费纳决”，我相信，你会有全新的感受：体育的力量，真的超乎寻常。

你可以不喜欢费德勒，也可以不喜欢纳达尔，但我相信你一定会欣赏、渴望“费纳决”。这不只是因为它们是最高水平的比赛，而且还因为它们见证了太多的故事（想想吧，一对大满贯数量加起来有 35 个之多的选手，会有多少故事），它们的身上附着了太多的价值和意义：坚持、热爱，永不言弃，英雄相惜，伟大对手之间的尊重和成全，超越胜负的豁达和从容……我们还能奢求一场比赛给予我们更多的东西吗？事实上，我们期待“费纳决”那样美丽的画面上演，一如他们自己希望的那样。“有时候你更渴望它，是因为你知道，岁月不饶人。”费德勒如是说。

有球迷深情地说，有多少爱可以重来，就有多少“费纳决”可以重演。这么说，或许有点一厢情愿，但好在，他们依然在坚持，依然保持健康和对于胜利的渴望。因此，我们依然可以期待第 39 次“费纳决”穿越时光，翩然而至。

面对两个如此优质的“老”男人，我们不必怀旧，不必感叹“岁月不饶人”，不必唱“时光时光你慢些走”，这样的网坛真好！

平衡的艺术

如果说有一个女性让网球运动变美了，那这个人显然只能是莎拉波娃。

这位 32 岁的美女要和网球说再见了。

在美国杂志《名利场》上，莎拉波娃发表文章，宣布结束自己的职业网球生涯。她最近一次出现在网球赛场，是在澳网。结果，她遭遇了一轮游。

对于莎娃的退役，应该说，球迷是有心理准备的。毕竟这两年来，我们很少听到她比赛和赢球的消息了。但当莎娃做出退役的决定时，球迷仍是唏嘘不已，“从此体坛无莎娃”，“再也听不到你的尖叫了”。

国际女子职业网球协会（WTA）官方说，莎娃带走了一代人的青春记忆，而温网官方的致敬更充满了浪漫色彩：“那个 17 岁少女夏天的梦，太美，太甜，可不可以，别让她醒来！”

球迷当然知道那个“17 岁少女夏天的梦”指的是什么。2004 年的温网是莎拉波娃梦开始的地方，年仅 17 岁的她击败小威，从此开启自己的网球人生。

整个职业生涯中，她拿下了五个大满贯冠军，包括无数运动员魂牵梦萦的“全满贯”（四大满贯冠军悉数拿到）。她还曾经登顶世界第一，获得 36 个 WTA 冠军，并拿到伦敦奥运会女单银牌。

除了堪称辉煌的成绩，莎拉波娃身上另一个如影随形的标签是“美少女”。身高 1 米 88，长相姣好的她，明明可以靠颜值吃饭，但偏偏喜欢用网球说话。

和长相形成强烈反差的是，她在场上总是有钢铁般的意志，咆哮般的喊叫也成为她的标志之一。“我的优势是从不觉得自己比其他球员更优越，而是觉得自己正处在悬崖边上快要摔下。”“对于胜利的无穷渴望？这样的信念永远不会消失。”

这样的态度和信念，造就了莎拉波娃独有的网球人生。她身上最可贵的是，她没有挥霍自己的美丽，而是很好地平衡了美貌和网球、成绩和商业的位置。

她对网球运动如此专注、投入，以致连勤勉如纳达尔，都称她“对竞技体育的热情一直都是大家的榜样”，而中国金花郑赛赛也动情地说：“她总是激励我们在比赛的第一分到最后一分都要努力保持不放弃的心态。我从她身上学到了很多东西。”

很少有运动员像莎拉波娃那样，改变一项运动。她的成功，证明了“美貌和才华”可以并存，“成绩和商业价值”亦可同时拥有。

或许可以毫不夸张地说，在过去十几年间，女子网球影响力和商业价值能够飞速提升，并成为一项真正风靡全球的热门运动，莎拉波娃功不可没。

在清醒地看到自己无法回到巅峰状态，尤其在好友科比身上看到人生的无常后，莎拉波娃果断地选择了急流勇退。这或许不是喜欢她的球迷所愿意看到的，却未必不是一种人生智慧。

人生就像曼德拉所言，需要爬一座座山，网球只是其中的一座，生活有更多的可能性。而莎拉波娃显然已经准备好了去攀登另一座高山。事实上，曾经连续 11 年位居福布斯女运动员收入榜单榜首的她已经拥有了自己的“商业帝国”，未来莎拉波娃可干的事情太多了。

而现在，莎拉波娃或许最期待的是，抛开网球，享受生活。“和家人一起享受宁静，在早晨手握一杯咖啡漫步，开启意想不到的周末行程以及选择我喜欢的锻炼方式（比如舞蹈课）。”听听莎拉波娃的自述，她已经迫不及待去拥有网球场之外的生活。

有趣的是，在莎拉波娃宣布退役前不久，37 岁的比利时名将克里斯特尔斯选择正式复出。于女子网坛而言，这一退一进，正好可以找到一种平衡，让网坛继续保持生动。

而于两位名将而言，退或进，都不过是人生的另一种规划和尝试。她们都深谙平衡的艺术，因此，莎娃不会为离开网球而失落，“克妈”也不会认为，家庭和三个孩子是一种拖累——她甚至认为“孩子们的日程不会被复出计划左右，我喜欢现在这种平衡感”。显然，对于“克妈”而言，家庭不仅是挑战，更是一种动力。

有人说，生活就是一种平衡的艺术。我们成不了莎娃和“克妈”，却一样要懂得取舍进退，正确看待得失，如此，你才可以得到内心的安宁，并拥有属于自己的幸福。

承认吧，人皆有局限

当复赛慢慢成为世界体坛主旋律，球迷灰暗的心情渐渐变好，德约科维奇（以下简称小德）却让全世界球迷吃了个大“苍蝇”——因为组织网球巡回赛而导致多人感染新冠病毒。

他显然犯了一个大错误——简单而愚蠢。穆雷说（这起事件）“对我们是一个教训”，还算客气的；克耶高斯干脆说小德挑头组织阿德里亚巡回赛，是“没有头脑的决定”。

小德当然不可能没有头脑，他在比赛场上那么机敏，能抓住每个转瞬即逝的战机，他还那么坚韧不拔，不放弃每一丝取胜的希望。以网球领域而论，他不是一般的聪明和强大，几乎是榜样般的存在。

可惜的是，小德以为自己在其他领域也能呼风唤雨。用球迷的话说，“他以为病毒是他家的，听他指挥，想有就有，不想有就没有”。

话是刻薄了点，但理是那个理。任何人都无权挑战常识和规则，小德为什么要挑战、蔑视一个绝大多数人都认可的规则，实在让人百思不得其解。

无须怀疑，小德在疫情期间组织巡回赛，是怀抱美好的初衷，举办赛事是“为了让大家团结在一起，展现我们与这里的人在一起，彼此关爱”。但他表达关爱的方式显然过于鲁莽和草率。

不仅如此，整个巡回赛期间，作为发起人和组织者，小德无视基本的社交距离，不仅允许观众进场，还和球员亲密互动，打篮球、游戏、逛夜店、忘情起舞，玩得不亦乐乎。

结果大家都看到了，小德这次的确是浪过头了。他和妻子不幸中招，陪绑的还有迪米特洛夫、丘里奇和特洛伊基等一众名将。

除了这些大人物，那些看过比赛，与小德们有过亲密接触的球迷，又会面临怎样的人生际遇，更是让人揪心。

有道是，“雪崩时，没有一片雪花是无辜的”，但具体到这起不幸的事件，人们也有理由假设，如果没有小德这位始作俑者，“雪崩”或许压根就不会发生。

有消息称，在更早之前，德约曾明确表示自己拒绝接种新冠疫苗。他还对美网过分严格的防疫措施表示不满。

巡回赛期间，小德在回应舆论质疑时，还曾辩称：“我们有不同的环境和措施，所以很难去执行国际社交距离。”

最离奇的是，德约科维奇还在与朋友进行视频直播连线时发表言论：“我知道有些人通过能量转换、祈祷、感恩，能将毒性最强的食物，或者污染最为严重的水变成最具疗效的水，因为水会起反应。科学家已经通过实验证实了，水分子会根据我们的情感做出相应的反应。”

他的话，后来被证明是“伪科学”。

看来，小德真的是无知者无畏。疫情期间，他有如此疯狂的举动，应该不只是自我膨胀，而且显然对科学、规则缺乏基本的敬畏。

为错误埋单的不止有小德，或许还有网球运动本身。小德弄出这么大动静，网球比赛还能放心复工吗？

最后还是总结下小德事件的教训：

第一，人不是孤岛，体育亦不能独立于社会。当社会陷入某种危机，体育应多奉献正能量，而不是帮倒忙。

第二，规则面前人人平等，社会公众人物也不能例外，否则一样会付出代价。他们亦不能滥用自己的号召力和影响力，那只会伤及更多无辜。

第三，也许是最重要的一点，承认吧，人皆有局限——经验上的或认知上的。这并不丢人，我们老老实实承认这种局限性就好，对未知、陌生的事物时时保持敬畏，并努力去学习，去适应和接受，这样我们才能克服自身的局限，尽量避免犯不必要的错误。

西哲说过："如果你的工具只有锤子，那你看待一切问题都是钉子。"宇宙如此浩渺，世界如此纷繁复杂，而人的经验、认知又难免会有局限性。那么，我们对待世界万物，行事做决定，还是常怀谦卑之心，别过分自负为好。

花裤子、座右铭和大满贯

又一个足够励志的精彩故事——

当人们都在讨论德约科维奇即将到来的全满贯时，来自瑞士的“花裤子”选手瓦林卡却不以为然，他最终在法网决赛中干净利落地解决了对手，让故事没有按照写好的剧本发生。

失望的不止小德，或许还有他的球迷，谁不希望世界网坛多些传奇？但这就是网球，这就是竞技体育，你必须尊重对手的发挥。哪怕他只是一个小人物。

说瓦林卡是网坛的“小人物”，当然不太贴切，他毕竟是拿过澳网冠军的人，但和当今网坛四巨头相比，他的确还只能算是隐藏在英雄背后的人。尤其是要看到，他有一个伟大的队友——拿过 17 个大满贯的费德勒。和如此伟大，集万千宠爱于一身的球员做队友，是种什么感觉？旁人无法想象。那种复杂的滋味也许只有瓦林卡本人才能体会得更清楚。

人的一生，固然谁也不必活在谁的影子里，但说瓦林卡活在费德勒的影子里，那也算不得夸大其词。何况，他们基本属于同一个时代的选手。费德勒已经 33 岁了，瓦林卡也并不年轻，今年刚好 30 岁。谁能想到，当“奶牛”优雅依旧却一冠难求的时候，他神一样的队友却能屡屡上演逆袭好戏。

这真的不得不让人感叹：网球其实也是精彩的人生，主角和配角有时候是可以互换的。想想吧，当费德勒坐在足球场观看瑞士杯的决赛时，他依然会通过手机视频去关注有队友参加的法网决赛。这是多么有趣而难得的画面！

说到瓦林卡，就不得不提及他的花裤子。在网球场上，穿着花裤子比赛，实在是有点大煞风景，但瑞士人就是喜欢，他甚至在夺冠后把花裤子带到了发布会现场，还开玩笑说，希望罗兰加洛斯的博物馆能收藏它。显然，他把花裤子当作了自己的标签。谁又能阻止他那么去想那么去做呢？尤其是在他拿到两个大满贯冠军后。

如果没有大满贯，那花裤子最多只能算是赛场的一个花絮，但在瓦林卡拿到法网冠军后，情况就不太一样了。穆雷的妈妈决赛前在推特上写道，“如果他真的夺冠了，每个人都会记住他穿了什么。”当然最高兴的是赞助商，据说，同款三色，42美元包邮的“睡裤”随即热卖。每个冠军都需要让人记住点什么，网球运动也需要变得更有趣，瓦林卡让人们记住了“花裤子”，这无论对于他个人还是网球运动来说，都没什么不好的。

“花裤子”也许给瓦林卡带来了好运，但显然，在网球场上，仅靠幸运是不够的。瓦林卡让世人牢牢记住的除了花裤子，还有他刺在手臂上的文身，上面写着这样的英文字样——“曾努力，曾落败，莫介意；再努力，再落败，败欣然”（Ever tried，Ever failed，No matter；Try Again，Fail again，Fail better）。不知道首次将它翻译成中文的人是谁，应该感谢他（她），翻得太好了。

据说瓦林卡的座右铭出自诺贝尔文学奖得主萨谬尔·贝克特的散文。它是瓦林卡的内心独白，何尝又不是所有运动员的心声。冲击全满贯失利的小德也说：“我已经竭尽全力了，可惜仍差了一点。这就是运动的魅力。在顶尖的领域时常会出现这样的情况，你必须学会接受失败。”

“学会接受失败”，这是从事竞技体育的人必上的一课。失败是人生的一部分，没有什么大不了的，善于从失败中学习的人，最终才可能成功——瓦林卡和小德都是这样的人。职业运动员的成功，有的来得早，有的来得晚，有的也许就不来了，但即便如此，也得接受。因为，比赛不是人生的全部。

因为他的花裤子和座右铭，更因为他在职业暮年收获的两个大满贯冠军，有人已经开始讨论，瓦林卡是不是那个人们等待中的“第五巨头”。我想，答案并不重要，重要的是他给予我们的启示：接受失败和追求成功一样重要。

“宿命”就是用来打破的

不用说，竞技场也是鲜活的人生。胜利和失败、成功和失意、赞美和责难，都是运动员生活的一部分。我们通常只关注那些冠军选手，这也没什么奇怪的，因为他们总是会走到最后，他们亦配得上这样的关注，但别忘了，赛场不只是属于冠军的，它公平地向所有人开放。甚至有时候，一个默默无闻的选手，也会带给人们感动。这同样不足为奇，竞技场是由一个个鲜活的个体组成的，谁又能说，只有冠军才能成为励志的榜样呢？

征战澳网的张帅赢得了大满贯正赛的首场胜利，赛后却哭成了泪人，她的教练刘硕也在看台上哭红了眼睛。许多球迷纷纷在网上留言，说他们都看哭了。现场的澳大利亚球迷在听到主持人的介绍（这是张帅八年来征战大满贯赛事取得的首场胜利，此前她曾拿到 14 连败）后，同样把所有的掌声和欢呼声送给了这位即将年满 27 岁的中国姑娘。那一刻，张帅就像李娜赢得大满贯奖杯一样。

很抱歉，我这样的比喻一定会引起争议和误解，但我真心觉得，张帅和李娜的差异仅仅在成绩上，在坚持做好自己这一点上，她们并无二致。她们其实都是命运的强者——在寂寞的坚持后，打破所谓的“宿命”，对于运动员来说，这种感觉有多么美妙！

这样的比赛，无关冠军，却有关信念，有关未来，因此，它和冠军一样珍贵。

生活中，即便是游戏，也没有人喜欢输，何况职业球员。胜利，就是职业球员的“生命”，赢不了球，他或许都无法支付教练和团队的工资。一场不胜，可以不当回事，但 14 场不胜，也许就不仅仅是一个数字，而更像一种“宿命”了。

事实上，八年大满贯 14 场不胜，对张帅来说，是如此之痛，甚至让她有了退役的念头。张帅之所以让自己的父母到现场观看比赛，就是因为想把澳网当作自己的告别赛来打。“让他们看到自己 20 年来所倾注的职业，让他们感受到我的追求。”张帅已经没有什么不可以输的了，她已经 14 次倒在同一门槛上，澳网偏偏又抽到烂签——对阵世界第二的哈勒普，所有人都以为她会再输一次。但奇迹总是在绝望中产生，第 15 次并没有发生，14 次被“定格”了！“宿命”被打破了！

这样的胜利，多么不起眼，但又多么辉煌！它不仅照亮了张帅的未来，还会激励无数像她这样默默付出的选手奋然前行。

事实上，类似张帅这样经历的选手大有人在。马托塞维奇，这位澳洲男球员曾在大满贯男单正选赛中经历了 12 场连败，但 2014 年法网赛首轮，他击败达斯汀·布朗，没有让倒霉的第 13 次发生。获胜后，他高兴得像个孩子，在红土场上满地打滚。

我们并不期望张帅会成为李娜，正如马托塞维奇也永远赶不上小德，但我们庆幸，他们有了最后一次的坚持。竞技体育就是这样，有人一胜难求，有人拿到亚军也不开心，但竞技场上，没有永远的宿命。所谓的“宿命”，都是人想出来的，就是用来被打破的。

感谢张帅在这个寒冷的冬天里带给我们的感动和震撼，它告诉人们：无论受到什么挫折，也永远不抱怨命运的不公，不要对未来感到绝望。

和自己赛跑，与时间和解

“你永远不能把她排除在（夺得大满贯）外，因为她是赛琳娜。”拥有 18 个大满贯冠军头衔的网球名宿克里斯·埃弗特，曾经如此感叹。

熟悉网球的人都知道，他说的赛琳娜是小威。

迄今为止，小威已经拿到了 23 个大满贯单打冠军，距离玛格丽特·考特夫人保持的 24 冠纪录，仅一步之遥。但小威最近一次拿到大满贯，还得追溯到三年多前的澳网。自 2017 年产后复出后，小威曾四次进入大满贯决赛，均折戟而返。

而有关小威的最新消息是，在美国辛辛那提赛上打满三盘，遭希腊人萨卡里逆转，无缘八强。

自网球赛事重启以来，最近几场比赛，小威均打满三盘，看起来的确有些挣扎。

或许，是时候讨论一个问题了：小威老了吗？小威还是从前的小威吗？

“我不认为年龄大是一个问题，很显然我对这项运动依旧保持着热爱。”即将年满39岁的小威曾如是说。

她拒绝透露退役的时间表，“我现在还很享受在赛场拼搏的感觉，或许有一天当我感到疲惫的时候，我才会选择离开赛场，但是那一天不确定何时到来。”她甚至乐观地认为，“即便将来有一天我超越了24冠的纪录，我依旧会继续我的职业生涯。”

显然，小威本人并不服老。

但时间又的确不是那么容易被打败的，对于从事竞技体育的人来说，时间就像一个无比精明的贼，一点点地偷走你的精力、速度、力量，慢慢消耗你的热情和动力。

这很残忍，却是自然规律，每个人都无能为力。我想，强壮如小威，也不会例外。

时间不是用来打败的，而是用来和解的。

费德勒到了一定年龄后，不仅改变打法，经常采取上网截击战术，而且还会有选择性地放弃一些比赛。这并非怯懦，而是明智之举。没有这种对于时间的敬畏，他也不会以37岁的高龄，拿到自己的第20冠。

小威显然也需要这样的调整——身体上的、心态上的，就像她的教练莫拉托格鲁说的，“小威如果还有雄心，那就必须要做出改变”，“也许我们需要以不同的角度、不同的策略和不同的目标重新来过，这样她才能成功”。

但无论如何，我们都要向小威致敬。她有1000个理由急流勇退，给世人留下功成名就的完美背影。但她依然选择坚守和拼搏。

她不是在和别人比赛，而是在和自己赛跑。

某种意义上，我们每个人都是和自己在赛跑。就像李宗盛的老歌里唱的，“我们都是和自己赛跑的人，为了更好的未来拼命努力，争取一种意义非凡的胜利；我们都是和自己赛跑的人，为了更好的明天拼命努力，前方没有终点，奋斗永不停息”。

但小威不仅要和自己赛跑，要突破那个看似唾手可得的第24冠，而且还要和时间赛跑，她可以奋斗永不停息，但她的前方一定有一个可见的终点。只是谁都不知道，那个终点什么时候会来。

“你自己的命运要靠自己决定，直到有一天你死去。”这是小威曾经说过的一句狠话。从中不难看出她的勇气和坚韧。这大约也是她坚持到现在的精神力量。

没有这种精神力量，她不会成为今天这个无与伦比的自己：23个单打大满贯，14个双打大满贯，四大满贯全满贯，外加奥运会女单女双金满贯。

没有人能随随便便成功。小威也不例外。

也许是因为作为女性，小威过于强壮，加上她是个黑人姑娘，长相有些粗犷，她的坚毅、勇敢、智慧常常被忽略，她在场上经常被嘘，甚至不受裁判待见。这显然并不公平，但好在网球靠实力说话，胜利和奖杯摆在那儿，谁都抢不走。

网球是一种多元化的运动，优雅、细腻固然是一种美，强健、暴力又何尝不是？春兰秋菊，各一时之秀也。仅仅是一种美，世界就太单调了。网球亦当如是。

我相信，当有一天小威真正离开赛场的时候，球迷会想念她的。

而现在，我们必须要祝小威好运，让传奇继续。

体育人生

体育也是一种价值观

中国体育问题多多，最重要的还是要尊重体育，尊重从事体育的每一个人，把体育置于应有的位置，这样才会有越来越多的人爱上体育，并享受体育带来的乐趣和成就感。

文凭不应是冠军的“福利”

奥运会后，冠军们很忙，忙庆功、忙结婚、忙着领房子领奖金……似乎都可以理解，公众也见怪不怪，但林丹到泉州领取华侨大学颁发的硕士学位证书，同时获得学校 10 万元的奖励金，却引起了不少网友、公众的质疑：林丹常年在国内外比赛训练，如何有时间拿下硕士学位？更有大学生网友调侃：“林丹，你英语四级过了吗？”“你的论文题目是什么？”

尽管对这些，林丹和华侨大学方面都做出了回应，但答案似乎仍不能服众。尤其是学校方面的解释——每次林丹、李雪芮回泉州，学校都会派出三四名教师给他们补课、开小灶，更让人怀疑这样的特殊政策是否为公共教育资源的滥用。

奥运冠军、世界冠军免试入学已经是特事特办，难道还要在学业方面一路保驾护航，送上文凭不说，还要奉上数额不菲的奖金？

由此事，人们很容易想起一件旧闻：2010年8月，奥运冠军杨威、高崚因为超过学习年限被华中科技大学研究生院“劝退”。随之而来，有关世界冠军、奥运冠军求学过程中的各种怪现状也逐一被曝光：李娜2002年进入华中科大新闻与信息传播学院就读，由于无暇回校考试，只能抽空补考来修学分，直至2009年才毕业；跳水冠军肖海亮，用了六年时间才拿到武汉大学商学院经济学学士学位；北京奥运会男子体操“三金王”邹凯，2007年被北京体育大学录取，2009年开学时，竟忘了自己该读大几；前乒乓国手刘国正由于无法保证上课时间，被上海交通大学做出自动退学处理，但与此同时，他竟然从河北师范大学企业管理专业毕业……

和林丹相比，杨威、高崚们显然运气没那么好，但放眼广大的专业运动员群体，这些奥运冠军、世界冠军又是幸运的。按照2002年由国家体育总局、中央编办、教育部、财政部、人事部、劳动保障部联合下发的《关于进一步做好退役运动员就业安置工作的意见》有关规定，他们都可以享受免试入学的优待，而不用忍受其他同龄人“千军万争过独木桥”的煎熬。

应当说，国家出台这个规定出发点是好的，旨在鼓励优秀运动员进入高等学校学习并通过高校毕业生就业渠道就业，而各个学校也乐于通过引进奥运冠军、世界冠军来提升自己的知名度，事情看起来两全其美，但大家还是高估了这些大学生运动员的文化基础，所以最终才会有那么多“新闻”发生。

事实上，也不能完全责怪这些冠军。他们从小就生活在一个体教脱节的环境中，而且有的还要忙于训练比赛为国争光，他们要能正常地完成学业才怪，除非他们真的是传说中的超人。

让优秀运动员进入高校学习，通过高校毕业生就业渠道就业，的确是安置退役运动员的一条途径，但它照顾的是塔尖上的少数精英，而不能让广大的运动员群体受益，解决他们的后顾之忧。而少数运动员不能正常完成学业，不仅让运动员名誉受损，也令引进他们的学校尴尬，本来是双赢的好事，最终却变成了笑话。其中应该反思的不只是运动员本人。

奥运冠军为国争光，对他们进行奖励，理所当然，但应适可而止，像官职、文凭等就不应作为奖品、福利等颁发给他们，这对于其他通过正常途径为之而奋斗的人并不公平，对于冠军们维护公众人物的形象也不全是好事。解决运动员退役问题根本还在体教结合上。这条路注定艰难、坎坷，但必须坚决地走下去。

文艺范儿运动员很美丽

“我赢或者不赢，团队都在那里，不怨不悔。我开心或失落，朋友都在那里，不悲不喜。我安康或伤痛，父母都在那里，不离不弃。感谢你们，成就了今天的莉佳，我的梦想就像 600 年前的郑和一样，让中国航海在世界扬名。”

“男或女，老或少，高或矮，贵或贫，帆船都在那里，等着大家去玩。让我们载着中国的体育强国之梦，扬帆远航，踏浪前行！”

这是帆船奥运冠军徐莉佳在2013年体坛风云人物颁奖典礼上的获奖感言。我不惮其长，把它引用在这里，因为它带给我如此大的惊喜和冲击。在当天平淡无奇的颁奖、拿奖的程式化场面中，这位一袭黑衣的女孩的文艺范儿就如一股清风，拂面而来。它在现场掀起高潮，在网络上受到追捧，一点不会让人感到意外。

显而易见，这段感言是早就准备好的，徐莉佳事后也承认她为此琢磨了好几天。但就算如此，又有什么呢？清新如斯的获奖感言出现在任何一个颁奖场面，都堪称精彩，何况它出自一个运动员之口。

过去社会上对运动员素有“头脑简单、四肢发达”的偏见，这样的认识就算今天也未必绝迹，但看看徐莉佳当天晚上的发言和随后接受主持人采访时的即兴发挥（“成功没有定式，每个人只要做出自己的精彩就可以了，我和大家一样，只是一个普通的追梦女孩”），我们不得不承认：不能再用旧眼光看待今天的运动员了。

伦敦奥运会，徐莉佳的一举夺冠不仅让中国体育实现了历史性的突破，而且还让世人对中国运动员的形象刮目相看：这位听力只有常人50%的姑娘开放、外向，不仅拥有大学文凭，而且还能说一口流利的英语，可以和国外运动员自如地交流。正因为她身上这些不可多得的励志特质和国际化风范，她光荣地成为中国体育代表团闭幕式的旗手。

是什么让徐莉佳如此美丽动人？当然不全是因为她清丽的长

相，也不全是因为她的励志故事，主要还是因为她有文化、知书达理。

没有文化，运动员在某些项目上或许依然可以拿金牌，但他很有可能变成一部“金牌机器”。文化的缺失不仅会影响到运动员的为人处世、待人接物，而且还有可能影响到其退役后的自食其力（这方面的例子不胜枚举）。而拥有文化，运动员的视野则会更加宽广，对于体育事业和社会所做的贡献将会更大，日后的人生发展也不会有太多的后顾之忧。在当今这样一个知识经济时代，文化对运动员来说不仅是重要的，甚至可以说是不可或缺的。

环视中国体坛，所谓的成功人士无不具备相当的文化水准，邓亚萍、杨扬便是其中的杰出代表。但她们大多是在退役后完成学业的。而徐莉佳则是边训练边读书，现在还是上海交大的学生。和邓亚萍等前辈相比，徐莉佳的举动或许更能反映运动员对于文化知识的渴求。

当然，就如徐莉佳自己所言，她是“金字塔上的一个幸运儿”，不是每个想学文化的运动员都能像她一样读书夺金两不误。要想让所有的体育人读好书，要想让中国体坛出现越来越多的徐莉佳，除了“体教结合”，别无他途。这是一个知易行难且不无沉重的老话题，不说也罢。

我们应该在意劳伦斯奖吗？

已经有越来越多的人认识到，四年一次的奥运会并非运动员唯一的舞台。除了奥运会，还有许多东西可以刺激体育迷的神经。

比如劳伦斯世界体育奖颁奖典礼，便让中国体育和热爱中国体育的人们小小地尴尬了一回。四位中国体坛最为炙手可热的靓丽明星身着礼服、满怀期待地亮相里约，结果竟无一人得奖。

要说我们一点不在意这种结果，应该不是实情。毕竟，劳伦斯奖是唯一的全球性体育奖项，号称“体坛奥斯卡”。我们已经连续四届奥运会位居金牌榜前三，是名副其实的奥运巨人，但在劳伦斯奖这一方舞台上，中国体育健儿从来没有成为主角：迄今为止，13 届评奖中，只有两座“最佳新人奖”分别给了姚明和刘翔，再就是参加北京奥运会的中国代表团拿下“最佳团队奖”。而最近四年，看似强盛的中国体育军团竟无一奖项进账。

劳伦斯奖为什么不待见中国体育？它是成心和我们过不去吗？

答案其实也不复杂，劳伦斯奖拥有自己的价值观，它和我们以金牌数量为主要指标的体育发展方式格格不入。

劳伦斯奖的评委之一，前著名网球运动员鲍里斯·贝克尔就直言：精英体育才是劳伦斯奖的追求，“精英体育中拥有高度的竞争力，其中的杰出运动员一定是世界上最杰出的体育选手”。而所谓的“精英体育”，说白了就是欧美人眼中的主流运动，除了田径和游泳两个基础大项外，还有欧美各国职业化和国际化程度高的项目，如高尔夫球、赛车、网球、篮球等。这些项目从来都不是中国体育的强项，所以我们总是和劳伦斯奖擦肩而过，一点也不奇怪。

难怪，连续两年出席劳伦斯奖的林丹要感慨：“中国每年应该是出世界冠军最多的国家，但遗憾的是很多项目没达到全球性，这是中国运动员比较吃亏的地方。”

其实，劳伦斯奖得不得也不是多大个事儿，但我们应该重视它，因为这是考量中国体育的另一种维度，有利于我们重新审视中国竞技体育的发展模式和中国体育的转型。

中国体育在未来如何发展？又要实现怎样的转型？我认为，一方面，是要在国际化和职业化程度高的主流运动中有所表现。虽然说，姚明、李娜都是可遇不可求的，但这个方向没有问题。另一方面，就像林丹所建言的——“中国未来的体育发展，关键并不在于不断培养摘金夺银的运动员，而是要使我国的传统优势项目变得职业化、国际化。”

但如何让我国的传统优势项目变得更加职业化、国际化，这不是一件容易的事。比如，这些年来我们一直精心打造的乒超联赛，据说最终是要成为“乒坛的NBA”，但老实讲，这话至少现在听着还是有些大，别说国际影响，就是在国内，乒超赛场也是冷冷清清、观者寥寥，水平当然是没的说，但没观众，再好的赛事也难言职业。这样的职业体育更像中国乒协和中央电视台的自娱自乐。

其实，一个项目有一个项目的特点，网球适合职业化，但桌子上的网球（乒乓球），就未必。某些我们的优势项目，搞职业化的想法是好的，但要把它真正搞好，让球迷喜闻乐见、抢着掏钱买票，恐怕得多动脑筋、努力创新，而不能照搬其他项目的经验。职业体育不是有钱就能搞好的，它是商业，更是文化。有朝一日，我们若能把乒超联赛搞得像NBA那么红火，那就是我们独有的体育文化，是中国体育对世界作出的贡献，是多少金牌也换不来的。

我的意思，金牌并非不好，但问题是，我们的金牌数量的确不少了。但我们的金牌结构不好，田径、游泳和三大球等主流项目金牌太少，所以我们在劳伦斯奖颁奖典礼上唱不了主角。

我们的运动员越来越在意劳伦斯奖，我觉得这是一个进步。我们不需要迎合什么，但要努力顺应世界潮流，争取在主流体育领域的话语权，体现实力、展示形象，与此同时，我们也要捍卫自己的优势项目，并承担更多的历史使命，使其更加国际化，争取实现职业化。倘能如此，中国体育还会让世界再度刮目相看。

体育也是一种价值观

当下的体坛，就如逐渐变冷的天气一样，有些萧索，有些落寞，但不经意间，依然有感动袭来，它无关胜负，无关荣耀，却越发打动人心——

一个19岁的花季少女，梦想成为一名出色的篮球运动员，但不幸患了脑瘤，留给她的时间只剩下最后几周。为了完成姑娘的心愿，美国大学生体育联盟（NCAA）特意将揭幕战的时间提前了两周，美国辛辛那提泽维尔大学体育馆爆满，1万多人都穿上了“为22号（姑娘球衣的号码）而战”的运动衫。姑娘站上了梦寐以求的赛场，也得到了作为NCAA球员的第一分……

是不是很像电影？但它的确不是电影。

这位热爱篮球甚于生命的美国姑娘叫劳伦·希尔，18岁生日的那一天，她加入了圣约瑟夫学院女子篮球队，开始征战NCAA第三级别的联赛，但不幸的是没过几周，她便被查出患了脑瘤。在9月一次复查中，核磁共振结果显示，希尔脑部的癌细胞扩散速度猛增，她甚至可能熬不过12月。但即便如此，希尔仍旧没放弃对篮球的热爱，只要稍微舒服点，她就会去球场找教练和队友，不能用右手投篮，她就改用左手，“与其每天在医院胡思乱想，还不如来打球，这让我觉得每一天都过得很充实”。

希尔的故事被许多媒体报道，也传到了NCAA联盟主席艾默特那里，于是就有了上述那如电影般的一幕。

这显然是一个策划好的励志故事，作秀痕迹明显，虽然最终也挽救不了姑娘的生命，但它依然打动了我。这当然不只是因为姑娘的坚强（她没有在镜头前掉过一滴眼泪），更重要的是故事背后所体现出的价值观。

换成普通人，得了这样的绝症，就只有自怨自艾的份儿了，但希尔偏不这样，“与其每天在医院胡思乱想，还不如来打球”，我相信这不是矫情，而是她实实在在的感受。她通过体育找到了快乐，体育充实了她的生活，丰盈了她的人生，甚至可以让她忘掉生死，而那么多人愿意陪着她玩儿，让她实现自己的梦想，也不是出于对于一个即将告别人世的生命的怜悯，而是他们同样相信，体育是一件特别美好的事情，值得格外珍惜！岁月无情，人生苦短，何以疗伤，唯有体育。

体育是什么？是强身健体，是教育，都没错，但照我看，体育也是一种价值观。如何看待体育，把体育放在什么位置，是衡量一个社会文明程度的重要标尺。

希尔的故事为什么会发生在美国？因为体育对美国人是大事，不是可有可无的“花边”和点缀。美国总统不仅要顺应民情谈论体育，还要身体力行地从事体育运动，并以打篮球时受伤为荣。总统尚且如此，普通民众对于体育的热情就更别提了。说体育是美国人的“宗教”，或许不无夸张，但就像一位美国社会学家所说的，你要了解美国人和美国社会，就得了解美国的体育。对于体育的热爱已经内化到每个美国人的血液中。

我们中国人对体育也是热爱的，但国人对于体育的热情似乎大多体现在“坐而论道”上，每有国家队的比赛，大家群起而观之，嬉笑怒骂，好不热闹。“嘴上的体育”，是之谓也。

可喜的是，这种局面今天已经大有改观，越来越多的人不仅动口而且动手，“请人吃饭，不如请人流汗”，已成为某种局部的时尚。我们社会的体育氛围似乎越来越浓厚，但显然还远远不够，体育在整个社会依然处于有它不多没它不少的尴尬地位，对专业运动员“四肢发达、头脑简单”的固化认识仍大有市场，而他们的教育、就业问题依然不容乐观。

“体育拥有改变世界的力量”，这话我们早已耳熟能详，其实，对于每个个体来说，体育也拥有改变人生的力量。对于一个社会来说，体育也拥有改变社会结构和社会关系的力量。这一切当然都取决于人们如何看待体育。体育是一种价值观，不夸张。

被有色眼镜误读和放大的“体操女童”

腾讯发布过一篇文章，题目叫《体操女童的存在，是我们这个社会的耻辱和伤口》，据说很火，阅读量轻轻松松地就到了 10 万+。我因为震惊于它耸人听闻的标题，便找来认真地读了下，但老实讲，读后很失望。我的失望不仅源于读者的断章取义和对竞技体育的偏见，更是由于——如此浅陋武断的文章，竟能引来公众追捧的热潮。

无论是作为一个普通读者，还是作为一个对于体育有感情的人，这种感觉，实在都并不太好。

该文作者看似有悲悯的情怀，可惜他的所有新闻源都来自西方媒体——英国《每日邮报》刊登出的一组图片报道。其中的一张照片拍摄于上海杨浦青少年业余体校，体操教练正在安慰女孩，拭去她脸上的泪水。

西方媒体是如何看待中国竞技体育的？体育圈和体育新闻圈的人都心知肚明。他们从来就倾向于认为，中国选手就是“金牌机器”，中国对于运动员的培养都是反人性的、不人道的。如果西方媒体认为，体操女童的存在是社会的耻辱和伤口，我一点也不意外，让人震惊的是，如此结论竟出自国内的“资深记者”。

练竞技体育苦不苦？当然苦，所有的专业训练都很苦。但苦并不意味着反人性，苦中也有乐。当你通过严酷的训练，超越自我、自我实现时，那是一种更高层次的快乐。

以体操为例，它是运动之父，不仅有益于孩子的力量、平衡、柔韧、协调和控制能力，而且是一种特别好的人格教育和塑造手段。体操在美国的受欢迎程度，比中国要高得多。那些优秀的运动员要想出成绩，和我们一样也要经过严酷的专业训练。

如果说，美国孩子练出成绩，就是“热爱体操”，就是享受体操，我们的运动员拿到金牌，就是反人性，就是金牌机器。请问，天底下有这样的道理吗？

“这个世界上干什么不要付出？竞技体育，你不付出，行吗？”体操世界冠军邢傲伟如是说。如果觉得他的话还没有说服力，再听听刚刚退役的科比是怎么说的——曾有记者问科比：“你为什么能如此成功？”他反问道：“你知道洛杉矶凌晨4点钟是什么样子吗？我就知道。”

对于竞技体育而言，到处都是苦寒、血泪的残酷故事，这和体制半毛钱关系都没有。

那些吊在杠子上，一边流泪一边训练的女童，的确让人同情，但那不过是她们漫长训练生涯的一时一景而已。子非鱼，安知鱼之乐？作为一个局外人，你也许永远无法了解体操女童及其家人的心情。

我们的体操训练其实在不断地改进，“快乐体操”正在得到大力的推广。说体操女童是社会的耻辱和伤口，不是无知，就是哗众取宠。以此来攻击举国体制，也并不新鲜。这样的伎俩早就被一些西方记者用滥了，可笑而可悲的是，国内的“资深记者”也跟着起哄，而且居然引来一片喝彩。

央视对于跳高名将张国伟有个采访，他谈到自己平时坚持泡脚半小时，每天晚上九点半准时上床睡觉，从来不碰不健康的食品，并笑言：“要晚睡也可以，等不练了以后再晚睡。吃油炸食品也可以吃，等不练了以后再吃。我每天都用全力训练，就是不想每堂训练课是混过去的，想把每件事情都认真地做完。我每天健健康康地训练、把简单的事情创造性地去做，这就是我的幸福。”

这就是我们可爱的运动员们！他们的辛苦和幸福同在，梦想和决心齐飞！他们的童年或许和那个哭泣的“体操女童”没什么两样，但现在，他们要感谢当年的付出。他们不是金牌机器，不是“体育棒了”，他们都是像你我一样有血有肉、有感情、有思想、有梦想的大写的人！

中国体育的正能量如此之多，何必揪着“体操女童”不放？

欧洲杯和“毒跑道”

按常理，人们更关心自己身边的事情，但也不尽然。比如欧洲杯，除了几个曾经和中超发生过关系的球员，我实在看不出它和中国有多大关系，但国人对它的热情，那叫一个高。我身边许多人都在讨论欧洲杯，唯恐别人不知道他昨晚熬夜看了球。电视台也是连篇累牍，左一个豪门右一个盛宴，连街上卖鸭脖子的也打着欧洲杯的广告，由此可以想见欧洲杯在中国的热度。

也不知道怎么了，由欧洲杯我竟想起“毒跑道”。二者风马牛不相及，但我老觉得它们有某种隐秘的联系。我的意思当然不是，一个盛产“毒跑道”的国家和人民就不配去关心欧洲杯，但不可否认的是，公众对于欧洲杯的热情，和对于“毒跑道”的淡然，两个同样真实的图景叠加在一起形成的反差，让人并不舒服。

固然，欧洲杯是欧洲的，也是全世界的。中国人踢不好足球，难道还看不好足球？但扪心自问，对于中国体育来说，是学习欧洲杯重要，还是根治“毒跑道”重要？无论是作为一个媒体人还是一个体育迷，我都会选择后者。原因简单极了，它和我们身边的每个孩子、每个家庭有关，和中国的未来有关。

在欧洲杯的喧嚣中，我很欣慰，咱们的国家通讯社没有忘记“毒跑道”的痛——《五问“毒跑道”》，其勇可嘉，其情可感，其辞恳切。只是痛定思痛，后果几何，留下的仍是一个大大的问号。

有关“毒跑道”，技术问题，我知之甚少，但不容怀疑，在中小学校园和幼儿园里更换塑胶跑道，其初衷一定是好的，体现了社会和学校对于体育的重视。而从孩子的角度，又有谁愿意在土路和煤渣、水泥操场上奔跑呢？无论从哪方面讲，这都是一件两全其美的事情。但好经为什么被念歪了呢？新华社的“五问”，从源头到监管，都讲得一清二楚。我无甚高论，却也有三点沉痛的启示：

一，重视体育，不是说说而已，而是需要资金支持和设备投入的。换句话说，体育是一种消费，免费玩体育的时代或将一去不复返。

“毒跑道”为什么有市场？最重要的原因是它便宜。与其说装“毒跑道”的学校重视体育，倒不如说它们更重视上级部门的意志。什么时候，我们的学校在购买体育器材时，也能像购买其他教学设备那样舍得，那才是真的重视体育。

二，“毒跑道”屡屡出现，凸显了转型期中国体育产业的窘境。据新华社报道，在塑胶跑道的招投标中，评标体系明显倾向于大型建筑工程企业，专长于体育设施制造和施工的中小企业处于明显劣势。此外，对于监理方的指定，国家没有相关规定。我国目前还没有专业的体育设施工程监理单位，一般来说，招标方可以自行指定第三方监理。但大部分招标方和校方不懂专业知识，通常委托给生产商和施工方，由其确定监理公司。部分企业在利益驱动下，会寻找对其有利的监理方。

将“毒跑道”归咎于相关学校的体育消费意识和国家体育产业的孱弱，或许并不公平，毕竟，它涉及太多部门，体育只是其中之一而已，但反过来看，在一个体育消费和体育产业相对成熟的社会里，“毒跑道”悲剧发生的可能性显然会小得多。由“毒跑道”审视中国体育，我们需要做的事情还有很多。

三，和上述两点密切相关，体育从来都不是存在于真空中，它和经济、社会、文化、教育存在相互支持、相互促进的关系。我乐观地认为，“毒跑道”虽然让人沉痛，但它不会影响整个中国社会对于体育价值的重视和认识，也不会阻挡中国体育转型的脚步。

对于普通公众来说，中国体育这些年最积极的变化是从天上回到人间，从“嘴上”转到了行动中。由欧洲杯想到“毒跑道”，我承认过于突兀，也有点矫情，扫了大家看球的兴。但我其实没有一点反对大家在欧洲杯期间“坐而论道”的意思，我只是更希望，在未来没有欧洲杯的日子里，可以有更多的孩子在干净、健康的跑道上快乐地奔跑！如此而已。

由一场“约架”想到武术入奥

五一前后的网络界被一个叫作徐晓冬的人刷了屏，他10秒不到KO雷公太极创始人雷雷的视频，火爆一时，我所在的各种群，几乎都在不约而同地讨论此事，热度至今不减。

而这位“格斗狂人”显然也没有见好就收的意思，他高举“打假”大旗，声称要在15天内挑战中国武术的各大掌门，甚而连奥运冠军、世界拳王邹市明，也不放过。

面对徐晓冬如此嚣张的挑衅，武术界人士反应不一，有迎战的，有下生死帖的，也有不予理会的，甚而不屑一顾的。旁观者也是态度各异，有为徐晓冬点赞的，也有人认为他不知天高地厚。

对于武术“躺枪”，有论者认为，不必过度反应，但也有人直言，它是对武术的一次“羞辱”——继2012年的“闫芳隔空打牛”事件之后，又一次遭到羞辱。

我非武林人士，对综合格斗（MMA）也知之甚少，直觉上，认同这是一次个体行为，而非综合格斗对武术的一次“伟大胜利”，“羞辱”之说，显然言重了。盖因徐晓冬本人也只是一个业余教练而已，据说连MMA正式比赛都没参加过，他似乎代表不了综合格斗，而雷公太极也存在各种争议，雷雷自然亦非博大精深的太极代言人。这样的“比赛”，说白了，就是街头的一次“约架”，只不过，借助网络的疯狂传播，其效应得以放大。

固然，诚如某些专家所言，搏击格斗和武术属于两个不同的评价体系，传统武术界对“格斗狂人”大可不必过于敏感和过度反应，过度反应是一种不自信的表现。但无论徐晓冬有多么浅薄和不招人待见，此次“约架”已然由个体事件变为公共事件，武术界实际上又不能那么超脱。至少，有两点会引发公众疑问：一，武术是否真的像徐晓冬说的那样是“花拳绣腿”，在实战方面不堪一击？二，武术在推广和运营方面，是否存在造假行为？程度如何？我觉得，对于武术界人士，坦诚地回答这两点疑问，远比打赢对于徐晓冬一个人的战争更重要。

和整个武术界为敌，是需要勇气的。徐晓冬以一己之力挑战整个武林，说是哗众取宠也好，商业驱动也罢，他大抵还是摸准了传统武术的“软肋”，所以才会如此肆无忌惮。

至于何为传统武术的“软肋”，自然也是仁者见仁智者见智，过于脱离技击和实战，或许正是其一。传统武术起源于冷兵器时代，其本质就是技击，讲究杀敌制胜，但基于各种历史和现实的原因，这些年来，武术的技击属性不断萎缩，健身养生属性则不断强化。与此形成强烈反差的是，中国传统武术的技击属性在文学、影视作品中却被过分夸大，而一些武术界人士似乎也希望武术被神化，以为坑蒙拐骗大开方便之门。这样的结果，很容易误导公众，也的确让武术的形象受到很大的影响。

由徐晓冬约架，人们很自然会想到武术入奥，这已经成为武术界的一块心病。数次冲击，屡屡折戟，武术的入奥之路似乎越走越窄。论历史，论文化底蕴，跆拳道和柔道，都不及武术，但现在，这两个项目在奥运会中的地位已非常稳固。最要命的是，连空手道都成为2020年奥运会正式比赛项目了，而武术仍只能在全运会上自娱自乐而已。

武术入奥为何如此之难？当然不是传统武术的魅力不够，或许和推广思路有关。目前，武术主推的入奥项目都是套路项目，观赏性当然也很强，但对抗性、刺激性稍逊一筹。套路项目只能依靠打分决胜负，量化起来比较困难，容易产生争议，对外国裁判的培养也不容易，加之由于外国选手缺乏对中国传统文化的理解，很难快速提升水平。如果武术入奥，很可能形成中国一家独大，这当然不是国际奥委会希望看到的。

要想成为奥运会竞技项目，量化是硬性指标。项目规则，打分规则，都需要科学考量。此外，还必须国际化，不能一家独大。在这两个方面，武术都有硬伤，因此，它至今只能在奥运会的门槛上苦苦徘徊。

也有大方之家说，武术不必非要进入奥运，这种观点的确颇有些文化自信的意思，但却太阿Q了。环视全球，对于推广项目来说，还有什么平台比奥运会更好更大的呢？武术，要想结束自娱自乐，入奥是最好的一条路径。

是时候调整武术的发展思路了。去除神秘感，以现代体育模式构建透明、标准化、可操作性的项目发展体系，应是中国传统武术发展的当务之急。一个徐晓冬，当然不至于撼动中国武术的大厦，但如果他能让武术界人士有所触动，有所警醒，进而拿出改革方案来，那我们真的还要感谢这位“格斗狂人”呢。

体育老师招谁惹谁了？

“你数学是体育老师教的吧”，这句俏皮话经由某部拙劣的偶像剧，一下子流传开来，并很快有了各种演绎版本。某台春晚的小品中，演员就来了句“你地理是体育老师教的吧”，现场“笑果”似乎颇佳。可怜的体育老师，这次又“躺枪”了！

体育老师到底招谁惹谁了？

我相信，第一次说这话的人对体育老师并不抱有恶意和成见，它也许的确只是一句俏皮话而已，但大家都这么说，“铁打的体育老师，流水的各门学科”，就让人有点不舒服了。

就像某位体育老师在网上抱怨的：“真不理解那些埋汰体育老师的人是怎么想的，难道你们忘了，在你学生时代，什么课是让你天天盼望着想上的吗？自己什么学不好，就怪是体育教师教的，你情何以堪？对得起那些年给你带来无限乐趣的体育课吗？”

这位体育老师还举例证明，体育涉及的知识是很广泛的，“如果你们什么东西没有学好，请不要玷污曾经教过你的体育老师，因为他是专业上最全面而且是在你上学期间唯一一个给你足够的时间和空间让你自由自在的人，请你们尊重一下你的快乐时光、健康时光，请尊重一下曾经教过你的体育教师”。

也有人劝慰这位体育老师，不必过度反应，内心快乐就行，但在春晚这样的大众舞台上，这么嘲讽某个堪称崇高职业的某个群体，当事者能快乐得起来吗？大过年的，这不是给人添堵吗？央视春晚中的小品因为演员口误说了句“拒绝乒乓球”，结果不得不公开道歉，相形之下，有关方面是不是也需要给被埋汰的体育老师一个说法呢？

为什么是体育老师，而不是别的文化课老师屡屡中枪？个中缘由其实并不复杂，在我们的社会中，体育仍处于边缘的位置，在现行的教育体系中，体育学科形同鸡肋，尽管在不少地方，体育已成为中考科目，但这种简单的应试杠杆仍无力改变体育教学可有可无的尴尬地位。在这种体系中，体育老师付出很多，但很难获得和其他文化学科同等的职业尊严和职业幸福感。与此相适应，体育老师的缺口很大，根据2007年版《中国教育统计年鉴》所公布的全国中小学学生和体育教师数量折算，当时我国中小学体育教师缺额量为29.4万人，其中小学缺额最多，为24万人。2008年，教育部组织国家教育督导团对体育师资进行调查，也充分证实了中小学体育教师缺额的现象。例如，广东省专职体育教师不足40%，农村学校80%以上为兼职体育教师。重庆市农村中小学体育教师配备率为73%；甘肃省近70%的学校体育教师为兼职。

体育老师师资匮乏的结果自然是体育教育的缺失，而教育缺失的后果不仅是青少年体质不断下降，国家体育发展后劲不足，更关系到我们的下一代人格的锻造和综合素质的培养，兹事体大，绝非可有可无。

如何补上体育教育这一课？我觉得最重要的是从尊重体育老师开始。一个好的体育老师在人的一生中起到的重要作用完全不亚于其他学科的老师。我手头有本经常翻阅的《老清华的故事》，收集的全是清华校友回忆母校的文章，其中许多人都念念不忘的就是他们的体育老师马约翰教授。科学家汤佩松说："我在那时以及以后的学习和工作中能克服许多困难和挫折，在生活和工作中的优良运动竞赛作风、态度及精神，是和在清华八年间的强迫性体育制度分不开的。具体地说，体坛巨师，已故的马约翰教授的培养起了极大的作用。"

当然，最能说明体育重要性和体现体育老师尊严的是：后来成为大学者的吴宓因为跳远不及格，竟因此被马约翰扣留，不予出国留学，直到半年后成绩达标，才被批准留洋。

令人悲哀的是，半个多世纪过去了，我们非但没有把马约翰精神发扬光大，反而经常发生拿体育老师开涮的事情，这与体育大国的称谓多么不符！我们呼唤新时期的马约翰，但没有培养马约翰的土壤，又徒唤奈何！

即使你不喜欢体育，也请尊重体育！即使你不知道什么叫尊重体育，也请你尊重每一位体育老师！因为他们正是那个让你体会到体育乐趣、享受生命喜悦的人。

英雄心事无今古

“我们很高兴你们在球场上见识了史上最佳球员。”

“你恐怕是搞错了，下次在诺坎普我们会让你见到真正的史上最佳！”

我们都没有搞错，这是两家著名俱乐部赛后在官推上的“斗嘴”。

在欧冠小组赛客场以2比0击败尤文图斯后，巴塞罗那率先发难。是个球迷都知道，他们说的“史上最佳球员”是谁。在这场胜利中，梅西一传一射，球王风采依旧。

而全世界球迷当然也都知道，尤文图斯所仰仗的“真正的史上最佳”是谁。C罗当时因为与新冠有染，尚在隔离中。梅罗之争，没有发生，尤文图斯当然有理由不服气。

梅罗二人，究竟谁是史上最佳，这不是新话题了。所谓“梅罗之争”，不仅是两人在争，俱乐部也在争，热爱他们的球迷更是争得不亦乐乎。

但遗憾的是，迄今为止，这个问题似乎也没有答案。更吊诡的是，这两位被公认为现役世界最佳候选的球员，谁也没带队拿过世界杯冠军。

连世界杯都没拿过，就急吼吼地要去争“史上最佳”，估计刚过完 80 岁生日的贝利老人家要哑然失笑，他可是拿过三届世界杯冠军，同样以一己之力帮助阿根廷拿过世界杯冠军的马拉多纳，更会感觉不爽——要知道以前，总是他和贝利争“史上最佳”，哪会轮到梅罗这些后生小辈。

自然，梅罗还在踢球，未来依然可期，但现在就非要决出个“史上最佳”来，的确是性急了些。我看，这多半是俱乐部公关而已，娱乐一下，大家也不必当真。

当然有些项目的史上最佳之争，还是很认真的。

比如刚刚获得第 93 个 F1 分站赛冠军的著名车手汉密尔顿，超越了舒马赫保持的 91 个大奖赛，让两人到底谁是史上最佳的话题，重新变得热络。有人认为汉密尔顿更伟大，毕竟冠军数量摆在那儿，而且这个数字还会继续刷新，也有人认为舒马赫才是历史最佳，因为汉密尔顿太依赖于他所处的顶级车队，而舒马赫则更擅长在逆境中创造奇迹，更能展现体育竞技的魅力。

同样的争论还发生在詹姆斯和乔丹之间，纳达尔和费德勒之间，他们似乎都有能力去角逐各自项目的史上最佳，也有各自当选的理由，结论则完全取决于选择者的偏好。

所以，我严重怀疑，“谁是史上最佳”的话题是个伪命题。

连乔丹本人也直言，比较不同时代的球员很扯。“我永远不会说谁更伟大。”而韦德也认为，谁是历史最佳球员这个问题其实没那么重要，他们都是独一无二的，我们不会再见到下一个詹姆斯，同样也不会再见到另一个乔丹，就像不会再出现另一个贾巴尔一样，也没人能像比尔·拉塞尔一样拿11个冠军。“每一个伟大的球员都是独一无二的。”

“每一个伟大的球员都是独一无二的”，如果我们有这样的心态，就不会纠结于到底谁更配得上史上最佳了。

明朝诗人张佳胤有诗云：英雄心事无今古，神物风云各有时。关于人类的英雄和英雄崇拜，有些事无论今古，有些事亦各有时。看到英雄追求卓越的共性，也认识到他们不同的个性（包括局限性），或许才是对英雄最好的尊重。

不成功不羞耻

竞技体育就是一种鲜活的人生，浓缩了人性的全部。如果我们从中能闻到鸡汤味，那就对了。

不成功不羞耻

不努力，一定不会成功，但努力了，也未必会成功。人生大抵如此。

这不是多么复杂或深刻的道理，但不是任何人都能轻易地接受。因为这是一个成功学大行其道的年代，所谓“成功”似乎成了人生唯一的目的，不成功就意味着羞耻。

但什么是成功？大概也没有几个人仔细地去想它。社会上的成功人士就摆在那里，大家都渴望成为他们中的一员，而且希望这个过程越短越好，这就是成功学能够有市场的原因所在。

话有点扯远了，还是要回到体育上来。对于运动员来说，什么是成功，似乎更为清晰简单，就是金牌。运动员得到金牌，当然是人生的成功，但这是否意味着：得不到金牌就是失败？当然不是。因为金牌只是一时的成功，运动员的人生之路非常漫长，今日的成功并不意味着今后的成功。人生是一场长跑，张尚武昔日得到金牌，今日还需街头卖艺，你说他是成功还是不成功？

因此，我们向李坚柔、张虹致敬，不只是因为她们获得了金牌，还因为她们的坚持和努力。张虹说，她的成功没有诀窍，就是“每天都在努力”；李坚柔说，她的成功是因为“平静”，她一直平静而专注地做她认为应该做的事情。

她们成功的理由不同，成功的过程不同，但她们有一点是相同的：没有把成功看作人生唯一的指向。努力在一定意义上比成功更重要，努力是手段，也是目的本身。成功对于他们来说，只是努力的一个副产品而已。

如果这样来理解努力和成功，我们对许多事情可能会更加释然。我们可以接受一个成功的人生，也能接受一个以俗世标准来看不那么成功的人生，哪种人生更精彩，更有价值，还真不一定呢。

人渴望成功没错，但千真万确，你我都有不成功的权利。

因此，我们不仅要向李坚柔、张虹致敬，也要向努力过，但这次没有成功（并不意味着下一次不成功，今后不成功）的庞清、佟健、张昊、王北星们致敬。他们都没有拿到金牌，甚至连奖牌都没有，但看着他们赛后接受记者采访时的落落大方、温文尔雅（当然还有王北星一口纯正的英语），我确信：他们以后会拥有一个充实、美好的人生。

佟健在自己的告别之夜说得最多的词是“传奇”，他诚恳地对记者说，“我也想成为传奇，但很多事情都验证了我们就是普通运动员的代表。我们不是传奇的运动员，但我们跟普通人一样，在一点点努力，在收获自己的成就。”

而我想告诉佟健的是：世上没有那么多的传奇。生活是自己的，所谓传奇，不过是别人嘴里的谈资。他们认为自己不是传奇，我理解不过是少了一枚奥运会金牌而已，但两届世锦赛冠军难道还不足以称为成功或传奇吗？

看看，所谓成功，所谓传奇就是这么一些主观的、意义含混不清的东西。既然如此，我们又何必纠结其中呢？成功与否，普通或传奇，其实远没有我们想象的那么重要，它们之间的分野也没有我们想象的那么巨大。对人生来说，最重要的不是取得成功或成就传奇，而是坚持和努力。

不成功绝不意味着失败，但不努力，结果一定就是失败。

不成功不羞耻，不努力才羞耻。就是这么简单。

伟大是熬出来的

体育比赛的最大魅力或许就是它的新奇感。比如斯诺克世锦赛，谁会想到，冠军会最终归宿宾汉姆呢？

他已经38岁了，其貌不扬，看起来比实际年龄还大，球风也不讨人喜欢，除了稳就是稳。最关键的是，他似乎没有爆发的迹象，在拿到世锦赛冠军之前，世界排名仅为第10，且不过获得两个排名赛冠军（我们所无限热爱的丁俊晖该项目的数字为九）。

但是，他的确做到了。就像他赛后说的俏皮话：不知道下一个冠军的到来要多长时间，但至少这个世锦赛冠军是谁也抢不走的了。

是宾汉姆幸运吗？也许吧，体育比赛总需要一点运气，但不要忘了倒在他杆下的名将有多特、奥沙利文、特鲁姆普以及墨菲，四人中三位是前世锦赛冠军，一位是前世锦赛亚军。含金量够可以的吧，仅凭幸运能挨个击败这么多的名将吗？

如果不是实力，不是运气，那么又是什么让宾汉姆这个老好人、平凡的球手，一夜之间突然成为世界冠军呢？

宾汉姆的对手、2005 年世锦赛冠军肖恩·墨菲给出的答案是："有时候在体育界中，有的人就是注定要赢的。他是这项运动的死忠，他热爱斯诺克甚至高于自己的生命，他当然完全配得上赢得冠军。"老球王、六届世锦赛冠军得主斯蒂夫·戴维斯则认为宾汉姆的夺冠"让每个人都看到了希望"，"我们不知道两个星期前他是否想到自己可以赢下这个赛事，不过他打球的方式就好像自己是知道的。当他需要集中注意力时他做到了，到最后他比房间里任何一个人都更冷静，这证明了老好人也能成为赢家"。

两届世锦赛冠军得主、"金左手"马克·威廉姆斯建议，"所有那些年轻的斯诺克球员都应该好好看看宾汉姆，并且从他这里学点东西，他是如此倾尽全力，并且从不错过任何比赛。"

无须再罗列，答案清晰无比：是多年的坚持、专注、付出让天赋、实力、年龄都不占优势的宾汉姆来到了人生的巅峰。

这的确是斯诺克运动史上一场了不起的比赛，不只是因为它诞生了 38 年来年纪最大的世界冠军，更因为它把体育比赛变成了励志故事。不信，听听宾汉姆的赛后感言：“这真的感觉很不真实，当你还是个孩子，你打球时就想着这一天。可现在这成了现实。我还是原来那个我，我还是会打所有的比赛，不过我希望能成为一个好的冠军典范。对任何一个希望在打球中成长起来的孩子，告诉他们坚持自己的理想。努力工作、努力练习、努力相信自己，这样的事情是会发生的。”

是的，坚持自己的理想，努力工作、努力练习、努力相信自己，有些伟大的事情或许就会发生。生活中，所谓的成功和伟大，大多都是熬出来的，如同中药和老火汤，是一个时辰一个时辰熬出来的。

熬在生活中很容易被当成贬义词，似乎不够进取，但熬是坚持，是定力，熬是脚踏实地，是不轻言放弃。能熬的人心态平和，有更好的胜负观和大局观，因此他胜不骄，败不馁，不疾不徐，相信自己，一寸寸、一点点、一天天、一步步，直到等来人生的巅峰。

与熬相比，我们的体育观念里，似乎更强调拼，比狠斗狠，这似乎也没什么不对，爱拼才会赢嘛，但其弊端是运动员容易心态失衡、急于求成，欲速而不达，场上斗狠，场下风度尽失，体育应有的人性之美荡然无存。

比如集万千宠爱于一身的国乒，“藏獒”踢完挡板没多久，马龙此番又跳上了球台，伦敦奥运会女单赛场两位中国姑娘拒不握手，苏州世乒赛丁宁受伤而刘诗雯依然不理不睬。国乒的确够狠够拼，也没有让冠军旁落，但看他们的比赛，却总让人心里添堵。难道这就是他们推广的乒乓“文化”和“同一种正能量”吗?

在一个急功近利的时代里，实在有必要强调一下熬的价值，因为为了成功，大家都很拼，却很容易忘记熬。我丝毫不怀疑，世俗的成功是可以拼出来的，但真的伟大一定是熬出来的。

人生何处不“陪跑”

文体不分家，先允许我说一条娱乐界的热门新闻。

经过 22 年的等待，好莱坞著名影星莱昂纳多·迪卡普里奥终于凭借《荒野猎人》拿下了奥斯卡影帝。

年年“陪跑”，年年落选，从英俊少年熬成邋遢大叔，全世界的影迷都替“小李子”不忍。但这一次，终于皆大欢喜。

有关此事，最“正确”也是最励志的诠释是：只要坚持，梦想迟早有实现的一天。

这么理解，当然一点毛病也没有，但我仍觉得不够，因它并不完全符合人们的生活经验。坚持就是胜利，作为鼓劲的口号很好，但有时候，坚持了也未必能胜利，适当的放弃反而更为理智。坚持或放弃，全在于当事者对于事情价值的理解和判断。

回到“小李子”“陪跑”一事，我认为，影迷们纯粹是瞎操心。“小李子”早已证明了自己作为伟大演员的价值，得不得奥斯卡影帝，远没有大家想的那么重要。当然，奥斯卡也不欠“小李子”一座小金人。奥斯卡影帝，是“小李子”常年努力的结果，但也取决于机缘和时势，要不然，我们也无法释怀：27岁的女演员布丽·拉尔森首次提名即获奖。

“小李子”在颁奖仪式上说，“我会为这个奖感谢所有人，我们不要把地球给予我们的一切看作天经地义，正如我不会把今晚看作理所当然。”他的确是个睿智的人。有这样的心态，得不得“影帝”，他还是他。

和演艺相比，体育竞技更严苛，因为绝大多数比赛输就是输，赢就是赢，一目了然，清晰无比。而且通常情况下，冠军只有一个。体育比赛的“陪跑”其实远比演艺界残酷，也更加令当事者刻骨铭心。

比如王皓参加三次奥运会，全部只拿到单打亚军，这种事的极端性一点也不输于“小李子”22年的漫漫“陪跑”路，但国际奥委会最终也不会给王皓一枚单打金牌。这是体育比赛的残酷之处，也正是其公平所在。

从某种意义上讲，以决出胜负和冠军为指向的体育比赛，所谓的“陪跑”现象稀松平常，甚至是理所当然，问题仅在于我们如何理解“陪跑”。比如吉隆坡世乒赛团体赛，我们看到，中国队的比赛，大多如砍瓜切菜，说对手在“陪跑”，一点也不夸张。但这并不意味着他们的存在就没有价值。事实上，还有许多对手甚至没有机会和中国队交手。因为世乒赛团体赛是分成若干级别的赛事，我们在电视上看到的不过是最高级别的争冠组（24支球队参加）的赛事。世乒赛其实是一个很大的舞台，不止有中国队。低级组为升入高级组而努力，争冠组为冠军而拼搏，每支球队有每支球队的目标，每个球员都有实现自我价值的不同方式——这才是完整的世乒赛。谁给谁“陪跑”，真的没那么重要。

人们之所以那么在意王皓或“小李子”的“陪跑”，我想，那是因为他们两人都以实际行动证明了自己的伟大，大家不过是希望他们的职业生涯变得更加完美。但说实在的，奥运单打冠军或奥斯卡影帝，对他们来说，不过是锦上添花而已，没有这些头衔，其实一点也无损于他们的伟大。

换种角度看，伟大如“小李子”和王皓者都可能“陪跑”，可见，“陪跑”这件事远没有我们想象的那么严重。从某种意义上讲，“陪跑”是平凡人生的常态，因为不是每个人都能成为主角。在不同的时间段，不同的场合，我们都可能成为别人的陪衬和背景。人生需要这种帮衬和托举。

世上谁人不“陪跑”，人生何处不“陪跑”。如果能以这种积极的心态来看待“陪跑”，我们一定会释然坦然欣然，而且更有可能去开创独特的有价值的人生。

情到深处自然痴

对于竞技体育来说，告别随时随地都可能发生。而告别之后，往往就是一段新的开始。这是竞技体育得以始终保持活力的原因。

不是每场告别都令人动容，也不是每场告别都要大肆渲染。但当40岁的马刺大将邓肯正式宣布退役，球迷中依然弥漫着淡淡的伤感，由衷的敬意。“唯一没有黑点的传奇巨星，再见石佛！”“想说恨你不容易！再见呆呆！再见21号新秀！！！”“最伟大的呆呆，这大概是老詹大半辈子的对手，但身为詹蜜的我从没见任何一个詹蜜黑过呆呆！！！！ ”球迷以不断叠加的惊叹号来表达他们的心情。

一位网友更写出了让人惊叹的词章：“敌之刺，将之骨，征战连年，白发遮眉目。目送英豪欺君皇，老而弥坚，更比廉颇处。 黑白袍，骋沙场，夜夜背景，二十载忽往。归山隐林休独享，把酒一壶，江湖苦相忘。”

和科比告别演出拼死也要拿高分不同，石佛的告别显得那么平淡无奇。马刺官方推特是这样写的：“19个NBA赛季，五枚总冠军戒指，一支球队。谢谢呆呆。”

简约不简单、朴实而有力，一如邓肯的球风，也像他的为人。宣布这一消息时，“石佛”甚至没有露面。这是典型的邓肯式的告别。

在一个无比重视商业、表演和利益的联盟里，邓肯的确是一种特别的存在。然而，这又是一种多么了不起的存在！不说别的，单论职业生涯仅仅效力于一支球队，过往和当今的NBA又能有几人？

为火箭队征战17年夺下两座总冠军奖杯的奥拉朱旺，在生涯的最后一年被送到了多伦多猛龙；为纽约尼克斯坚守了15载的帕特里克·尤因，在生涯的第16个赛季去了西雅图超音速；为波士顿凯尔特人征战15个赛季的保罗·皮尔斯，在他36岁那年，转投布鲁克林篮网……在一个球员自由流动的联赛里，这当然无可厚非，甚至应该受到鼓励，就像NBA经理人的口头禅：生意就是生意。但这并不意味着，和一支球队厮守一辈子毫无价值。相反，忠诚，是永远不会过时的品质。当你始终不渝地忠诚于一个人，你多半会收获伟大的爱情，当你坚持不懈地忠诚于一支队伍，你也很有可能会创造伟大的事业。邓肯以自己的坚守拿到了五枚总冠军戒指，这是对忠诚最好的回报。

邓肯为什么能成为邓肯，当然绝不只是因为忠诚。在木讷的外表下，他有强大的内心。他始终坚持做自己，不愿随波逐流。当美国《体育画报》问邓肯："你为什么不把一个完整的自己展现给大家？"他的回答是："我可以把我的生活公开，让大家喜欢，可为什么要那样呢？我是来打球的！"

这就是邓肯。他不喜欢讨好大家，只想以自己的方式打球，但这种"呆"劲反而让球迷更加喜欢。

要我看，邓肯其实一点也不"呆"，他在球场上打球太聪明了，因此，他总是能以最经济、最节省体能的方式把球送进篮筐。这也是他能打到40岁的原因。

邓肯的确没有小聪明，但他有大智慧。他知道，做好自己远比取悦别人更重要。因此，他才会成为今天的邓肯，任何人都无法取代。连出道比他早得多的罗宾逊也说："能成为双塔之一是我的荣幸。"

据说，邓肯 NBA 生涯的首次投篮和最后一次投篮，都被人盖帽。没有炫目的开头，也没有动人的结尾，但这又有何妨？邓肯的 19 年，依然是看似残酷而冰冷的职业体育中，最美丽、最感人的爱情故事。

当我们谈论体育时，我们常常会忽略爱，但体育又怎能没有爱？邓肯对于马刺的爱，C 罗对于葡萄牙队的爱，大约都属此类。邓肯永远平静的外表和 C 罗止不住的泪水，看起来是那么不同，但他们对于自己的事业，对自己所爱的球队的痴情，其实没有什么两样。

情到深处自然痴，因为“情必近于痴而始真”。C 罗和邓肯都是这样用情专一的“痴”人、真人，因此，他们才会成就今天的自己。

欢喜处自有吉祥景象

据说有一句网络流行语，“爱笑的人运气不会太差”。更早些年，有首歌也特别流行，叫《笑比哭好》。是的，笑比哭好，谁不喜欢看到别人笑呢，喜兴呗。

比如体育比赛，那些场上场下面带微笑的选手，赢得比赛的概率通常也较大。因为微笑有利于放松心情，能更好更顺畅地完成技术动作。相反，板着面孔，一副苦大仇深模样的选手，运气通常会差一些。当然，这并不绝对，赛场上的“冷面杀手”也为数不少，但通常情况下，爱笑的选手都会发挥得更好，也更受观众欢迎，“运气”当然看起来也会更好些。

10多年前，我采访雅典奥运会时，曾写了篇稿子，题目就叫《爱笑才会赢》，主要是有感于当时的一些中国运动员心理负担过重，患得患失，结果导致技术发挥失常，丢掉了一些本该到手的胜利。

今天，中国运动员在竞技场上已经改观许多，不少运动员也学会了如何享受比赛。但仍有不少人，还无法在竞技场上做到云淡风轻，笑对胜负，即便是那些叱咤风云的大牌选手。

比如著名台球选手丁俊晖征战斯诺克世锦赛，本来形势很好，几大苦主相继出局，外界一致认为，他首夺世锦赛冠军的最好机会已经来临。但重压之下，他却一泻千里，在四分之一决赛中大比分不敌霍金斯。

丁俊晖的表现让喜欢他的人也难以接受，“火箭”奥沙利文的评论最为尖刻，称他“就像一顶便宜帐篷，有一点压力就塌了”，并认为“如果丁俊晖不能找人帮助他解决思想上的问题，提高斗志，他也许将永远不会获得世锦赛冠军”。而丁俊晖在这场惨败后，也罕见地承认自己性格有缺陷，希望自己找到“更轻松的状态，更自由一些，不希望自己（被）禁锢在这种纠结的状态下”。

应当说，丁俊晖能坦诚地承认自己性格上的缺陷，也是需要勇气的，值得点赞。他其实已经做得很好了，拿到了13个排名赛冠军，重要比赛仅差一个世锦赛冠军而已。丁俊晖还刚刚入选斯诺克名人堂，并很快将荣升“超级奶爸”，他不应该对生活感到灰心。

31 岁的丁俊晖，在斯诺克赛场依然年轻，还有大把大把的机会去实现自己未竟的梦想。不信看看“金左手”威廉姆斯，43 岁了依然可以夺冠，还能“裸奔”。他和希金斯、奥沙利文一样，的确是抱着享受的心态来参加比赛的。

丁俊晖应该向这些前辈学习，不是学习他们的技术，而是学习他们放松而自由的快乐心态。网友的俏皮话“丁俊晖和世锦赛冠军只差一个裸奔”，看似玩笑，其实大有深意。

由丁俊晖也想起了刘诗雯。她在世乒赛团体赛决赛中，丢掉了第一分。赛后，她表示自己“很生气”。其实，她的生气不用自己说，球迷都看得出来。因为在第四盘对平野美宇的比赛中，她始终铁青着脸，惹得央视解说嘉宾刘伟说她“愁眉紧锁”，还不断地开导她“要乐观地对待比赛输赢”，“刘诗雯其实已经很棒了”。好在刘诗雯最终赢了。但我认为，她赢得较为侥幸，因为平野美宇发挥得实在太差。如果想取得更大的成就，刘诗雯的确还需要像刘伟说的那样变得更阳光、更乐观。

康熙家训有名言云，“凡人处世，惟当常寻欢喜，欢喜处自有一番吉祥景象”。希望所有优秀的运动员都能常寻欢喜，笑对输赢。竞技体育也是一种鲜活人生，欢喜处自有吉祥景象。

人生实难，大道多歧

39 岁的侯英超大概也不会想到，他会在时隔 19 年后，重新回到人生的巅峰。

在一个大满贯冠军也不鲜见的乒乓球国度，小小的全国锦标赛单打冠军，固然没那么显赫，却绝非易事。在乒乓圈，甚至有一个基本共识，全锦赛夺冠难度高于世锦赛，也要高于奥运会，因为在中国，乒乓球高手实在太多了，你根本就无法预料，有哪位黑马会突然冒出来。

即使马龙、樊振东、许昕三大高手没参加，侯英超也足以自傲的了。难怪他赛后自负地说，一个削球手 19 年后重夺冠，这样的成绩前无古人，估计也很难后有来者（大意）。

削球手什么概念？说白了就是挨打。挨得住打，还得会反攻。削球手夺冠，在大球时代，几乎没发生过，而这一次，一个迟暮之年的老家伙做到了。

对侯英超夺冠，舆论有各种解读，有一种说法是小将们如此不堪重用，让人看到国球（尤其是男队）的后备危机，这种未雨绸缪的忧患意识，当然是可钦佩的，但我倒觉得，侯英超夺冠，同样让我们看到了许多体育的正能量。

比如冠军带着一双儿女登上领奖台的温馨场面，我们有多久没看到了？如果这是上天的安排，也是一种美好的安排。

侯英超职业生涯其实并不顺利，年少成名，20 岁就夺得全国冠军，但 2004 年因为恋爱风波，被开除出国家队。此后，虽然也曾重返国家队，但几无亮眼成绩，2014 年他脱下国家队战袍，2018 年重返国际赛场。为了养家糊口，他还客串担任某网络平台的乒乓球主播，风趣幽默的解说风格为他引来不少粉丝。

年近不惑，为何能重返人生巅峰？坚持和热爱，自不待言，最重要的恐怕还是像侯英超坦陈的那样，现在的他“打球更加释放，是在享受比赛，没把输赢看得那么重，心态比较好”。他就像传说中的“扫地僧”，不怕输，大不了回去继续做主播，但结果是越不怕输越能赢。

奇怪吗？一点也不奇怪，体育比赛其实就是浓缩的人生。无欲则刚，大道至简，这些道理同样适用于体育竞技。

我不认为，未来侯英超会延续自己的疯狂状态，他也明确表态，不会重返国家队（按照规定，全锦赛前八名可进国家队）。全锦赛夺冠，对他也许真的是一个“意外”，但人生有这样一次灿烂的绽放足矣（何况还是在可爱的一双儿女面前），它足以消解过往所有的挫折和磨难。

由侯英超，不知扯动了哪根神经，又想到了林书豪。

在侯英超意外迎来人生第二春的时候，曾经让地球人为之疯狂的林书豪，却是一派落寞。

他在一场分享会上甚至潸然泪下：“人生真的好难，我总是想要以正确的方式做事，但是每一年的挑战都是越来越艰难。我感觉 NBA 快要放弃我了。”他感性的话语，迅即招来一众好友的安慰和打气。但到目前为止，的确还没有 NBA 球队对他发生兴趣。

和侯英超相比，林书豪其实算幸运的，他至少曾经疯狂过，无比绚烂地绽放过。连“大牌”如林书豪，都感叹“人生真的好难”，可见人生失意这件事，无关名气大小，随时都可能发生。

“人生真的好难”，用书面语说，就是“人生实难”。据说台静农先生晚年特别钟爱此句，后又加了一句“大道多歧”，生前常以此八字赠人，慨叹人生的跌宕起伏，同时又在提醒自己不可迷失本心，是自况，亦可作为互勉。

是的，人生实难，大道多歧，谁又没有过人生低谷和失意时刻呢？谁又没有遇到向左走还是向右走之类的抉择呢？

鲁迅先生曾在《两地书》中说，走“人生”的长途，最易遇到的有两大难关。其一是“歧路”，其二便是“穷途”。他俏皮地说：“倘若墨翟先生，相传是恸哭而返的。但我不哭也不返，先在歧路头坐下，歇一会，或者睡一觉，于是选一条似乎可走的路再走。”后面鲁迅还说了很多，总而言之是提倡“韧”的战斗。即使面对“穷途”，也“还是跨进去，在刺丛里姑且走走，但我也并未遇到全是荆棘毫无可走的地方过，不知道是否世上本无所谓穷途，还是我幸而没有遇着”。

回到林书豪，他充其量只是遇到人生的“歧路”而已，远没到“穷途”。只要坚持和热爱，选择一条可走的路（不一定是 NBA），他依然会有光明的未来。人生更难的侯英超 19 年后还能夺冠，那么林书豪为什么不能相信，未来还有美好的事情发生呢？

总有人正年轻

5 月 13 日，范佩西宣布退役。

7月5日，罗本宣布退役。

8月13日，斯内德宣布退役。

荷兰足球的黄金一代就这样悄然离去。

网络上，依然有感伤弥漫。这没什么奇怪的，在中国，荷兰足球一向人气颇高。它伴随了一代又一代人的青春。得意或失意，橙色一直在那里，橙色的爱和橙色记忆一直在那里。

从克鲁伊夫到“三剑客”，从“冰王子”到“四大才子”，荷兰足球从不缺少天才，更不缺华美的进攻，它只是没有得到大力神杯的垂青而已。

“无冕之王”似乎是荷兰足球的宿命，人们曾为之扼腕，然而，当时光匆匆走过，人们选择放下和包容。也许，缺憾也是一种美，把今日的缅怀当作当年的欢庆，亦是难得的一种人生况味。

真爱多半系于唯一。五星巴西只有一个，四冠王德国只有一个，“无冕之王”同样只有一个。很难说谁比谁更伟大，因为在球迷的心中，各有各的珍贵。

余生也晚，没有亲见长发飘飘的克鲁伊夫如何攻城掠寨，但我也很幸运，在最好的年华，通过那些模糊而不稳定的电视信号，见证了巴斯滕的世纪入球，里杰卡尔德黑天鹅般的优雅，古利特的小辫与头球齐飞。玉树临风的荷兰“三剑客”让我们看到了足球的唯美和飘逸，可惜，天妒英才，“三剑客”的最高成就也只拿到欧洲杯，在世界杯上的成就甚至不及他们的后辈。

有人说，以范佩西、罗本和斯内德为代表的荷兰黄金一代，虽然拿到了一个世界杯亚军，一个世界杯季军，但和前辈相比，踢法有些丑陋，功利主义色彩过于浓厚，有负荷兰足球全攻全守的唯美追求。

我倒觉得，这也许只是荷兰足球的自我修正而已，他们需要在艺术追求和功利目标之间找到一个平衡。他们几乎成功了。如果罗本在 2010 年世界杯决赛中，打进那个单刀球，那么，历史就会改写，荷兰足球从此就可以摘掉“无冕之王”的帽子——也许他们内心也厌恶这个空空如也的大帽子。

可惜的是，没有如果。

所以，说“无冕之王”是荷兰足球的宿命，是一种褒奖，何尝又不是一种悲情。但即便如此，我也并不认为那支荷兰队丑陋。想想斯内德的指挥若定，罗本变幻莫测的内切，范佩西天外飘仙的头球，想想有哪支球队能够踢如日中天的西班牙队一个 5 比 1，我们依然必须承认：荷兰足球的踢球方式在变，但在球迷的心中，他们依然代表着那抹浓烈的橙色，散发着郁金香般的芬芳，而且就如一瓶陈酿，随着时间的沉淀，越发让人迷醉。

为什么有那么多人热爱荷兰足球？

除了踢法华美，或许还有他们的“悲情”。理想和现实之间总是有那么一点距离，这难道不正是现实生活中，绝大多数人真实的人生？说我们在荷兰队身上，看到我们自己的影子，洞察到凡俗人生的不完美，又看到追求完美的希望，或许并不夸张吧。

此去经年，应是良辰美景虚设。便纵有千种风情，更与何人说？也许等到青春散场，直到地老天荒，我们也无法目睹荷兰队加冕世界杯的那一天，但那又如何。我们看它凋零，看它绽放，曾经陪伴，满怀热望，这就足够。

斯内德低调归隐，“四大才子”马放南山，这样也好，至少在球迷的记忆中，他们还是那些鲜衣怒马的不羁少年。也不必感伤，因为就像歌里唱的，一代人终将老去，但总有人正年轻。君不见“四大才子”之后，阿贾克斯 95 黄金一代正在茁壮成长，他们又会带给世人怎样的“橙色记忆”？

别急，我们一起静心以待。

爱是不老药

“你未痊愈，我不敢老。”

2008 年北京奥运会，33 岁的丘索维金娜凭着以自己名字命名的动作摘得一枚跳马银牌，也留下了这一句催人泪下的话。

当年，为了替患白血病的儿子治病，丘索维金娜离开自己的祖国乌兹别克斯坦，代表德国征战。她的举动当然也引起了一些争议，但为了儿子，这位身高 1.53 米体重 44 公斤的女子不管不顾。“对我来说，儿子就是我全部的生命。只要他还生病，我就会一直坚持下去。他就是我的动力。”

说这些话的时候，丘索维金娜不只是一名运动员，更是一个平凡的母亲。

如今，12 年过去了，丘索维金娜的儿子已经痊愈，让人诧异的是，她依然征战在体操赛场上，似乎依然“不敢老”。

2019 年体操世锦赛，丘索维金娜不仅参赛，而且还以 44 岁的高龄，一气报了 4 个项目。其中，只有强项跳马获得了 14.083 分，其他三项都出现不同程度的失误，而平衡木还出现了掉木。

虽然成绩不理想，但她始终笑意盈盈，当然也总会收获全场观众慷慨的掌声和鼓励。

和比自己儿子年龄还要小的姑娘们一起比赛，并不影响丘索维金娜的心情。

同年 5 月，丘索维金娜参加在中国举行的国际体联体操世界杯挑战赛，赛后在社交媒体上发了张现场照片，她单手叉腰，配文赫然两个字："很美"。

在这个年轻是硬道理的赛场，她依然在绽放着自己的美丽。

而最近，丘索维金娜在社交媒体上又发了一张照片，是她和家人的合影。配文为："照顾好自己和你爱的人们"。

照片里，丘索维金娜脖子上的项链吊坠为奥运五环造型。她以这样独有的方式，表达了自己对于第八次参加奥运会的渴望。

面对东京奥运会延期一年的挑战，有人彷徨，有人退缩，就连 23 岁的美国名将拜尔斯也花容失色，吓哭了，但 45 岁的丘索维金娜却逆流而上，"我原计划在今年的东京奥运会结束之后退役，这个意思我不准备改变，将在体操上多留一个赛季。我会继续训练，以便参加这届奥运会！"

目前，丘索维金娜和队友们住在一个宾馆里，宾馆里有训练厅，他们仍在备战奥运会。

按理，儿子痊愈，丘索维金娜急流勇退，是顺理成章——事实上，2012 年伦敦奥运会后，她也一度退役，但对体操的热爱和母爱一样，已融入了她的血液中，她又很快复出，并参加了 2016 年里约奥运会。

“每一次比赛对我来说都是一次享受体操的过程，体操可以给我带来快乐，我希望通过比赛把体操的美感带给大家。”丘索维金娜如此解释自己对体操的热爱和坚持。

她甚至认为，像她这个年纪继续练体操一点也不难。“因为我爱体操，爱我的工作，就像你们每个人一样，热爱工作，享受工作，就能把这件事做好。”

除了对体操的爱，丘索维金娜还想为乌兹别克斯坦，为家乡拿一块奥运金牌。尽管她知道这很难，但她也想努力一下，以告诉世人，“我并没有忘记故乡”。

要知道，当初为了拿到自己被拖欠的奖金，以给儿子治病，她甚至给乌兹别克斯坦总统写过信。但时过境迁，她选择了和过去和解。

这就是丘索维金娜。她是一个有情有义、爱心满满的女人，对儿子的爱，对体操的爱，对祖国和家乡的爱，让她始终像个小马达一样，保持着充沛的能量，走过四季，走过青春，走过一个又一个奥运赛场。

岁月大抵会很宽容、优待有爱的人，是爱，让 45 岁的丘索维金娜还能和年轻人并肩站在赛场。

爱，才是无可替代的不老药。

爱，一个人人都会说的词，一个看起来就很美好的词。但真正的爱，绝没有人们说的那样甜腻。付诸行动的爱是责任，是付出，是忍辱负重，是高度的自律。

丘索维金娜每每说起自己的坚持，听起来都云淡风轻，但谁知道她背后付出了多少。

北京奥运会冠军邓琳琳就认为，像丘索维金娜这个年纪还能保持较好的比赛状态，甚至还发展难度，一定是保持了高度自律，包括饮食方面都相当节制。对此，邓琳琳说她“佩服得五体投地”。

一个能让奥运冠军都佩服得五体投地的人，是勇者中的勇者，强者中的强者。我们都等不及看一个 46 岁女子在东京奥运会上坚定而矫健的身影了。

人不轻狂枉少年

体育的指向并不总是冠军和金牌。不同群体的人发出不同的声音，不同个性的人造就不同的风景，体育百花园才会变得五彩斑斓。

有温度的足球

足球的世界很大，也很奇妙。人们通常都会去关注那些豪门和巨星，此乃人之常情，没什么好讲的。但足球又不总是属于大人物的，有些时候，那些并不太起眼的新闻反而更能打动人。

比如，意大利帕尔马队提前三轮成功升入丙级联赛，这事儿就有点惊着我了。是的，您没看错，是丙级联赛！他们是从意大利第四级别的业余联赛中踢上来的。上赛季，帕尔马俱乐部在意甲联赛中名列倒数第一，理论上可以踢乙级联赛，但俱乐部因为高额债务，被法官宣布破产，按照相关法律，这支曾经名列意甲“七姐妹”的豪门球队不得不从第四级别的业余联赛踢起。

让人唏嘘的是，重新组建的帕尔马队并没有就此倒下，队长卢卡雷利选择了留下，球迷选择了坚守。塔尔迪尼球场依然人山人海，每场上座人数都能过万（其中有 10500 名球迷手中持有帕尔马季票）。球迷的不离不弃让帕尔马队越挫越勇，最终成功晋级。他们也成为意大利四个级别联赛中唯一赛季保持不败的球队。

从帕尔马起步的意大利老门神布冯在得知球队提前升级后，在网上表示了祝贺："我最敬爱的帕尔马，欢迎回到真正的职业联赛，为你们喝彩！"

让布冯忘情喝彩的当然不只是球员，还有那些不离不弃的球迷。在欧洲成熟的联赛中，球迷是非常重要的力量。俱乐部可以破产，但只要有忠贞不贰的球迷群体在，球队就可以跌倒再来。这样的例子不胜枚举。

苏超巨人之一苏格兰流浪者队就是这样的球队。他们和帕尔马一样，也是因为债务问题，于 2012 年降入第四级别联赛，但球队没有气馁，球迷更没有离去，他们打出了一条著名的标语："没人喜欢我们，我们不在乎！"（他们当年是经过苏超 11 个俱乐部投票后被降入第四级别联赛的。）

结果，经过了一个又一个赛季，流浪者终于提前八轮冲超成功。在苏格兰足总杯半决赛中，流浪者队还通过点球淘汰了"死对头"凯尔特人。拿过 54 次顶级联赛冠军的流浪者依然强大。大概也只有他们才能做到：让 4 万球迷去现场看一场丙级联赛。这就是永不磨灭的豪门底蕴！

"奋斗的 11 人和伟大的 12 号"，有人这么诠释足球。是的，足球就是一支队和一群人之间的相互支撑、相互守望。它一定是项人性化的运动。足球是由人踢的，看球的也是人，而人的血又是热的，人是有感情的。因此，足球一定是有温度的。

没错，足球是生意，是金钱，是竞技，但它同样是文化，是传承，是爱。一场比赛，终场哨响，曲终人散，但爱在延续。

一位网友说得好："爱之于我，不是肌肤之亲，不是一蔬一饭，它是一种不死的欲望，是疲惫生活中的英雄梦想。"球迷的爱就是这样一种伟大而深沉的爱。它们伟岸如山，深邃似海。正是因为这份伟大的爱，帕尔马和流浪者才会碾压一切对手，卷土重来。

如果了解到帕尔马和流浪者的故事，中国球迷还会纠结于恒大在亚冠的出局，国安在联赛中多少场不胜吗？对于死忠球迷来说，这点挫折，真的不算个事儿。

现在中国足球的氛围很好，投资踊跃，金元狂舞，校园足球也得到空前的重视，这些当然都是好事，需要倍加珍惜，但我们一定也要意识到：我们搞足球的最终落脚点是文化，而不是金钱。我们要搞有温度的足球，而不是翻手为云覆手为雨的资本游戏。我们要建造真正的百年俱乐部，不是有钱就万事大吉，而需要球迷文化的培育和滋养，需要全社会良好的足球氛围。从这个意义上讲，中国足球不是哪个人和哪支队的，无穷的远方，无数的人们，都和中国足球有关。

无体育，不大学

开学季，校园体育的新闻不少。

中国大学生篮球联赛（CUBA）、中国高中篮球联赛均迎来大结局，有人谓之"疯狂的 8 月"，似有向美国全国大学体育协会（NCAA）看齐之意。但这当然也只能算是一种美好的期许。无论是规模、水平还是社会影响力，我们的 CUBA 均无力比肩 NCAA。

这当然也没什么，NCAA 是世界校园体育的标杆，不是想比就能比的。但我们也不是没有自己的特色，比如在这三大赛事中，“清华”二字就大出风头，CUBA，清华大学夺冠；中国高中篮球联赛，清华附中男女队也双双夺冠。

这让我想起了一句话，叫“无体育，不清华”，所有的清华人都耳熟能详。清华大学还有个响亮的绰号，叫“五道口体校”，由此也可想见清华对于体育的重视。

清华体育厉害的可不止篮球。他们的田径、游泳、射击、赛艇等项目，都杠杠的，像王宇、胡凯、刘青、李翔宇、赵颖慧、曹逸飞等知名国手都出自清华。

清华最有群众基础的还是长跑。2005 年，清华曾经创造一个骇人的纪录：6000 多名学生同时参加北京马拉松各项目比赛；2010 年，清华曾经考虑将 3000 米和 1500 米改为教育部统一规定的 1000 米和 800 米，但遭到师生甚至校友的强烈反对，最终得以保留；2017 年，在大一男生 3000 米测试中，共 306 人获得满分（跑进 12 分 20 秒），占总人数的 12.5%。由此也可知，前一阵子那场震动中国足坛的有关国足跑不过清华男生的大论战，并非空穴来风。

最体现清华人体育情结的是清华大学在 2017 年年初宣布，学生不会游泳不能毕业。环视全国，没有第二所大学敢这么做。

清华人对于体育的态度就是这么任性。

当然，如果你了解清华的历史，也就无须大惊小怪。

历史上，清华大学就以强制体育闻名于世。

电影《无问西东》中，有一幕是马约翰先生冒雨带学生上体育课跑步，这正是清华的写照。从 1928 年开始，清华大学体育课上即要求每堂课都要跑 1 英里（大约 1609 米），在西南联大的艰苦时期也是如此。

每到四点半，清华学生都会被赶到操场，此为“四点半强迫运动”，这一传统延续至今。陈省身先生回忆说，当时学生中流行一句话：“北大有胡适，清华有体育馆。”可见，那时清华体育有多厉害。

有关老清华的体育趣闻颇多：国学大师吴宓因跳远未达 12 英尺（约 3.66 米，1919 年前的标准），无法留洋，直到刻苦锻炼半年、跳远成绩及格后，才获准出国；著名作家梁实秋游泳很差，让同学拿两根竹竿保护，还差点溺水。一个月后补考，看梁实秋动作实在难看，监考的马约翰笑着说：“好啦，算你及格了。”

正因为有这样深厚的强制体育传统，清华人几十年来，一直坚持“清华的操场就是清华的课堂”，“育人至上，体魄与人格并重”，这才有了今天的“五道口体校”。

与清华的强制体育迥异其趣，另一所有着悠久体育传统的大学——南开大学，更倾向于激励法。他们自 2017 年起，首次向毕业生颁发“体质健康证”，发放比例只有 37.1%，四年来，这一比例逐年提升，今年达到了58.7%。

数字依然不太好看，但正因如此，南开大学的做法才显出了他们的勇气。

体育从来就是教育的重要部分。强制或激励，都不是问题，最根本的目的，还是需要让爱体育、练体育在大学里蔚然成风，让体育竞赛成为校园文化的一部分。

无体育，不大学；无运动，不青春。倘若这一理念能成为全社会基本共识，并落到实处，那么，我们又何须羡慕别人的“疯狂3月”。

攀登珠峰：来自时光深处的信念和勇气

为什么要登山？

因为山在那里！英国著名探险家马洛里的这句回答可谓经典，常被登山人奉为圣经。而诗人仓央嘉措的著名诗篇仿佛也为登山人而写：你见，或者不见我，我就在那里，不悲不喜。

为什么要攀登珠穆朗玛峰？

因为它是世界上最高的山峰，是一座“连飞鸟也无法逾越”的山峰。巍巍珠峰，不悲不喜，矗立在世界屋脊，对人类就是一种天然的吸引和挑战。攀登珠峰，是来自历史深处的诱惑，是时光自然生长出的欲望，一直考验着人类的信念和勇气。

而如果将时空定格在60年前的中国，攀登珠峰则被赋予了更多价值和情感，远远超越了登山运动本身。

在那个特殊年代，“登上中国人的山”，勘测出属于中国人的“世界高度”，是一种能够极大凝聚民族情感的中国奇迹。

因此，当1960年5月25日4时20分，中国登山队王富洲、贡布、屈银华三人克服重重困难，历经千难万险，首次从北坡登上珠穆朗玛峰顶，让鲜艳的五星红旗飘扬在地球最高处，中国人的爱国热情被完全激发。一时间，中国登山队的事迹在神州大地广为传颂，“不畏艰险、顽强拼搏、团结协作、勇攀高峰”的登山精神，被全国人民口口相传，竞相学习，成为一个时代的最强音。

这和20年后的“女排精神”席卷全国，何其相似乃尔。那个时代的体育，就具有如此不可替代的精神力量。

“无高不可攀，无坚不可摧”。60年来，中国登山队迈向世界最高峰的足迹从未止步，不断谱写着新的篇章：1975年，中国登山队再次从北坡登顶珠峰，成功测量珠峰高度，潘多成为世界上首个从北坡登上珠峰的女性；1988年，中日尼实现联合横跨的纪录；2003年，中国业余登山队首次登上珠峰；2008年，中国登山队让奥运圣火在世界屋脊燃烧，实现了中国人申办奥运会时的承诺。

而2020年5月，在喜迎中国人首次登顶珠峰60周年之际，中国登山队选择的纪念方式，同样让世人刮目：再次攀登珠峰，把世界上最先进的国产测量仪器送上世界最高峰，丈量珠峰最精确的高度。

这是一种精神的传递，使命的承接。

从 60 年前，刘连满甘当人梯，王富洲体重狂减 60 斤，屈银华十趾和脚后跟冻伤后被全部切除，到 1975 年再度登顶时，登山队员利用屈银华当年打下的钢锥，在“第二台阶”最难攀登的岩壁上架起“中国梯”，再到 2018 年 5 月 14 日，夏伯渝成功地登上珠穆朗玛峰，成为中国第一个依靠双腿假肢登上珠峰的人。中国人写就的登山精神，从未离去，而且，历久弥新。

如今，有关珠峰的纪录，几乎已被悉数改写。有人感叹，在中国登山队创造了某种类似“全满贯”的伟业后，登山的英雄时代已经过去。

然而，英雄老去，故事仍在继续。

经过 60 年的发展，如今的中国登山在器材、装备、物资上逐步实现国产化。攀登的保暖服装、技术装备、生活装备、后勤物资等，都发生了天翻地覆的变化。也正因如此，登山运动逐步打破专业和业余的藩篱，进入多元化快速发展的大繁荣时代。“旧时王谢堂前燕，飞入寻常百姓家”。即使是攀登珠峰，对今天的普通老百姓而言，也不再是遥不可及的梦想。

对于登山运动来说，这或许不是一个英雄辈出的时代，却是一个让普通人感觉更亲近的时代。登山运动走向民间，走向大众，这是大势所趋，也是时代进步、国力强盛的见证。当越来越多的普通人，带着行囊迈向珠峰时，我们应该感谢前辈的付出和铺垫，正是他们始终追求卓越的信念和勇气，激励着越来越多的后来者一圆自己的珠峰之梦。

在一个珠峰也不再神秘、不再高不可攀的时代里，我们需坚守内心的信念和勇气，也需时时警惕人性的贪婪。去年春天，珠峰登顶路上的“大塞车”，便是一种沉重的警示。所有的登山人，都应向夏伯渝老人学习，他在劳伦斯奖颁奖礼上，一句“它终于接纳了我”，尽显登山人的真挚情怀和“因为山在那里”的初心。

登山，不是人类对于自然的征服，而是与自然的和谐相处。相信这样的理念将越来越深入人心。这从每年一度的珠峰清扫活动，也能略知一二。环保，应该是新时期登山精神题中应有之义。

海阔心无界，山高人为峰。巍巍珠峰，接纳了一代代攀登者，也滋养着我们的精神家园。愿那些从时光深处生长出的信念和勇气，历久弥新，激励更多的后来者和生活的攀登者。

不逆袭，又如何

时隔两年，CBA总决赛又见“粤疆争霸”，本是上天最好的安排，惜乎来得快走得也快，球迷似乎有点没看够。但这也是没办法的事情，竞技体育靠实力说话，不得不承认，和曾经的“八冠王”相比，目前的这支新疆男篮实力还欠些火候。

若问总决赛哪位球员让人印象最深？球迷十有八九会选择易建联，这没毛病，始终勤恳敬业拼劲十足的阿联配得上所有的赞美，MVP颁给他实至名归。但除了阿联，新疆小伙可兰白克·马坎同样让人过目难忘——为了确保以最佳状态迎战第三场比赛，他在门牙根断裂的情况下，选择了不打麻药、将门牙偏离原位的部分磨去的治疗方案。医生认为，“这需要极强的意志，极少有人能坚持下来。”

总决赛赛场国手如云、明星荟萃，和许多如雷贯耳的名字相比，可兰白克显然有些低调，他最多只能算是前国手，而且还是成绩并不显赫的国奥队；他的年薪也很“低调”，据传只有120万元，不到易建联的零头；他的颜值很高，撞脸奥运冠军武大靖，也算为他的形象加了分，但和如日中天的万人迷阿不都沙拉木相比，他依然属于“低调一款”。

说可兰白克是中国篮球的“小人物”，可能有点小看他了，但说他是篮球场的“蓝领”、角色球员，基本符合事实。不信看看他这个赛季的场均得分，基本都维持在个位数。他从来都不是红花，却甘当绿叶。

“小人物”可兰白克却有一个显赫的头衔——新疆男篮队队长，且一当就是四年。这当然不只是因为他年岁稍长，而是他足够努力，训练的刻苦程度堪称标杆，当年宫鲁鸣带国家队时，就称可兰白克是所有队员中训练最努力的一个，没有之一。也因为努力，他在场上总是干着最脏最累的活儿，比如抢篮板，死缠对方重要得分手（一般都是外援）——本赛季半决赛他就是这样让辽宁队魂哈德森数次恼羞成怒，并失去准星的。了解中国篮球历史的人，都认为，可兰白克的球风像极了拼命三郎张劲松。

可兰白克不只是能拼，还是球队的精神领袖。他干着让对手上火的活儿，情绪却始终是最稳定的那一个，但凡场上有一丝冲突迹象，拉开双方的那个人必定就是他；可兰白克打球拼命，却一点也不脏——他在半决赛第三场对郭艾伦犯规后，马上抱住后者的镜头，感动了无数球迷，当然也包括辽宁队的球迷；可兰白克永远是新疆队在场上说话最多的那一个，他也是为数不多每次下场必向观众致意行礼的球员之一；可兰白克还总是那么谦逊，本赛季新疆队晋级总决赛后，他没有过多地说自己，而是称“拥有这样的队友，是很幸运的一件事”。在新疆队夺冠的那个赛季的一次颁奖典礼上，他为了照顾别人的身高，竟低调地站在台阶下……

在 CBA 赛场，还流传着这样一个传说：如果你是新疆队球员，比如哪天突然降温，你发现没厚衣服穿，第二天早上一定有一个人走进你的宿舍为你送上一件棉衣，送衣服的这个人，就是新疆队队长可兰白克·马坎。

可兰白克尊重每一个和篮球有关的人：队友、对手、裁判、观众。什么叫职业球员的职业素养？看看可兰白克在场上的举动就知道了。

如果了解到可兰白克的成长经历，我们可能不会诧异于他今天能有这样的表现——和绝大多数家境殷实的球员不一样，可兰白克出身贫寒，家里有四个姐姐，他是家中唯一的男孩。2004 年，可兰白克来到 1500 公里之外的乌鲁木齐上学，靠大学刚毕业的姐姐古丽接济打球，最困难时连双像样的球鞋都买不起，一双球鞋总是缝缝补补穿很久。正因有这些难忘的经历，可兰白克如今不但给姐姐在乌鲁木齐买房买车，还承包了外甥女所有的学费和生活费。他还经常回到家乡做慈善，给那些和他经历相仿的贫困孩子送去书包和篮球。

可兰白克是新疆柯尔克孜人。“在柯尔克孜语里，可兰代表着勇敢坚强这样一种品质，白克则是部落首领和英雄的意思，我父母给我起这样的名字，也是希望我能够像一个勇敢坚毅的英雄一样，勇敢面对生活中的一切。”可兰白克曾经如是说。

可兰白克是这么说的，也是这么做的。他的篮球生涯并不顺利，当替补那都不算事儿，他还曾被球队“下放”到山西，进国家队后准备大干一场却不幸受伤，但所有这一切，他都勇敢面对，且绝无抱怨。

可兰白克到现在都不算是超级明星，但就算是“小人物”，他也当得坦坦荡荡温情脉脉。

谁说“小人物”一定要逆袭成功？不逆袭，又如何？

或许，“大人物”的确会自带光芒，但“小人物”同样能创造光芒，他们都可以照亮世界。而且正是因为有那么多勤恳敬业、充满爱心的“小人物”，我们的世界才会如此安然和有序！

做个问心无愧的“小人物”，无论于人于己于社会，都是一件美好和体面的事。

劳力士常见，劳丽诗不常有

继姚明和朱婷之后，劳丽诗也上热搜了。

32 岁的劳丽诗是前奥运跳水冠军，名气当然不能和姚明、朱婷比，但大小还是个奥运冠军，说她是公众人物，也不为过。

和某些公众人物大不同，劳丽诗在微博上不炫富，不秀恩爱，反而喜欢转发或发表社会新闻、社会评论。这也导致她经常被网友围攻。

对此，劳丽诗的态度也绝不息事宁人，而是坚决地怼回去。

当然，面对网络暴力，她没有以暴制暴，而是以风趣、幽默且不无深度的个性化表达，与喷子互怼。

比如网友说："奥运冠军也是没读多少书的。"她怼道："幸亏我读书不多，读书读成您这样的脑水肿可没药治。"

网友说："你总是转发这样消极的微博，这样做，有意义？"劳丽诗回复："麻烦您借我一条黑布，我好蒙着眼。"

面对读书少、脑子进水、是非不分等各种指责，她回击："哈哈哈，突然很开心，因为没有活成你们喜欢的样子，要是活成你们这些人赞美的样子，我立马从 10 米台跳下，跳水池没水的那种。"

最为典型的是，在 6 月 1 日儿童节，劳丽诗描述了在 13 岁时，她们一群小孩在国外训练，被国外的不同好心家庭暂时代养，因此劳丽诗说了一些感恩的话。

于是，就有网友嘲讽劳丽诗说："美国连空气都是甜的。"而劳丽诗的回复，简短而有力，且不无幽默："不好意思，我去的是澳大利亚，没及时写明具体国家，让您喷错了方向，辛苦了！"

劳丽诗还有不少颇有哲理和智慧的话："有些事没发生在别

人身上，我们隔着屏幕看别人，当发生在我们身上时，别人隔着屏幕看我们。”“聪明的人喜欢自嘲，愚蠢的人总是想方设法地嘲弄别人，嗯，是这样。”“苍蝇飞到人类的餐桌上，人们挥舞着苍蝇拍驱赶，苍蝇却认为是欢迎仪式，于是飞得更起劲了。”

这些话如今已被网友变成“劳丽诗语录”，广为传播。

有趣的是，劳丽诗一面身陷网络暴力，孤军奋战，另一面却也收获了社会上如潮的掌声和赞美。人们称赞她“作为跳水运动员，身体跳水，脑子却升空”；“运动员比文化人更具有独立之精神，自由之思想”，“学体育的劳丽诗们，反而给我们更多人上了宝贵的一课！”有人还甚至称她为抗击网络暴力的斗士。

编剧宋方金也力挺劳丽诗：“听兔子叫，三年不敢种豆子。听坏人叫，十年睡不好一个觉。听老好人言，吃亏在眼前。支持劳丽诗，在自己的生活中，继续做自己的冠军。”

某种意义上，这些滔滔的赞美不无拔高，但我也觉得劳丽诗配得上这些赞美。

她至少是有勇气的，善于独立思考的，她用自己的眼睛看世界、做判断，而拒绝人云亦云，亦如她一贯的人生态度，“我不知道我想要什么，我只知道我不想要什么”，“可以不华丽，但必须要转身”。

面对集团作战的“网络暴力”，更多的公众人物，都选择明哲保身，自求多福，这只能让喷子更加有恃无恐。

即便是贾樟柯这样有意志力的人，也不得不退避三舍，“我对形成共识越来越没兴趣，太消耗创造力”，言语中不无清高，更有厌倦与无奈。

而劳丽诗却不惜一战，自己炸的“粪坑”，自己来收拾干净，人们说她是“斗士”，也在情理之中。

但劳丽诗显然无意去当“斗士”，她是被“斗士”的。她没有攻击性，相反，她很温和、理性，有时还很幽默、俏皮。劳丽诗所为是一个正常人都想去做的事情，只不过她比绝大多数人都勇敢。

浏览网友的评论，我发觉，大多数人都会提到劳丽诗的运动员身份，认为她的表现改变了社会对于这个群体的认知和偏见。“劳丽诗，证明了一个事：什么事，都不在群体，而在人！什么样的群体，都有明白人。”

无须讳言，今日的社会对于体育和体育人的偏见，依然存在，但也不必过分沮丧，因为情况正在发生变化。姚明、朱婷作为“两会”代表，说“金句”，上热搜，是一种证明；劳丽诗孤军对战网络喷子，赢得舆论一面倒赞美，也是明证一种。后者或许没有前者那么高大上，却因此更有普遍性，更易赢得人们的同理心。

劳力士常见，劳丽诗不常有。偌大的社会应该容得下一个劳丽诗，我们亦应该珍惜劳丽诗们的存在。

人不轻狂枉少年

说到围棋，就不得不提柯洁。

他是目前风头正劲的棋手，也是话题棋士、流量小生，新闻自然也少不了：先是在三星杯夺冠，成为最年轻的六冠王，后又在围甲联赛中获得最佳主将和最具人气奖，看似风光无限，却又在春兰杯半决赛中不敌老对手朴廷桓。

柯洁就是这样让人欢喜让人忧。甚至毋宁说，正是因为柯洁，许多人才关心中国围棋。承认这一点，其实没什么不好意思的。任何一个运动项目，都需要这样的引领者和代言人。

说到柯洁，就不得不提他的狂。他的狂仿佛天生的，一如他的天赋。2014 年 10 月 24 日，还没有获得任何世界冠军头衔的柯洁被问到将参加中日冠军对抗赛，如何面对井山裕太时，当场脱口而出："要让井山裕太血溅五步。"顿时惊呆整个围棋界。而后来他果然完胜对手，柯洁之狂也由此名扬天下。

柯洁后来的狂人语录数不胜数。比如，2015 年梦百合杯世界围棋公开赛，与传奇棋手李世石决赛前，柯洁就曾经说："李世石之前说他有五成希望取胜，我想一共是一百成的话，他有五成，传奇是时候谢幕了。"2016 年 3 月 5 日，柯洁在农心杯三国围棋擂台赛中迎战李世石，为中国队捧回冠军奖杯。赛后，他在微博上又得意地写道："到头来还是得靠我。"几天后，李世石和人工智能"阿尔法狗"对决，首局告负。柯洁将一条微博置顶："就算'阿尔法狗'战胜了李世石，但它赢不了我。"他还借机"低调"地自我介绍了一下："看来围棋盲还是不少啊，在这里我简单介绍一下自己：我叫柯洁，1997 年出生。现在暂时是世界围棋第一人（特地用了暂时，谦虚是美德），正式比赛我是单盘8：2碾压李世石（他赢的这两盘没有任何作用），世界冠军获得过三次（此年龄如此成绩前无古人），大小国内赛事冠军数次。我本来真不想提这些的，因为我是一个低调的人，是你们逼我的。”

这两年，柯洁遇到了一些小挫折，尤其是完败于“阿尔法狗”后，他一度失控落泪，但就算如此，亦改不了他的狂放。在晋级到三星杯决赛后，他在微博上发文：“我不需要你们为我欢呼，我只希望……真正喜欢我、喜欢围棋的人，静静地陪伴我，再次见证我的传奇。”看似低调和成熟了不少，但一句“我的传奇”又让狂人本性显露无遗。

这就是柯洁，口无遮拦，狂放不羁，有时显得孩子气，有时又散发出那么一股荷尔蒙气息。在赛场上，他是人来疯，在赛场外，他是话题制造者。柯洁改变了围棋人过往的刻板现象，让围棋变得生动、有趣、好玩，也让更多的人关注围棋，说他推广了围棋运动，也并不为过。

柯洁狂妄自大，但自有狂妄的本钱。从最年轻的三冠王，最年轻的五冠王直至今天最年轻的六冠王，柯洁不断刷新纪录，从未止步。

事实上，人不轻狂枉少年，天才少时更轻狂。被柯洁diss的李世石年轻时，狂起来也不遑多让。他曾经说过，“中国除了古力，其他人都很弱”。他甚至不把年长他19岁的马晓春放在眼里。2002年第五届中韩新人王对抗赛，李世石在首局获胜、第二局胜负还早的情形下突然认输，原因竟然只是“心情不爽”。

面对众人的疑问，李世石淡然说道："嗯？你们急什么？第三局赢回来不就好了？"后来，他果然没有食言。在其后的职业生涯中，狂傲也并未成为李世石传奇的绊脚石，他依然一路狂奔，拿到了 14 个世界冠军。

或许柯洁的话更能让我们理解这些狂人的逻辑："对我们棋手来说，战胜老师或者偶像就是对他最好的尊重。""把话说得太满，虽然因此会承受很大的压力，但是压力就是动力，压力越大，自己反而会像'打了鸡血一样'兴奋。"

看来，"狂"亦有道，需有实力和意志力来保驾护航，否则就是吹牛说大话了。

好像是钱锺书说过，"一个人到了 20 岁还不狂，这个人是没志气的，到了 30 岁还狂则是没头脑的。"以此衡量，21 岁的柯洁还可以狂很长时间，但狂并非柯洁的全部。他对于围棋的某些理解（如围棋并非老年人的运动），在输给"阿尔法狗"后的反省（重新开始学习围棋），对于推广围棋运动表现出的自觉，还有在此次三星杯决赛后表现出的少有的谦逊，都显示了他性格的多面和复杂。

显然，柯洁依然在成长的途中，他不止有热情和狂傲，更有理智和使命。就像他自述的："只要自己不迷失，就没关系。"

"这孩子阳光、风趣，还有点'痞'。他不是长辈眼中那种完美孩子，却很真实，能看着他成长，挺好。"这是棋圣聂卫平对于柯洁的评价，相信也是广大棋迷的心声。

人无再少年，“花”有重开日

体育的魅力在于，你永远不知道，明天的赛场会有什么事情发生，而体育的美好则在于，总有一些东西会打动你的内心，让你感动，甚至不由自主地陷入思索。

我认为，对于体育来说，这两者都很重要，前者让体育变得刺激而有悬念，而后者则赋予体育人性的温度。

譬如 NBA，就在我认为它变得越来越无趣的时候，突然出来一个罗斯，没有任何征兆地就来了一个“罗斯之夜”，打哭了自己，打哭了现场球迷，也打哭了许多远隔重洋的中国球迷。就连那些风口浪尖的新老巨星也不得不纷纷送上敬意。韦德感慨：“这孩子今天实在太能打了！”公牛名宿皮蓬称：“难以置信。他真的克服了太多困难，我真高兴看见罗斯现在打得这么棒。”小托马斯表示：“我亲爱的小熊（罗斯绰号）罗斯！他的表现真的让我们全家人无比激动！你绝对是历史最佳控卫之一，现在全世界都知道了！”而“皇帝”詹姆斯的评价更是掷地有声：“即使超级英雄被击倒了，他依旧是超级英雄。”

是的，罗斯不是一般的球员，不是另一个林书豪。他有着极其炫目的过往：2008 年状元秀、最年轻的 MVP、乔丹接班人……当他成为万众瞩目的超级英雄的时候，杜兰特、库里、威斯布鲁克这些今日的巨星，还在小心翼翼地摸索自己的职业之路。但自 2012 年 4 月 29 日第一次膝盖韧带撕裂开始，一切都发生了改变。这之后的六年，罗斯几乎陷入了一个受伤、复出、再受伤、再复出的死循环。

青春如此短暂，伤病如此惨烈，就连一手缔造罗斯辉煌的公牛队也对他失去了耐心，2017年，罗斯不得不转投尼克斯，甚至委身昔日的“死敌”骑士队，后又追随恩师锡伯杜到森林狼，成为一名拿底薪合同的角色球员，直至那个奇妙的夜晚，一人砍下50分，创造出巅峰期也没有出现过的奇迹。

罗斯的故事很长，它让我想起鲁迅先生的名言：“有谁从小康之家而坠入困顿的吗，我以为在这途路中，大概可以看见世人的真面目！”从主角到配角，从球衣销量第一人到底薪合同球员，罗斯需要战胜的不止有伤病，更有世人的怀疑和冷眼。而罗斯接受这一切，决定和不公的命运和解。

罗斯换发型，换背号，改变打球方式，也许不只是祈祷好运，更是为了尽量找到打球的动力，尽情享受篮球的乐趣。他还只有30岁，不想过早地放弃，结果他等来了，等来了那个“掏心窝子”的夜晚。时隔2814天后，再创职业生涯得分新高，谁说命运对罗斯总是不公呢？

罗斯的故事还没有结束，在创造职业生涯得分新高后，他连续四场打出得分20+，还以七记三分创造三分球得分纪录——要知道这是过去他最不喜欢的得分方式。显然，罗斯早已告别那个莽撞勇猛的少年。他的体力在衰竭，但心智在成长。最重要的是，他一直在尝试着改变，唯一不变的是对篮球的热爱。这种热爱最终以一种奇妙而诡异的方式回报了罗斯。

这就是体育，这就是生活。

有球迷把席慕蓉的佳句送给罗斯，“挫折会来，也会过去，热泪会流下，也会收起，没有什么可以让我气馁的。因为，我有着长长的一生，而你，你一定会来”。真是贴切极了！

我并不认为，罗斯会变成从前那个无所不能的自己。那个 50 分的夜晚，也许只是人生的一次回光返照而已。但就算这样，又如何。他曾经辉煌过，如今又重新绽放过，而且还能继续打球，延续自己“长长的一生”，这就足够。

中国先哲说过，花有重开日，人无再少年。其实，这两句话反过来说，或许也是对的——虽然人不能回到过去，但只要保持专注，勇于改变，且足够努力，花开的季节没准就在不远处等着你。

玫瑰没有凋零，罗斯还在打球，这就是证明。

张伟丽凭什么圈粉

一个叫张伟丽的女子格斗选手火了。

火到什么程度？据说，她的那场卫冕战，国内某独播平台的直播窗口同时在线人数达到了 2200 万人！请注意，在这里必须至少充值 18 元成为会员，才能观看视频直播。而即便如此，该平台服务器还是差点被挤爆，新会员充值一度延迟。

而当张伟丽获胜后，微博热门话题不到 24 小时即突破 5 亿。有关她的比赛视频，观看量随随便便就能达到千万级。

张伟丽的火，不只限于国内。

有知情者就说，张伟丽在 Instagram 上比在国内火多了。

在她击败波兰选手乔安娜成功卫冕女子草量级世界冠军后，西方媒体在形容比赛时，都用了“史诗般的对决”，这通常是对体育比赛的最高赞语，由此亦可见张伟丽金腰带的含金量。

而另据报道，张伟丽获胜后，著名影星小罗伯特唐尼也不禁为她加油叫好，美国民主党女议员、2020 总统候选人图尔西甚至站上擂台和张伟丽同框蹭热度。

按理，中国观众对终极格斗冠军赛（UFC）相对陌生。这种比赛，选手可以手脚并用，无所不用其极，容易给人以野蛮、血腥之感，但张伟丽在妇女节演绎的这一场经典之战，看得人们血脉偾张，不仅为 UFC 正了名，也为自己圈了粉。

有人甚至宣布，她就是中国体育的下一个超级偶像。

这当然有些性急了，但不得不承认，张伟丽的确冲击到了我们。这种冲击是全方位的，不只是视觉、官能上的，更是精神、灵魂上的。

首先，她的确能打。前不久，UFC 发布了一个智能力量检测器，张伟丽绑着沙袋测试了一下，仪器上的数字显示：她一分钟打了 7.57 吨，平均一拳 180 斤。

卫冕战中，面对对手近乎侮辱的挑衅，张伟丽选择用拳头说话，她的胜利是一拳一拳、一腿一腿打出来的，是一条血战之路。对手狠，她比对手更狠，对手能抗，她比对手更能抗。张伟丽在全世界面前诠释了中国女性的坚韧与力量。

张伟丽不仅能打，还深谙中国武术的精髓——武德。

对手乔安娜赛前用疫情恶搞并狂飙垃圾话，张伟丽选择用拳头打服对手，但获胜一刻却没有以眼还眼，得意忘形，而只是心平气和地提醒人们，“我不希望在八角笼里说垃圾话，我们都是武者，需要互相尊重，给孩子树立榜样，我们是冠军，不是暴君。”

而据报道，赛后，张伟丽和乔安娜在同一家医院相遇，她看到乔安娜一直哭，还主动安慰了她。

相信那一刻，张伟丽的宽容和大度感动了对手，也打动了全世界。

我也相信，若干年后，人们可能还会去看张伟丽赛后感言的视频，“现在疫情已经不光是中国的事了，疫情是全人类的事，希望大家共同努力，战胜疫情。”小姑娘说得多么睿智！这一周多来发生的许多事情，都让这些话得到了验证。

张伟丽赛后还在社交媒体上留下了一句意味深长的话：“我们人类都是地球村的村民，不管你来自哪个国家和地区，人与人之间的彼此关怀和信任，才是我们人类最强大的免疫力。”这种见识，远在许多成功人士、政坛老手之上。谁说张伟丽只会用拳、腿和膝盖说话，她是一个有头脑的、善于思考的人。

事实上，了解张伟丽的人都知道，她对格斗运动有深刻的理解，留下了许多“名言警句”，比如“格斗也是挫折教育”；“人有两条路可以走，一条是必须走的，一条是想走的，你要把必须走的路走漂亮了，才可以走想走的路”；“我选择了这条路，跪着也要把它走完”。走下八角笼，她也非常热爱生活，有很强的幽默感，还上过吐槽大会，被体育迷们戏称为被格斗耽误的段子手。

张伟丽的成长还代表着小人物的奋进，是最好的励志典型。她当过幼儿园老师、旅馆前台、保镖、健身房销售……是梦想的力量把她重新拽回格斗场，直至夺得世界冠军。

张伟丽凭什么圈粉？她凭的就是自己够硬的实力，凭的就是赛场内外的一言一行，凭的就是她流过的汗，洒过的血，走过的路，吃过的苦。

她红得其时，红得有理。

小罗怎么还笑得出来

有句话说，遗忘比记起更容易使人幸福。我想，这句话大概适用于小罗的粉丝。

当大家以为快忘掉小罗的时候，他却以另一种方式让人又想起了他。

只是这种方式过于另类了。

这位昔日的天皇巨星竟因为使用假护照，在巴拉圭锒铛入狱。这还不算，他居然还在监狱里积极参加足球比赛，和狱友们玩得不亦乐乎，还在一场五人制足球决赛中贡献了 5 球 6 次助攻，单场独造 11 球，最终他所在的队伍以 11 比 2 痛击对手，勇夺冠军，成功为狱友们加餐（此次比赛的冠军奖励是一头猪）。

在度过32天的牢狱生活后，小罗和堂哥阿西斯如今在亚松森的玫瑰草酒店中“居家监禁”。这座酒店为四星级，只有小罗哥俩居住。据说，酒店方面还给小罗准备了一个“私家球场”，长宽分别为30米和15米。面积是小了点，但似乎也够哥俩耍的了。

“他看起来就是个很亲切的人，他没有失去微笑。”酒店总经理耶格罗斯在接受墨西哥媒体采访时，如是说。

耶格罗斯说得一点也没错，小罗在40岁来临的时候，遭此大劫，却一直面带微笑。这谜之微笑，让我等凡俗之辈大为骇异，莫非他还挺享受眼下的生活？

看有关小罗新闻下面的网友留言，满是奚落的声音，“备战金囚奖”“你还怎么笑得出来”什么的，大有恨铁不成钢之意。

当然，也有好心人为小罗解释，他本来就是个没心没肺、乐呵呵的样子，没准他心里也难受着呢，掩饰罢了。

NBA最快乐的青年尼克·杨就说过一句名言，有些人没皮没脸地欢笑，不过是为了不让自己哭，是为了掩藏。

但问题是，子非鱼安知鱼之乐，你不是小罗，怎么知道他的微笑就不是发自内心。也许人家就觉得，在监狱里踢球和在足球场踢球没区别。

要我看，这就是小罗的性格，有球踢，能进球，能耍花活，天就塌不下来，就可以继续笑对人生。笑骂由他，我自快活。坐牢老子又能怎样。

用今人的话说，这大概就是好心态。小罗的好心态，非常人能及，就像他的球技。

小罗本叫罗纳尔迪尼奥，和罗纳尔多的名字很接近，但罗纳尔多太有名，又比他出道早，罗纳尔迪尼奥就只能接受“小罗”的命运。

大罗的伟大不容置疑，但别忘了，小罗也拿过一届世界杯，两次世界足球先生，一次金球奖。大罗的速度和强壮，小罗永远也追不上，但小罗的华丽飘逸、大开大合，似乎更胜一筹。

小罗在巴萨如日中天的时候，梅西还是个小屁孩。说小罗是2004年至2006年地球上最会玩球的人，大概球迷都没意见。

但小罗就是小罗，他不是先前的大罗，也不想成为后来的梅西和C罗，他要欢笑自在，要自由率性，所以他有组织无纪律，热爱夜晚喜欢泡吧把妹。他也不关心足球之外的事情，所有的经济事务，都由他堂哥阿西斯照管。这也导致小罗的个人财务一团糟，直至2019年在巴西宣告破产，房产被查封，护照被扣押。这才有了“假护照”事件。

这就是小罗。他是天才，肆意挥霍，不会算计，也不知自律为何物。他永远不知轻重地微笑，或许这正是小罗之所以为小罗。

所以我们也无须怀疑，获世界足球先生的小罗，和在监狱里“大杀四方”的小罗，其实都是同一个。

谁也不能替小罗生活，也无法为他做决定，所以他要笑，就自由他笑吧。

小罗或许也无须人们的同情。只要快活自在的人生，就得经受得起这样的起落。我们常人没有小罗那样的天才可供挥霍，所以，我们也无话可说，老老实实地工作生活吧。

那些热爱的和追逐的

一人一狗一相机，在八年的时间里走过 70 多座冰山，留下 463 部视频作品，最终却不慎掉进自己一生所爱的冰川，至今再无消息。

这就是王相军 30 岁的人生，或许他年轻的生命就将定格于此。

“2020 年 12 月 20 号，我的哥哥，你们的老王，永远地留在了这个他最喜欢的瀑布里……他这一生痴迷于冰川，同时献身于冰川，这里是他最好的归宿。”在王相军坠入冰川瀑布的第七天，其弟王龙登录他的短视频账号，如此沉痛地写道。

消息传来，网友一片痛惜。“他带给了我太多绝美的冰川山河视频，这是平时看不到的，可能一生都看不到。”“有趣的灵魂陨落了，你喜欢这里，最后归宿在这里。”“我再也不嘲笑你的发型了，你带的货我这次一定买。”

自然也有不同的声音，“对家人不负责任”，甚至“吃饱了撑的”“自己送死”，如此等等。

这没什么奇怪的，我们身处的本就是一个多元的世界，各有各的活法，各有各的追求。王相军只是不喜欢一成不变的生活，“每天干活，然后拿工资，买房、买车”。他最终找到了自己所热爱的冰川，并勇敢地去追逐自己的梦想，留下了自己在这世上活过、热爱过、追逐过的证明。

这样勇敢而肆意的人生，不只是应该理解，值得尊重，更让人肃然起敬。

王相军有多种身份：户外主播、环保主义者、“野生冰川保护家”……基于不同的身份，对他就可能有不同的评价。但在我看来，他最重要、最本质的身份，还是一个狂热的户外探险者，一位草根极限运动家。环保、科普、到联合国气候大会上演讲，如此种种，都只不过是世俗的解读，好让他的疯狂举动显得合理，趋于崇高。

但勇敢是勇敢者的座右铭，热爱是热爱者的通行证。对于那些极限运动、户外探险的爱好者来说，冒险不需要理由，所以，马洛里才会说“因为山就在那里”。

对于王相军来说，也是如此。为什么要去看冰川？因为冰川就在那里，所以弟弟王龙才说，“他的人生就是属于冰川的，没人能劝得住他。他对冰川的爱，已经渗透到骨子里”。在常人看来，每处冰川都是差不多的，但在王相军看来，每一处冰川各有各的生命。

“我只是热爱大自然，深入其中，只想要去感受它的神奇美丽和能量。”这，才是王相军冒险的全部动因。他是一个纯粹的追梦者，一个不普通的普通人。

也许有人会假设，如果王相军的安全保障措施再严谨些，如果有专业团队能够为他保驾护航，那么，悲剧就不会发生，但人生不能假设，也经不起这么多假设。王相军就是王相军，一个孤独的探险者。他当然知道自己行为的危险性，我相信，他亦一定有高于常人的风险意识和缜密思维，但人生总是布满意外，何况他还选择了一种向死而生的冒险人生。

由王相军，我不由得想起了 35 年前的尧茂书，他以一己的牺牲，改写了中国人长江漂流的历史，也向世人证明：中国人从不缺少探索自然的勇气和力量。

我还想起了“中国职业帆船第一人”郭川，他消失在茫茫大海已经四年多了，但热爱海洋的人们总是会在某个不经意的瞬间，想起他。

我也并不认为，这样的联想有抬高王相军之嫌。因为他们那些热爱的，那些追逐的，并无本质的区别。人类对己身极限的开拓，对未知自然的认识，以及社会的点滴进步，文明的不断向前，莫不与这些看似疯狂的热爱和追逐有关。

感谢他们，把我们从庸常的人生中唤醒。虽不能至，心向往之。

尘埃里开出的花

这是一群普通人，他们的名字或许很少被人提起，但因为体育，他们一样会发光，证明自己，也照亮别人，照亮世界。

无条件的爱

一个叫金晶的残疾女孩感动了世界。

她在北京奥运圣火巴黎站的传递过程中，用自己的娇弱身躯死死护住火炬，没有让几个欲抢走火炬的“藏独分子”得逞。据金晶自己讲述，“抢夺最激烈时，我的头靠着膝盖，坐在轮椅上，整个人弯下去”。金晶的下巴被“藏独分子”抠破了，但“祥云”火炬最终完好无损，歹徒也终于被警察制服。

我不想再过多地描述这三分钟内所发生的一切。也许，对于这个感人的瞬间，任何文字都会显得多余和苍白。

一个身体有残疾的弱女子面对几个身强力壮、蓄谋已久的年轻男子，竟能以一敌众，她所迸发出的勇气和坚毅多么让人感动！金晶说她“没哭”，因为她“不能在他们面前表现出一丝恐惧”。但我相信，被金晶感动得流泪的人并不在少数。

金晶一再说自己不是英雄，她“只是做了大家都会去做的”，她在自己的博客上动情地写道：“抱着火炬的是我，但是你们是保护我的人，没有你们的保护，我们的火炬可能就保不住了。”她所说的“你们”是那些在“周围哭着喊加油的中国留学生”；金晶在听到前方旧金山的一个记者朋友给她消息，“说旧金山还有两个小时就开始传递了，但是街上都是中国国旗，都是欢呼的人”，她“一下子就哭出来了，真的觉得我们华人很伟大，在异国他乡，就是因为有同样民族一条血脉的同胞才让我们所有的中国火炬手那么坚定，那么无畏地举起火炬，保护火炬！所以我不是英雄，他们才更伟大，支持着祖国，支持着奥运，无论在怎么样困难的条件下，无条件地站在祖国的背后，站在我们火炬手的背后，用他们的行动保护着我们！我爱你们，在法国保护我的留学生；我爱你们，哭着叫加油的女孩们；我爱你们，所有在困难时期无怨无悔支持祖国的华人”！

原谅我，我不想当“文抄公”，但我爱如此朴素而美丽的文字，因此也乐于和大家分享。我相信，有些爱是没有条件的，就像一个有祖国的人对祖国的爱，一个火炬手对于奥运圣火的爱。

“为什么我的眼里常含泪水，因为我对这土地爱得深沉。”当看到美丽的大眼睛姑娘金晶一遍遍、轻描淡写地向媒体诉说她的故事时，我的脑海里总是一遍遍地回响着诗人艾青的这一诗句。

感谢金晶！她在巴黎的壮举是世上最好的“爱的教育”素材。

“微笑姐”凭什么红?

不经意间，一个叫“微笑姐”的女孩红遍网络，这大概也是广州亚运会最美丽的花絮。

在亚运会开幕式那天晚上，因为在三位领导嘉宾致辞时几乎全程出镜，并自始至终保持着端庄的仪态和亲切的微笑，年仅18岁的大一学生吴怡在网络上备受追捧。“微笑姐”的称号一时叫响，吴怡从一位默默无闻的大学生一夜成名，甚至连她的双胞胎姐妹吴悦也跟着增加了曝光率。

对此，有网友调侃道：原来成功就是那么简单，只要你微笑、保持不动就可以了。

事情当然不是那么简单。“微笑姐”走红看起来是一个意外，但反映了广大网友对于亚运会的关注，对于真善美的质朴的追求。

“微笑姐”凭什么红?

首先当然是因为她美丽，而且她的美丽还“沾了领导的光”，在屏幕上竟停留了十分钟之久。但更重要的是，“微笑姐”的专注和职业精神打动了广大观众和网民的心。大家看着一个女孩这么长时间保持微笑，第一感觉是疼惜，就像疼惜自己的女儿或邻家女孩一样。由疼惜到喜欢，由喜欢到热爱，一个不带任何利益色彩的网络红人就这样诞生了。

此前，我们的网络上也有各种“姐”，“芙蓉姐”“凤姐”“失控姐”等，但似乎没有一个“姐”能像“微笑姐”那样红得如此真实而自然。“芙蓉姐”之类是如何红的，许多人都心知肚明，但“微笑姐”却是依靠连续40天每天穿五厘米高跟鞋站立七小时，外加全程保持露八颗牙齿的微笑而练成的。

她红得让许多人嫉妒，却也红得合理，红得坦荡。

“微笑姐”红了，但吴怡依然是那个吴怡。她没有时间去欣赏自己在开幕式上的视频，她甚至觉得莫名其妙的红让她受到了打扰，“不能很专心地完成现在要干的志愿者工作”。许多人都认为，走红是她们姐妹俩进军娱乐圈的好机会，但吴怡和吴悦却异口同声地说：“不会。搞完亚运会首先就要去补课，完成学业。”

面对突然而至的人生转折，不是每一个18岁的女孩都能保持如此平和的心态。事实上，在广州，像吴怡姐妹俩这样不问付出，只问耕耘，默默为亚运会奉献的可爱女孩还有很多。

当地一家媒体刊登了一张题为“最可爱的人”的照片：一位提着未吃的盒饭，赶路上岗的志愿者竟在地铁车厢里站着睡着了。报社为此还发起了寻人活动。这位名叫马婷的大二学生很快就被热心的读者找着了。她对记者说，“摄影师给照片起了‘最可爱的人’这样的名字，我理解是出于对志愿者的感情。如今，志愿者遍布这座城市的每一个角落，市民身边到处都有‘最可爱的人’。”

小姑娘的话说得多好啊！默默奉献的广州亚运会59万志愿者不仅能保证盛会的顺利运转，而且一定会给这座城市留下宝贵的精神财富，在市民心中种下可贵的志愿精神和公民意识。

不要以为我是在说大话空话，时间会证明一切。

“中国阿甘”的“意外”走红

100 天 100 个马拉松？这不是传说，也并非疯话，而是发生在我们身边的真实故事。

一个叫陈盆滨的人是故事的主角。目前，他已经成功地完成了 23 个马拉松。接下来的路依然漫长，陈盆滨看起来越来越沧桑，但他是快乐的、自信的。

他无法不快乐，不自信，因为他并不孤独，有许多大牌明星和他一起奔跑，他背后还有实力强大的赞助商作为保障。姚明、邹市明、郑洁……许多如雷贯耳的名字，都甘愿成为他的陪衬。陈盆滨就这样以迅雷不及掩耳之势红了。

草根和英雄的距离远没有我们想象的那么长，这符合我们这个时代的特征。陈盆滨应该庆幸，他生活在一个一切皆有可能的时代。

事实上，陈盆滨走红早有迹象。2014 年体坛风云人物评选，他奇迹般地击败了丁俊晖等劲敌，当选为年度最佳非奥项目运动员。在颁奖典礼上，他又成功抢戏，成为晚会的主角。也许是陈盆滨想给观众分享的太多了，现场主持人最终不得不打断他的滔滔不绝。不过，这无关痛痒，他收获了现场来宾最多的掌声和笑声。他想要表达的主要观点——体育改变人生，则引发了更多人的共鸣。

从一个普通的渔民，到一名体育明星，陈盆滨的确用体育改变了自己的人生。15 年里，陈盆滨跑了 1.5 万公里，相当于绕地球三圈半。他还实现了七大洲极限马拉松大满贯，成为世界上完成此壮举的第一人。

这个皮肤黝黑，算不上英俊的年轻人执着地跑着，跑过世俗的讥笑，跑过无端的猜疑，也让自己跑向了人生的巅峰。

如今，陈盆滨不仅为自己奔跑，也为社会公益奔跑，为北京申冬奥奔跑，为每个热爱跑步的人奔跑，为转型期的中国体育奔跑。

就像陈盆滨所说的，他此次行动传递出两层意思："第一，是精神层面的，就是大家需要有一种认知，只要专注将一件事情做到极致，就一定能成功，就好像我，用了 15 年来跑步。我能做到，大家也一定能做到。第二，我觉得这也是一种示范作用，一种社会责任。对于我来说，跑步是上天给我的一份恩赐，也是给我的一份终身保险。我想，只要大家身体力行，参与到跑步中来，就一定能健康。"小伙子总结得太好了！

陈盆滨被称为"中国的阿甘"（美国电影《阿甘正传》的主人公），因为他们对跑步都是如此执着，而且都经由跑步成为名人，迈向成功。陈盆滨能够成为现实版的"阿甘"，且能受到公众的追捧，传递出许多重要的信息，"坚持就能成功"，"有梦想就有希望"，这是人生哲学层面的解读；而从中国体育发展的角度，陈盆滨的"意外"走红，预示着当下的中国体育已经变得越来越多元化，而且更加接地气。

在过去相当长的时间里，我们对于体育的理解就是精英体育，就是竞技体育，培养体育人才也只能通过体育系统来培养。但现在，体育的发展有了更多的可能性，像陈盆滨这样的“草根”，也能成为明星，成为中国体育的另类标志，就充分证明了来自民间的力量有多么强大。而像姚明、邹市明这样的超级巨星也甘愿做陈盆滨的配角，那么多重量级的赞助商愿意包装像陈盆滨这样的“草根英雄”，也折射出中国体育价值观的变迁。

“中国阿甘”红得有点意外，但也红得不无道理，因为他顺应了中国体育的发展方向。我们乐见更多的陈盆滨出现，不只是因为他们足够励志，更是因为他们让人看到了中国体育的勃勃生机。

因为热爱，所以幸福

虽然有“小世界杯”的美誉，但瑞士女排精英赛终究算不上世界大赛，我看电视直播也是有一搭没一搭，有时就干脆不看。看电视画面，当地观众也不太踊跃，看台甚是寥落。而越是如此，就越显得那位总是身着中国女排队服的外国球迷格外引人注目。他几乎成为每场比赛最抢镜的人。

我对这位身材矮胖的外国老人颇为好奇，上网搜了搜，这才知道他其实“来头不小”，可谓网红球迷。他的大名叫约瑟夫，波兰人，今年62岁，是中国女排的铁杆粉丝。根据报道，从2012年，约瑟夫因为喜欢惠若琪，而成为中国女排的球迷，后来小惠退役，他照追不误。从瑞士的蒙特勒到巴西的里约，从日本的横滨到中国的南京，中国女排到哪儿比赛，他就跟到哪儿。

约瑟夫的加油方式也相当温和、绅士，就是手持一面五星红旗，有时还头戴印有五星红旗的红色棒球帽，或者举着“中国加油”的横幅。因为长期追随中国女排，姑娘们也和他慢慢熟了，亲切地称呼他为“波兰爷爷”，他和中国女排还有各种互动，比如赛后互赠礼物之类。但所有的这一切，都以不影响队伍训练比赛为前提。

八年来，中国女排队换了不少人，但波兰爷爷一直在那里。他始终在看台上默默守候着姑娘们，为她们加油鼓劲。

“每次大赛都能看到波兰爷爷，看到就觉得特别亲切，他给我们带来了很多好运。”女排老队长魏秋月的一番话或许最能说明姑娘们和这位外国老人的特殊情缘。

波兰老人如此偏爱中国女排，甚至当中国女排和自己祖国的球队对垒时，他也支持中国女排。去年瑞士精英赛，中国队和波兰队争夺第五名，赛前，波兰老爷爷在社交媒体上写道：“Good volleyball China and Poland。”意思是希望中波两队联手奉献漂亮的排球比赛。但话是这么说，比赛中，老爷爷却格外偏心眼——中国队得分，他喜不自禁，波兰队扣杀成功，他却面无表情，甚至中国队挑战失败，他还懊恼地抱紧脑袋。对中国女排情深至此，也真是不得不让人叹服。

约瑟夫为中国女排付出了很多：他为每个队员制作画册（用的都是自己拍的照片）；苦于在波兰很难了解中国女排的信息，

他学着用翻译软件在网上阅读有关中国女排的各种文章；他还清楚地记得每位女排队员的生日，每次比赛都会给队员带去小礼物。因为中国女排，他开了微博、微信……他虽然是一名建筑公司的小老板，但也算不上富有，只是时间上相对自由。为了看女排比赛，他在经济上付出很多。里约奥运会，为了省钱，他蜗居于一家破旧的小旅馆里，但就算这样，他也甘之如饴。

对中国女排，约瑟夫不止有爱。世界女排联赛第一场比赛战罢，他在微博这样写道："昨天，中国女排击败了荷兰队。这是朱婷取得的巨大成绩……朱婷是一名现象级球员，是排球界的宠儿……但这能说明是中国排球和中国女排国家队的成功吗？？？"对中国女排过于依赖朱婷，提出了毫不客气的批评。爱之深，才责之切，约瑟夫"追星"，不疯狂，却更认真、更专业！

许多人好奇，约瑟夫为何要迷恋一支外国球队？他的回答非常棒，"因为中国女排在比赛中有很多的正能量"。

看来，女排精神，折服的不止有国人。体育呈现出的精神之美和人性之美，其实最能体现体育的价值。它们是全人类的共同财富，无关国籍、种族、年龄、性别等各种标签。约瑟夫喜欢中国女排，本质上和我们中国人喜欢费德勒一样，只不过普通人没有他追得那么热烈，那么真挚而已。

于是，问题又来了。约瑟夫这么做值吗？波兰爷爷的回答同样也很棒，他认为人生最重要的两件事是健康和幸福，而看中国女排比赛就是他的幸福，因此他乐意付出巨大的时间成本和金钱成本，跟随中国女排四处征战。

许多中国球迷得知约瑟夫的事迹后，感叹“我们身在福中不知福”，有人还开玩笑，让“中国排协把老哥的差旅费用报了”。但我想，波兰老人可能不会纠结于此，他只是顺从自己的内心，在做一件自己热爱的事情，而这件事不仅带给我们感动，还让他感到了幸福。

是的，因为热爱，所以幸福，幸福和热爱通常就是这样如影随形。当一个人清楚自己之所爱，并坚持去做他所热爱的事，那么无须怀疑，那就是一种最真实的源自内心的幸福。

人生忽暮，岁月成歌

在一个喧嚣的时代，即使偶尔能听到一个动人的故事，也是一件幸福的事情。

何况这个故事，还和体育有关。

故事的主人公叫姬凯峰，一位 75 岁的独居老人。

他的前半生平淡无奇，衣食无忧，但一份滑冰的独特爱好，让他在退休后重新找到了自己，看到了生命的光亮。

因为热爱滑冰，姬凯峰的名字和北京国贸溜冰场连在了一起。国贸溜冰场开了 21 年，他在这里滑了 21 年。

对于国贸溜冰场来说，姬凯峰是一个特殊的存在。他每天准时来这里打卡上班，准时下班回家。他要是哪天不来，工作人员甚至会不习惯，担心他出事。

疫情后恢复营业，姬凯峰因为没有手机，无法扫健康码。为了让他进来，冰场工作人员还专门开了一个小会，讨论了半天，考虑到他没有离京的可能，最终还是给了他额外的照顾。

有人拍了一段姬凯峰滑冰的视频发到了微博上，背景音乐是冰场当时正在放的《圣诞快乐，劳伦斯先生》——坂本龙一为电影《战场上的快乐圣诞》作的主题曲，因此，拍摄者给这段视频起名叫“国贸的劳伦斯先生”。

这条只有七秒的视频获得了 7400 多次的点赞。有人在下面留言：“我四岁的时候他就已经在国贸滑冰了，现在 21 岁了，几乎每次回冰场都能碰到他。”

姬凯峰没有接受过专业训练，但他一直努力学习，即使现在已是 75 岁的高龄，也还要冒着风险学习新动作。

冰场每年都举办北京亚洲邀请赛，在 65 岁以上的年龄组，姬凯峰每年都拿第一。原因说起来有点搞笑，“我们组就我一个，没人和我竞争。”这是姬凯峰接受媒体采访时的原话。

比拿第一更让姬凯峰高兴的是，他是国贸冰场最受欢迎的选手。

每次比赛，按照惯例，站在二楼观看的选手和观众，会给自己喜欢的选手扔一些小布偶娃娃。“其他运动员可能只有半筐娃娃，姬大爷的娃娃特别多，得有两筐吧。”工作人员说。

显然，滑冰不只给“劳伦斯先生”带来快乐，也给他带来成就感。这让他忘记了生活的重量。所以他自称过了“happy and lucky（快乐并幸运）的一辈子”。

姬凯峰的个人生活其实远称不上“lucky”，唯一的儿子 15

岁时就因为心脏病永远离开了他们，老伴一年前也去世了。但好在有滑冰。痛苦的时候，开心的时候，他总是在冰上。

一片冰刀四毫米，“劳伦斯先生”最美好的人生，全立在上面。

他的人生远说不上圆满，但难得的是活出了自己。

他能够体面而优雅地活着，浪漫而从容地老去，全因为他有一份发自内心，毫无功利色彩的热爱。他以热爱寻找快乐，也以热爱抵抗寂寞，以热爱成就卓越，甚至以热爱赋予城市地标以文化记忆。

因为这份真挚的热爱，他做到了就像帕斯卡说的那样，“给时光以生命，而不是给生命以时光”。

人生忽暮，岁月成歌。这就足够。

尘埃里开出的花

谁能想到，2020 岁末体坛最火的明星会是一个八岁的小姑娘呢?

在北京市 2020—2021 年度的青少年短道速滑联赛 500 米四分之一决赛中，八岁的马子惠在比赛刚出发时就不慎摔倒，但小姑娘顽强地爬起来，拼命追赶，最终追上所有对手，获得第一。

这段视频被马子惠的教练张瑞上传到网上，感动了无数网友，不到一天时间就赢得了网友 400 多万的点赞。

“看着好着急，我也激动得叫了起来！”“居然看哭了！”“不知道自己为什么会流眼泪。”“这么小的小孩，都能做到跌倒后没放弃，我们还有什么理由不努力呢？”

网友纷纷留言，表达对小姑娘的钦佩。

更有网友将小姑娘的举动归于体育精神，“她站起来的那一刻就已经赢了！”“在追赶对手的同时超越了自己。”“每一次的不放弃都是未来强大的积累。”“这才是体育精神、奥运精神。”

显然，大家被小姑娘全力奔跑的姿态打动了。一个努力的人闪闪发光，照亮了自己，也照亮了世界。

这是凡人微光，却一样夺目，一样动人。

此前，一名来自山东淄博的 16 岁中学生冯玉炜，同样因为自己的坚持而走红网络。

体重达到 236 斤的冯玉炜是当年校运动会 3000 米长跑比赛的最后一名，当大多数学生都已经完成了比赛时，跑道上只剩下他一个人的身影。此时，体育场成了冯玉炜一个人的舞台，大家都在为他呐喊加油。最终冯玉炜冲过终点，顺利完赛。

当冯玉炜报名参加 3000 米比赛时，他的班主任感觉很意外，担心他是否能够跑完。而冯玉炜的回答非常肯定：“行，我一定能坚持下来。”

“在冯玉炜跑步的时候，我确实也替他捏了一把汗，但是最终他坚持下来了，他表现得非常好。我要为他点赞。”班主任说。

冯玉炜永不放弃、挑战自我的精神鼓舞了现场的师生，同时也激励了无数观看视频的网友。

马子惠、冯玉炜，一个是冠军，一个是最后一名，结果大不相同，但他们努力奔跑的姿态一样美丽，一样动人。

这是对体育精神最好的诠释——体育精神某种程度上和结果无关，追求卓越、超越对手是一种体育精神，挑战自我、超越过去的自己同样是体育精神的体现。

体育精神也不是运动员的专利，每个人都可以拥有它。

冯玉炜大概率不会成为运动员，马子惠也未必走专业体育的路，但在人生的赛道上，他们一定记得这一场艰难的比赛，并在体育精神的指引下，找到那个最好的自己。

体育精神就是这样“平凡”，绝不玄妙。因为体育就在我们每个人的日常生活中，而体育精神之花就开在我们每个人心里，从未离开。

举个最简单的例子，我们每个人都经历过蹒跚学步，但又有谁因为摔倒而放弃了学习走路？

一点也不夸张，这就是一种体育精神，最原始的体育精神。

体育是什么？无非是用身体去感知这个世界，并从这种感知中得到快乐、受到教育。通过体育，我们更加了解自然，敬重生命，探索自然的奥秘和人类无尽的可能性。这个过程，一定有挫折、苦痛，但更多的还是探索的快乐，内心自信的成长，身体机能提高的成就感。

尘埃里也能开出生命喜悦的花朵，这种苦中之乐，便是体育运动开出的精神之花。

生活是另一场竞技

离开赛场，运动员就是一个普通而鲜活的个体，将会面临各种人生考验：伤病、意外、世态炎凉……甚至还有生存压力。

桑兰产子：平凡的幸福

太阳每天都会升起，一如这世上每天都有新生儿诞生。是的，人世间，没有比婴儿的第一声啼哭更美好的了。新的生命，就是我们生活中的“太阳”。

桑兰产子的消息就是这样照亮了中国体坛（也许不止体坛），成为中国体育多年来难得的温情瞬间。

本来，退役运动员产子算不上什么新闻。但是，一个高位截瘫的退役运动员打破陈规，成功产下一个健康的男婴，就不那么简单了。

桑兰到底是个运动员，她以冒险孕育并顺利诞生一个新生命的方式，完成了一次令人钦佩的人生超越。桑兰产子，谱写的正是这样一曲生命的赞歌。世态凉薄，命运多舛，也阻挡不住做母亲的渴望。这是桑兰生命中另外一种赛场，毫无疑问，这一次，她依然是胜利者。

大多数人都送上了祝福，也有不解者，甚至恶语相向者。这没什么奇怪的，林子大了，什么鸟都有。网络世界，标新立异，故作惊人语，对某些人，是常态，仿佛不如此就不能显示自己的存在。

好在，生活是自己的。在这个世界上，你要是在乎每一个人对自己的看法，就基本没法活了。我想，桑兰对此应该比别人更有体会。她不平凡的经历就决定了这一点。

桑兰毫无疑问是不幸的，在年华最美的时候，她倒在了自己最喜爱的体操赛场。从 17 岁开始，她就不得不接受高位截瘫的命运安排，这对于一个爱美的小姑娘是多么残酷的打击，但你从没有看到轮椅上的桑兰掉一滴眼泪。她总是那么灿烂地微笑着，似乎不知忧愁为何物。她的笑让人心碎，也感动了全世界。因此，桑兰才会拥有常人无法拥有的一切：2008 年北京申奥大使、星空卫视主持人、北京奥运会主持人、成立桑兰基金……

这是桑兰生命中不幸中的幸运。这样说，对于一个受伤的运动员非常残酷，谁也不愿意拿大半辈子的健康去换取虚无缥缈的声名，但事实就是如此。这世上，比桑兰不幸的人还有很多，受伤致残的运动员也不在少数，在他们眼里，桑兰或许还是一个生活的幸运儿。这也可以用来解释，为什么桑兰在 2011 年打的那场跨国官司会引起那么大的非议。

用小品明星的话说，桑兰“大小是个名人”，不过，桑兰的丈夫黄健却说：“我们就想过一种平凡的生活。这是我的愿望，也是桑兰的愿望。”印象中，似乎名人都特别喜欢这么说话。当年刘晓庆就有名言，“做人难，做女人难，做名女人难上加难”，可惜的是，不是名人的凡人对此并不领情，认为名人是站着说话不腰疼，得了便宜还卖乖。

我倒不怀疑桑兰和黄健的诚恳，成为母亲，对于一个女人本来是再平凡不过的事情，但于桑兰却是一场奋斗。如果用现在的名声去换回健康的身体，我相信，桑兰也是愿意的，问题是，命运不能如此假设，他们恐怕也回不到从前。而且，平凡人生也不易，所谓贫贱夫妻百事哀，平凡人的生活远没有名人想象的那么有趣。

在一个出名要趁早的年代，名人却想过回平凡的生活，这一方面有名人的矫情，另一方面其实也合乎常理。因为，人世间最大的幸福，往往无关锦衣玉食、名望金钱，而大抵是一些再平凡不过的东西，比如爱情婚姻，比如为人父母。桑兰夫妇要的就是这样一种平凡的幸福，他们要得很辛苦，很决绝。今天，当历经艰辛的新生命来到人世间，我们又有什么理由不为他们送上祝福？

不打扰便是最好的祝福

人生有许多“小确幸”，它是我们的快乐之源。在平淡的日子里感受微小而确实的快乐，那是一种“稳稳的幸福”，也是人应有的权利。

每个人有每个人的“小确幸”，全在乎你彼时彼地的心境，没有人可以耻笑它，因为你无法被取代，别人亦不可能替你去生活。

我无法想象前著名体操国手桑兰的生活，但我相信，她最期盼的“小确幸”一定是“不被打扰”。不幸的是，在人们都快忘记桑兰这个名字的时候，一篇题为《桑兰摔伤真相调查，她撒了17 年的谎》的文章传遍中文互联网，再次让这个小女子成为众矢之的。不出所料，这一次，桑兰又勇敢地出来迎战，一如她从前勇敢地打官司维权，勇敢地完成不可能的任务——生孩子。

桑兰到底是运动员的个性，就像她所说的：“我不能用身体的残障来示弱！我——是一个和你们一样的人。”

旧事并不如烟，当事双方似乎也从未释怀。但平心静气地讲，新的争端没有胜利者。这篇把桑兰“推向万劫不复”（桑兰语）的新闻作品，缺乏应有的平衡感（对桑兰的采访付诸阙如），新闻源仅是一篇更新的专家博客，似乎也缺乏说服力和新闻性，加上通篇各种主观判断和倾向性表述，即使从新闻专业的角度来考量，也算不上一篇成功的新闻作品。说它是文化消费品，大抵靠谱，且读者其实并不领情，网民对于桑兰寄予了几乎一面倒的同情和支持。更有网民认为，“旧话重提”是添乱，毫无意义，除了给记者提高知名度以外，对当事人、对社会公平正义、对推动社会的进步没有一丝一毫的价值。

从桑兰的角度，她受到的再次伤害显而易见，没有人喜欢“撒谎”的标签，何况还是撒了 17 年的谎。桑兰显然也无意于被社会再次消费，就像她自己说的：“靠名儿不是一辈子的事，光环迟早有淡去的一天。”她在自己的博客中多次说道，人要强大起来，还是要靠自己。她甚至表示，“哪天如果我们两夫妻奋斗出来了，我们唯一的愿望就是去帮助那些和我同病相怜的退役伤残运动员。”

这就是桑兰，一个17岁便遭遇高位截瘫的弱女子，一个想过平静生活而不得的母亲，一个曾为国征战却迟早会被遗忘的运动员。在处理许多事情上，桑兰一定有不妥当的地方，她的人格一定也不完美（谁又能做到十全十美），但她曾以微笑和坚强带给世人巨大的感动，她始终代表的是容易被忽视的运动员群体，她用打官司的方式来维权也无可厚非。

如果承认这些都是事实，媒体又何苦对一个曾经为国家做过贡献的弱女子、残障人士不依不饶呢？尤其是当桑兰成了母亲，生活日趋平静的时候，又怎忍心时隔多年后去打扰她平静的生活？

如何看待桑兰这17年？其实非常简单，让法律的归法律，让道德的归道德，让生活的归生活。

我们曾经将桑兰推上神坛，因此有些人才不能接受后来桑兰的做法。但其实，桑兰一直是桑兰，她不是圣人，亦非恶魔。人们今天同情桑兰，当然也不只是因为人们更倾向于同情弱者，而是因为我们每个凡夫俗子有着和她一样的愿望：当不想被打扰的时候，不被打扰便是一种“小确幸”。套用一句名言，我们都有免于被打扰的自由和权利。

让桑兰过安静的小日子吧。不打扰便是最好的祝福。

生活是另一场竞技

“活着就是幸福的。”当汤森对着电视镜头说出这话时，平静似水。老实讲，那一刻，我被打动了。一个看似不幸的男人，却知道珍惜，懂得知足，不放弃，不抱怨，这需要怎样的豁达和坚强！

汤森曾经是叱咤风云的男排国手，但因为一场突然的重伤，他不仅告别了自己热爱的赛场，而且还因此高位截瘫，从此开始漫长而艰难的康复之路。

他和曾经的妻子周苏红为爱而分手，如今仍以姐弟相称，亲如家人。周苏红现在仍叫汤森的父亲“爸爸”，她的女儿也顺理成章地成为汤森的“干女儿”。汤森如今生活不能自理，但他有最坚强的后盾——无微不至地照顾着他的汤爸爸。社会也没有忘记汤森：排管中心、国家队将士、郎平指导还有他所在社区经常会给他送来温暖。附近的医院甚至为汤森开设了绿色通道……

汤森颠沛的人生，悲情密布，却绝不凉薄。所有的苦痛，都掩不住人性的光芒。曾经的磨难，亦敌不过心灵的执着。余下的人生，汤森仍会有苦有痛，个中真实的滋味，只有他自己和家人最能体味，但这份“活着”的小小幸福，一定会支撑着他跑赢人生的这场马拉松。

看看汤森的境遇，程菲或许对人生应有新的感悟。这位拥有九个世界冠军头衔的昔日体操一姐做客《鲁豫有约》时，谈到了自己退役后的困惑：身体变胖，27岁还没交过男朋友，失落之情溢于言表。

但和汤淼相比，程菲实在没有什么好抱怨的。就像前中国体操女队总教练陆善真所言：“竞技体育非常残酷，努力付出了许多，不一定能得到回报。”程菲其实还是很幸运的，在现有的体制下，九个世界冠军，足以让她的人生下半场衣食无忧。变胖和交不到男朋友，真的不是个事儿。一个那么多高难度动作都能征服的人，控制一下自己的体重，不会是什么难事吧。

汤淼和程菲的故事提示我们：无论职业生涯取得怎样的成绩，每个运动员都会面临退役，伴随他们的常常有伤病、文化水平的低下、人际交往能力的欠缺——我们之所以并不讳言这些，是因为多年来我们的体育和教育处于割裂状态，“体教结合”说起来好听，但实行起来却难于上青天，就像那句“淡化金牌”一样。

固然，也有许多金牌运动员获得了文凭，甚至官位和商业上的成功，但他们毕竟是塔尖上的极少数。不是每个运动员都能成为姚明、李宁和邓亚萍，甚至各有不幸的程菲和汤淼其实某种程度上也是幸运的，因为他们头上都有尚未褪去的光环。这么说，很残酷，却是事实。

人生是场马拉松，这句话，吃青春饭的运动员应该感受更深刻。他们人生的上半场更像一场赌博，赌好了，下半场或许能延续精彩，赌不好，则很有可能赔了青春再搭上明天，因为运动员进入社会，文化、社交、视野等各方面都无优势，很难过上如意的生活。甚至就连那些曾经也取得不错成绩的运动员，也无法幸免。才力、艾冬梅、邹春兰、张尚武这些悲情人物，都曾拿过洲际冠军，运动员时期都并非泛泛之辈，但因为所从事项目的关系，他们依然沦落如斯，更何况其他成绩平平的运动员。

而即便是那些退役后风光无限的运动员，也常有难言之隐。刘翔闪电式离婚，王皓因为娇妻上电视节目着装暴露而大动肝火，在某种程度上也反映了运动员情感上的单纯和社会历练的欠缺，这和他们长期处于封闭的训练环境当然脱不了干系。

生活是另一场或许更为残酷的竞技。运动员退役后如何安置，如何帮助他们更好地融入社会，是一个大课题，不仅事关中国体育发展的后劲，也关系着千家万户的幸福。兹事体大，需努力做好，亦大有可为。

幸运的张尚武和沉默的大多数

这年头出名要趁早，不管你以何种方式。

张尚武以迅雷不及掩耳之势出名了，这或许不是他的本意，用他自己的话说，在别人质疑之前，他甚至就没有听说过“炒作”一词。没有理由不相信张尚武，事实上，一个世界冠军在街头卖艺还是需要勇气的。但不管怎么说，张尚武就以这样一种不可思议的方式“红”了，而且名利双收。据报道，慈善家陈光标看中了张尚武的孝心，以“月薪过万”的优厚待遇聘用他到自己的公司工作。而张尚武当然也很愉快地接受了陈光标的邀请。

张尚武曾经是不幸的，但这个网络时代改变了他，他又是幸运的。

但一个幸运的张尚武显然不能代表那些沉默的大多数。他至少还是世界冠军，手握世界大学生运动会的两枚金牌。这意味着，他卖艺时还可以在脖子上挂着金牌，以换取人们的悲悯之心。在为数众多的把全部青春奉献给竞技体育的退役运动员中，又能有多少人拥有这样的人生筹码。张尚武自然不能和姚明、刘翔这样伟大的名字相提并论，但他依然处于金字塔的顶端。

我们要关注张尚武，更要关注那些沉默着的大多数。

运动员退役后的安置问题，不是一个新问题了。从才力英年早逝，到邹春兰开洗衣店，从艾冬梅摆地摊，到张尚武街头卖艺，每一次提起，都让人心痛。

解决这个问题，说复杂也复杂，说简单也简单，那就是让体育回归教育，实行体教结合，让运动员从小就接受常规的文化教育。

现在有关部门已经越来越重视运动员的教育问题，但多是事后的、弥补性的，带有安抚和奖励性质，这并不能从源头上解决运动员的后顾之忧，也不能让更为广大的运动员群体受益。姚明在谈到对张尚武卖艺一事的看法时说："运动员训练时放弃了学习，退役后你给他选择等于没有给，因为他们不具备接受的技能。"姚巨人的话的确是一针见血。

如何实行体教结合？这自然不能不涉及体制问题。现在我们的体育和教育是割裂的，两个系统分属不同的部门管理，而且各有各的功能，"结合"难度自然很大。但体制问题实际上是观念问题，如果大家可以接受中国的金牌少一点，比如说，奥运会我们就拿 20 枚金牌，老百姓也不骂娘，那我们把原来的做法改一改，让运动员多些时间接受教育，少些时间训练，就不是什么难事。否则，你还得实行原来的专业体育体制，因为那已经被证明是行之有效的。有些国家想学咱们的体制还怕来不及呢。

在经历了北京奥运会狂揽 51 金的巅峰体验之后，我想，是时候淡化一下金牌，树立一个正确的金牌观了：金牌是体育强盛的一个尺度，但仅有金牌，没有全民身体素质的提高就算不上真正的体育强国；金牌重要，但运动员的快乐和健康同样重要，甚至比金牌更重要。

不是每个运动员都会成为张尚武，也不是每个“张尚武”都能碰到陈光标。要想张尚武卖艺之类的事不再发生，那就应让运动员从小开始就去做一个从事体育运动并享受体育乐趣的人，而不是“金牌机器”。

前国脚卖樱桃，何惨之有

看到“前知名国脚街头卖樱桃”的新闻标题，不禁揪了一下心，以为艾冬梅、才力、张尚武的队伍“后继有人”，及至看到基本的新闻事实，才发现，原来都是标题党惹的祸。敢情人家安琦不仅坦然承认卖樱桃的正是本人，而且一派云淡风轻，“是我……也没有很惨。如果辛苦可以让家人过得更好，我可以做得更多，还有本人其实也没有那么胖”。

看到这样的反转，估计有些看热闹不嫌事大的吃瓜群众，会有些失望，但亦有不少网友给安琦奉上了怒赞：“平和的心态，日子会越过越甜。”“大到守卫国门，小可转身练摊。爷们！榜样！”“靠本事吃饭，好样的，顶起！”“足球是圆的，樱桃也是圆的，没什么不同啊！看过他球赛的人何尝不也是在为让家人过得更好而奔波呢？”“自食其力，靠自己双手劳动生存，总比不劳而获强多了吧……”

要说网友的智慧真不是盖的，这些点评非常精当到位。

前国脚卖樱桃，看似有些冲突，但其实是人们的习惯心理在作祟。对于安琦来说，国脚只是过去的光环，种樱桃卖樱桃才是当下的生活，人不能活在过去，生活亦不比足球更轻松，都需要冷静的“临门一脚”。种樱桃卖樱桃就是国脚安琦在生活中的“临门一脚”，可能不是最好的，但应该是最合适的，否则，他就不会有这么平和阳光的心态。

我们应该祝贺安琦在生活中重新找到“临门一脚”的感觉。

前国脚卖樱桃，如果让一些人感到不适应，那一定不是前国脚的问题，而是某些人价值观出了偏差。卖樱桃和其他行当一样，都是靠劳动吃饭，不仅不惨，而且快乐、光荣，值得尊重。自食其力的人都值得尊重，努力养家的样子其实很美。这一点，无关职业胖瘦。国外总统退休后还有人端盘子呢，没准别人还夸他真性情。前国脚卖樱桃，又何惨之有！

其实，生活惨不惨，当事者最清楚。子非鱼，安知鱼之乐，你不是安琦，又怎知他过得不如意。就像前两年，有人拍到窦唯坐地铁，骑电动自行车，还谢顶微胖，舆论一片唏嘘，似乎窦唯有多么潦倒、多么不体面。但其实完全可以反问一句，窦唯至少留下了那么多可以传唱的经典，而且依然在音乐的道路上努力探索，他不体面，又有几个人敢说体面？他潦倒，谁又敢说不潦倒？

生活在一个信息泛滥的自媒体时代，人们似乎更喜欢意气用事、人云亦云，也很容易放大某些信息，进行简单的归类排队或粗暴的价值判断。对某些名人、公众人物如此，对普通人也如是。比如前一阵子流行的“大妈的丝巾”“大爷的单反”之类，网上满是不屑和嘲讽，似乎大爷大妈的丝巾和单反有多么妨碍了人们的正常生活。但其实，谁家没有个把大妈、大爷？他们把生活过得丰富多彩，不正是大家的美好心愿吗？作为后辈，高兴还来不及，又何必要极尽挖苦嘲讽之能事。生活中有那么多事情值得去干，为什么要把智慧浪费在这些无聊无益的吐槽中呢？

好像胡适说过，宽容比自由更重要。生活在当下这样一个快速变动的信息时代，我们需珍惜自己的自由，更要有宽容的精神，将心比心的思维方式。把自己的日子过好，同时尊重别人的活法，二者同样重要。罗素怎么说的来着，参差多态乃幸福之源。我简直太爱这句话了。

朋友别哭

都说“男儿有泪不轻弹”，其实，后面还有一句，“只是未到伤心处”。如果情难自已，那或许就像歌里唱的那样，“男人哭吧哭吧不是罪”。

贾秀全的眼泪大概就是这样，成了体坛独有的风景。当然也有不理解的，有不以为然的，甚而有“呵呵”的，但更多的人，都被这位足坛铁汉的泪水所打动。

这是一种重压之下的释放，更是一种达成目标的喜悦的真实表达。一场艰难而狼狈的0比0，背后是王珊珊的带伤拼搏，门将彭诗梦的舍身撞横梁，全队109公里的拼死跑动（要知道，2018年男足世界杯32强中也仅有五支球队场均跑动距离在109公里以上）。女足姑娘们在那个清晨讲述的故事，并不好看，却足够热血，让人感受到体育的人情之美和精神之美，并引起人们有关命运与人性，尊严与梦想，团队荣耀与个人拼搏等诸多思考。

你还能奢望体育带给你比这更多吗？如果你足够爱体育，那么，承认我们被贾秀全的泪水所打动，又有什么不好意思的？

流下英雄泪的不止贾秀全。

羽坛传奇李宗伟在宣布退役的发布会上也哭了。他的老对手林丹在微博上分享了歌曲《朋友别哭》，并写道：“独自上场，没人陪我了。”

“朋友别哭”，告别之际，或许再也没有比这更合适的歌曲了。

十几岁相识，40次交手，林李是赛场上的对手，更是相知相惜的朋友。他们一路见证对方的成长，更成就了彼此的伟大。

他们是一个时代的记忆。“每个人都很想看到我们两人的比赛，包括我自己。”李宗伟曾如是说。但现在，随着李宗伟的退役，这个时代落幕了。从此天下无林李。当此之时，球迷才会越发深刻地感受到，能够同时拥有两位天皇巨星，是多么珍贵和幸福！

别说什么当年林丹多么霸气，也别说李宗伟千年老二，当林李成为往事，曾经的结果可能远没有人们想象的那么重要。林丹固然成功辉煌，但李宗伟也从来不是失败者，“败者为王”，只有李宗伟才担得起这样的殊荣。

体育竞技残酷至极，但亦脱离不了游戏的本质。“有人哭，有人笑，有人输，有人老，到结局还不是一样。”这并非消极，而是对历史应有的温情和敬意。

记得鲁迅先生说过，人类的悲欢并不相通，体育竞赛也常常是这样，一个人的欢乐映衬着另一个人的悲伤，但放在更大的时空维度上，无论是喜或悲，人们都会感同身受。

还是要套用《朋友别哭》的歌词，李宗伟的苦，林丹也有感触。

几乎在李宗伟宣布退役的同时，NBA 也传来新闻：带伤作战的勇士大将杜兰特在总决赛中再次受伤，而且还是跟腱断裂。消息传来，喜欢他的球迷肝肠寸断，欲哭无泪。

事实上，在杜兰特确认跟腱断裂之前，ESPN 就给出了这样一组数据——在过去接近 30 年时间里，NBA 赛场上因为跟腱断裂而离开的球星们，最快重返球场的威斯利 · 马修斯也至少用了 222 天，科比则花了 240 天重新披上自己的战袍，而杜兰特的队友考辛斯则远离球场 357 天……

很难想象杜兰特看到这些数字会作何感想。他通过带伤上场，证明了自己的勇气、正直和忠诚，却失去了球员最为重要的健康。

不知为何，由杜兰特我竟想起了刘翔。后者曾被视为民族英雄，但因为健康问题，职业生涯晚年却被人骂作“骗子”“演员”。

杜兰特的苦，刘翔也一定有感触。

有没有一扇窗，能让你不绝望？有没有一种爱，能让你不受伤？我想还是有的。对于运动员来说，那就是，球迷和粉丝的关爱和支持，公众的理解和包容，社会舆论的理性和宽松。当然，还有对手的激励和成全。

最后，还是要把那首老歌送给以上提到的闪亮的名字：朋友别哭，有许多人在你心灵最深处，有他们陪伴你就不会孤独。人海中，难得有几个真正的朋友，这份情，请你不要不在乎！

文化缺失，体育蒙羞

早些年有句话很流行：钱不是万能的，但没有钱是万万不能的。套用一下，可用之于体育领域：文化不是万能的，但没有文化是万万不能的。

运动员、教练员没有文化似乎不是什么大不了的事情，不学文化，正好可以腾出时间来搞训练、拿金牌嘛。这道理在计划经济时代勉强说得通，因为在那个年代，拿了金牌就是一切，运动员成为世界冠军（尤其是奥运冠军）几乎等同于民族英雄。但今天，民众对于金牌已经越来越抱着平常心，奥运冠军不再被视为民族英雄（北京奥运会我们拿了 51 枚金牌，要是一一顶礼膜拜为民族英雄，那英雄也就贬值、矮化了），大运会金牌得主都找不着工作。这是一个多元化时代的必然选择，文化和教育的重要性也因此凸显出来。

体育离开文化，后果很严重。张尚武街头卖艺，已经引人唏嘘，国家短道队发生的暴力事件以及始终无法还原的内乱真相，则更让中国体育蒙羞。要知道，这支金牌之师在央视体坛风云人物评选中还曾获得“最佳团队”，堂堂的国家电视台又情何以堪。

中国短道队发生的各种扑朔迷离的事情，归根结底还是文化缺失——不仅是运动员没文化，领队也没文化，连教练员情急之下，也说出了没文化的话。一个内心本来就很膨胀的团队从上到下，都缺少基本的文化素质与教养，而更高的管理者在发生类似的事情（丽江冲突）后，又一味姑息，最终爆出更恶劣的丑闻，似乎也没什么好大惊小怪的。

文化对体育为什么那么重要？道理并不复杂，现代体育已经不再是简单的“力气活”，它对于运动员和教练员的文化素质要求也越来越高，运动员在场上要比文化，在场下要靠文化来约束自己。而运动员在职业生涯结束之后，更需要文化和教育的支撑去实现人生下半场的“转身”。放弃文化学习，对于运动员来说，是一种不会成功的赌博；缺少文化含量，对于体育比赛来说，是最糟糕不过的事情。

曾经和王濛一样有着火暴脾气的李玮峰，在出国转了一圈后，感叹说，中国足球最缺少的就是文化。文化的重要性，由这么一个有着“球霸”称号的人说出口，应该是颇有说服力的。但不幸的是，中国足球离真正的足球文化还很遥远。

譬如国安和恒大在京城进行的中超“巅峰对决”，据说场面非常火爆，许多人都说，中国足球终于有自己的文化了。的确，如果只看壮观而整齐的球迷方阵，几乎让人疑心到了西甲赛场，但再听听铿锵有力、整齐划一的京骂声，你终于明白，这到底还是中国足球，没文化的中国足球。

中国短道队有金牌，中国足球有钱，但没有文化，金牌再多也换不来公众的敬意；没有文化，钱砸再多也听不到响。文化它看不见摸不着，但没文化，体育就失去了灵魂，后果比人们想象的要严重得多。

死生亦大矣，岂不痛哉

2019 年 12 月 5 日，对中国篮球来说，是一个悲伤的日子。

这一天，吉喆的生命定格在 33 岁。

在拥挤的地铁里，一大早就看到这个消息，心情大痛。

虽然和吉喆从无交集，虽然从不认为自己是首钢球迷，但当一个曾经如此活泼年轻的生命逝去时，我相信，所有的人都会感到痛惜。

远在美国芝加哥的旧友一大早便给我发来截图，向我求证。她从来就不是球迷，却一样痛惜于一条年轻生命的离去。

是的，和生命相比，篮球算什么。还是古人说得通透，死生亦大矣，岂不痛哉！

所有的人都在说，愿天堂也有篮球，愿天堂没有病痛。这话多么“正确”，却又多么无力。因为所有的祈愿，都无法挽回一条鲜活的生命。

我当然也知道人们为什么会这么说。因为吉喆这个小伙子实在是太爱篮球了。

2018年8月，吉喆确认患病，俱乐部帮助他前往美国治疗。他没有把病情告诉球迷，因为他坚信，经过努力终有一天会回到赛场。他多次跟队友说：“兄弟们，等我。”2019年3月，他发微博承诺：“相信我，归期有时。”即使就在前不久，病情加重之际，他还对妈妈说：“我想回去打球。”

而在更遥远的2016年10月，他在帮北京队拿下第三个总冠军之后，曾感叹说：“身边的人一批一批地换，心里肯定不是滋味。但也没办法，竞技体育就是这么残酷。也许下一个走的就是我。假如真的有一天不在了，希望球迷至少还记得我，还记得有这么个为北京队默默奉献过的人就好了。”

现在回过头来，这些曾经的肺腑之言几成谶语。而巧合的是，在电影《我是马布里》里扮演吉喆的演员高以翔，也已先于吉喆，于八天前辞世。难道，两个帅哥真的是要在天堂搭伴打篮球？

那倒也好，他们至少不会孤单。

而今天，至少可以告慰吉喆的是，人们一定会像他心心念念的那样记得他。

在赛场上，吉喆从来就不是最耀眼的明星。许多时候，他甚至要干最多的累活脏活，但他绝无怨言。就像首钢俱乐部官微说的那样，“从不放弃、始终坚持，这是属于他自己的信条”；“他不是冲锋陷阵、头顶巨大光环的那一类，但他是坚守阵地、打到最后喊出来‘向我开炮’的那一个”；“作为队长，他无私奉献，为北京篮球拼尽了自己最后的光和热”；“他不是个善于表达的人，但是他的认真、细致和低调深得人心”。

也正因如此，人们一定会记得吉喆——记得他的敬业勤勉，记得他的友善笑容，当然也不会忘记他对麦迪摇过的手指，不会忘记客场球迷震耳欲聋的“换吉喆”。

队友记得他，室友王骁辉的一句“多想见面再叫你一声吉哥”，让多少人泪目；球迷也记得他，“呜呼，中国篮球从此再无‘换吉喆’”，这是多么痛的叹息；甚至连他的对手也记得他。北京首钢的老对手新疆俱乐部发长文，称赞他是“一个在篮球场上奉献了自己全部青春的战士”，而远在大洋彼岸曾经和吉喆结过梁子的麦迪也发文，向吉喆的家人表示哀悼，“愿主此时与他同在。他是一个非常优秀的球员和对手”。

当然最能证明人们记得吉喆的，是那件将永远飘荡在首钢主场的 51 号球衣。那一夜，五棵松篮球馆的 1.8 万名观众都是 51 号，场外无数关心中国篮球的观众都是 51 号。

从高以翔到吉喆，他们都那么帅，那么年轻，还是各自职场的精英，却一样要经受生命的无常和病痛的袭击，这提醒我们，生命多么宝贵，当下的健康多么值得珍惜。在生命面前，什么输赢恩怨，又是多么不值一提！

死亡也是一种教育。因为吉喆的离去，中国篮球从未像今天这样，给人感觉像一个大家庭。但 CBA 赛场依然有球迷对球员的谩骂，看台上依然有杂物扔下。这不和谐的一幕，提醒我们，体育的美好，并非唾手可得，而需要我们每一个人用心去营造。

斯人已逝，生者仍需选择坚强。每个人做好自己，善待他人，共同营造一个美好的篮球世界，或许比说些“愿天堂也有篮球”的话更切实际。这自然也是对于逝者最好的告慰。

如此简单，如此快乐

人生到处知何似，应似飞鸿踏雪泥。体育记者足迹所至，“丈量”的不只是一方看台，更有一地的社会民俗和文化风情。

在语言的丛林里

来贝鲁特之前，便抽空打听了一下，知道黎巴嫩通行三种语言：英语、法语、阿拉伯语。来到这儿以后，发现的确如此，但排序与我想象的不太一样，按照重要程度是：阿拉伯语、法语、英语。

我们这些记者能应付几句的英语，在这个国家只能算第三语言。而且那些能讲英语的，就像我们这些来自中国的体育记者一样，程度不一，因此给我们带来了不小的麻烦。

因为改签机票，我的行李晚到了两天，我自认为这正好给了我一个练习英语口语的机会，就像在荷兰阿姆斯特丹机场一样。但是，事实与我想的有很大的出入。在阿姆斯特丹，我感觉自己的英语不够用，而在贝鲁特机场，我却感到机场工作人员的英语不够用。往往是我自认为说得很清楚，他们却不太明白。有些工作人员干脆对我说：No English（这句话语法上是否有问题，还得求证专家)。

不过，好在机场的办公楼中，每个办公室的门上都同时有阿拉伯语与英语的标志，借助一些关键词，在经历近一个小时精疲力竭的解释，并在不同楼层的四个办公室填了四张表格后，我终于在机场一楼的仓库里拿到了我的行李。此时，我不仅没有发觉自己的口语有进步，反而感觉都带了一股阿拉伯腔，也许是被他们传染的吧。

在贝鲁特，我们很少单独出门，更不敢轻易“打的”。这里的出租车司机十有八九是阿拉伯人，而且不装计价器。他们的英语很差，所以我们上车前，必须比比画画，把价钱谈好。即使这样，他们也经常事后变卦，而且怎么解释都是白搭，他就坚持他的价钱。遇到这种情况，我们也只能本着“吃亏是福”的原则，认宰了事，绝对避免过多的争执。因为关于此地人，同行中流传着不少可怕的传闻，比如一个黎巴嫩人有两把枪，阿拉伯人动刀动枪是常事，我们可不敢拿小命开玩笑。

语言不通不仅带来很多生活中的麻烦，在赛场内外也是如此。这次亚洲杯的 12 支国家队中，有八支请了外教，所以在赛后的新闻发布会上，会有三四种甚至更多的语言在飘荡，让我们这些记者不知如何是好。

不过好在米卢是个语言天才，他一般是先用西班牙语发言，然后由队内的中国翻译翻成中文。但是，这种对中国记者的特别优待，马上激起其他国家记者的抗议，此时米卢照例会笑嘻嘻地用英语重复一遍，再由主持人把它翻译成阿拉伯语。

这样的程序显得相当复杂，但似乎也没有比这更好的办法了，因为它既表示了对各路人士母语的尊重，又方便了大家的理解和沟通。

穿梭在语言的丛林里，有时感觉很不方便，很累人。但在一个开放的社会里，生活就是这样。所以，除了回国后继续努力学习英语，我想不出还有什么更好的能方便我与这个世界沟通的方法。

穿过战争阴云的足球

没有哪届亚洲杯像本届黎巴嫩亚洲杯那样离战争如此之近。战争与足球，这两个似乎毫不相关的东西一下子扯在了一起。

刚来时，受太多可怕传闻的影响，我们对本届亚洲杯充满了恐怖的想象。而大街上无处不在的荷枪实弹的士兵警察、时不时出现在视野里的坦克与装甲车，更加深了这种印象，以致开幕式上绽放的焰火也被有些记者想象成了开枪的声音，并写进文章，发回国内。更有记者耸人听闻地说：半夜听到几声清脆的枪响，如何如何彻夜难眠。

但时间长了，我发现情形远没有想象的那么可怕。我们开始敢和大街上荷枪实弹的兵警用“alao”（阿拉伯语“你好”的意思）打招呼，甚至看看他们随身携带的武器和棍棒，而他们也总是那么友好地微笑，但坚守着一条原则：绝不和我们合影。走在大街上，我们不再害怕某个阿拉伯大汉从斜刺里冲出来，对我们有什么不友好的举动，因为这里的人民对中国人有相当的好感。在体育场看球，我们也不再担心人多影响安全。

事实上，自东道主被淘汰后，我已经开始怀念开幕式那种让人难忘的热闹。毕竟，一个洲际性的大赛，动辄只有几百人看球的情形实在是太凄惨了。

虽然已经越来越习惯这里看起来依旧太平的街市和依然清静的足球赛，但我清楚地知道，战争离这里仍然很近。在我所居住的酒店里，电视上每天晚上都有许多关于巴以冲突的报道，经常可以从屏幕上看到，被抬走的负伤的巴勒斯坦群众，让人痛彻心扉。这个发生无数战争惨剧的地方离我所在的酒店只有 100 公里。我听不见呼啸的枪声，但我能想象枪响时，无数冤魂的悲伤与哭泣。

曾听人说过，足球是和平时期的战争，这话不无道理。你看韩国战伊朗，韩国人就真的像在打一场必须胜利的战斗，他们靠坚韧不拔的意志把技战术比他们更好的伊朗人打败了。但我还是要说，足球本质上是游戏，它带给人更多的不是你死我活的争斗，而是欢乐和愉悦。一场球的失利，即使是对运动员，所带来的痛苦也是有限度的，因为以后还会有比赛，还有许多机会来证明自己，但战争所带来的创伤，所有的一切都很难消解，包括足球。在这次亚洲杯上，科威特就放出话来，他们绝不会和伊拉克比赛。战争就是这样让人们之间充满了敌意。

穿过战争阴云的足球也还是那只欢乐的足球。本届亚洲杯来日无多，愿这剩下的四场比赛，能带给所有的人欢乐，更愿它能唤起人们对和平的祈祷与珍惜。

感受塞维利亚

传说中，塞维利亚是由大力神造的，因此，在西班牙人眼里，它是快乐、美丽、宏伟和无与伦比的象征，而在我们这些外来者看来，它不仅美丽，而且神秘。

塞维利亚是个古老的城市，早在公元前206年，这里叫伊斯特里斯，是属于伊比利亚人和腓尼基人的领地，后来又经罗马人、西哥特人、阿拉伯人的统治，到16至17世纪，这里已成为世界第一大港，盛极一时。西班牙文学巨匠塞万提斯正是在这里的一座监狱里写下了不朽巨著《堂吉诃德》。

如今，塞维利亚人小心地保持着这些久远历史给予他们的馈赠。无论走在这里的哪一条街道，你都会读出一个“老”字。

塞城有无数狭窄的街巷，无不古色古香，风情万种。尤其是这里的民居，色彩纷呈，风格别致，而且家家精致的阳台都摆满鲜花，让人流连忘返。当然，最有名的要数市中心大教堂一侧的拉希拉尔达砖塔。这原是古代大清真寺的尖塔，建于12世纪。1965年，塔的上部又增加了装有25座钟的钟楼和巨大的圣象，使整个砖塔的高度达到98米。自此，这座雄伟的砖塔便成为塞维利亚的象征，无论来自何方的游客，都可借助这座高耸入云的砖塔来辨认市中心的方位。

或许是背负着太多古老的文化，塞城的生活节奏并不快，人们相当闲适而从容地享受着生活的每一分钟。在这个炎热的季节，下午街上行人极少，四五点时，许多商店仍大门紧闭。但到了晚上，这个城市的活力尽显。街上、酒吧、商店、剧院人头攒动。据说当地人的用餐时间是晚上9点半以后，所以他们的夜生活持续时间较长，以至于有一次，已近晚上12点，我们还看到推着婴儿车漫步的年轻父母。这样的清静在中国的任何城市恐怕都是难得一遇的。

塞维利亚人酷爱音乐，弗拉门戈吉他和弗拉门戈舞是他们生活中不可缺少的东西。任何节日、任何仪式，都少不了这两样。塞维利亚人还特别钟情足球，前几天，塞维利亚队在一场关键的比赛中，1比0小胜对手，提前取得了下个赛季甲级联赛的入场券。结果，当天晚上，整个塞城陷入了狂欢。在市中心，疯狂的球迷占据了主要街道，忘情地唱歌跳舞，喷洒香槟，欢庆球队伟大的胜利。数百名警察在旁边严密监视，几架直升机在上空盘旋，但整个欢庆仪式还是没有出现混乱。

对于当地人，羽毛球是个新鲜玩意儿，到现在为止，我还没有看到当地电视台任何关于这次羽毛球大赛的报道。据中国队队员张军讲，有一天夜里三点醒来后睡不着，打开电视，竟看见了一场陈宏的羽毛球比赛。估计张军也是唯一能看到比赛转播的中国人了。

李永波教练有一次生气地说：西班牙人根本不懂羽毛球。但看看此地人们闲适的生活，你会觉得，他们根本没有必要去懂羽毛球。羽毛球对于他们丰富的生活本身，真的不值一提。

幸福奥运时光就此开始

如潮的人群，醉人的歌声，绚烂的烟火，还有天空中零星的雪花以及周遭似乎触手可及的巍峨雪山，把昨晚的赖斯埃尔克斯奥林匹克体育场衬托得美丽异常。

这个冬夜是这样寒冷，但又分明给人平添许多暖意。随着1980 年冬奥会奥运冠军、美国冰球队队员点燃高高矗立的火炬，在场所有人都会被一种期待中的幸福包围，因为四年一次的奥运时光又开始了。

如果不抱任何偏见，我不得不说，这是一个好看的开幕式，一个不拘一格的开幕式。

与中国这样古老的国家相比，美国的历史是如此短暂，美国的传统文化底蕴是如此不值一提，但他们很认真也很艺术地演绎着他们的历史和文化，五个印第安部落的载歌载舞，昔日蛮荒之地的寂寞，还有拓荒者的艰辛和快乐，都被他们演绎得生动传神，美轮美奂。

说它不拘一格，不仅是因为那个长长的说不清是什么形状的冰面舞台的精妙设计，更因为编创者勇敢地打破了过去大型运动会仪式部分和表演部分势不两立的常规，而是让二者交叉进行，有机融合，避免了往常大型运动会有可能给观众带来的沉闷和呆板。所以，尽管盐湖城冬奥会开幕式长达 2 小时 40 分钟，但观众并不觉得冗长。

事实上，虽然开幕式的门票最高价达到 880 美元，最低票价也达到 300 美元，但观者仍然积极踊跃。开幕式前，记者在新闻中心门口，便碰到了好几位胸前挂着“I need tickets”（我需要票）的观众。而从现场情况来看，能容纳 5 万多人的体育场爆满。我猜测，在看完这么一个美丽而不拘一格的开幕式后，他们一定会感叹：物有所值。

让我感叹的还有美国观众对于开幕式的参与。人们都说，美国人个人主义严重，自由散漫。但在开幕式上，全场观众在现场大屏幕上字幕的指挥下，翻着手上的彩色方块，成功地变换出“Light the fires within”（“点燃心中之火”，本届冬奥会的主题口号）的字样和其他图形。在节目进行中，他们还多次配合现场气氛挥舞手中的荧光棒，整个过程居然没出半点纰漏。我不知道他们是否事先排练过，但看起来这种可能性极小。不管怎么说，正是因为他们的参与，开幕式才会如此精彩。开幕式的美丽，也有他们的一份。

如果说有什么遗憾的话，那就是点燃火炬的方式似乎平庸了一些。还有，开幕式上对于“9·11”事件的强调——从世贸中心废墟挖出的那面美国国旗的展示和罗格讨好东道主的讲话，多少显得有些偏离奥林匹克的主题。有意思的是，在开幕式进行的整个过程中，赖斯埃尔克斯奥林匹克体育场上方直升机的轰鸣一直没有停息。这多少让人有一点点不安。

被呵护的传统

说到韩国，我的第一印象便是曾经风行中国的“韩流”：染发、大头鞋、劲歌劲舞，还有带洞的牛仔裤……但来到韩国后，我发现这其实只是韩国的一个现代文化表象。实际的情形是，韩国人不仅能够领导时尚潮流，甚而至于影响到像中国这样的周边国家，而且他们也似乎格外珍视他们的传统文化和传统习俗。

第一天到釜山，我便初次体验到韩国传统文化的魅力。那天晚上，在起亚汽车招待中国体育代表团的招待酒会上，主办者特意给中国的客人演示了他们所擅长的鼓文化。四位身着民族服装，却梳着马尾发型的男青年换着各种节奏，起劲地敲着四面几乎占据大半个舞台的大鼓，一下子把全场的气氛带入高潮。

这场面，其实以前在电视里也见过，但现场感受起来，似乎更有魅力。当时，现场的大部分中国人已经忘记了矜持，许多人已然跟着节奏在舞动。这让人感到有些奇怪：中国的鼓文化，应该不输韩国，但现在，说到鼓，又有多少人能很快地联想到中国呢？

在看开幕式第一个场面“乱打”的时候，我忽然胡思乱想，韩国人是不是对打击乐特别感兴趣呢？韩流的这种快节奏音乐是不是和这种偏好有些关系呢？那天，不仅台上演员在“打”，台下观众也拿着组委会准备的两个木勺，有节奏地敲打，台上台下打成一片，让我们这些远道而来的客人也很受感染。而在运动员入场的时候，台下观众自始至终都在拿着木勺跟着音乐有节奏地敲打着，40 多分钟从未冷过场。

这场面已经不仅仅是让人感染，而是有些感动了：试想，这运动会要是在中国举办，观众能有这样的热情吗？传统在那一刻赋予韩国人的已经不是一个文化符号，而是一种让人生畏的凝聚力了。

那天开幕式上，东道主还向客人们展示了国粹跆拳道，近千名武士掀起人浪，赤手劈开木板，木片漫天飞舞的壮观场面至今让人难忘。我想，无论从哪个角度讲，我国武术的魅力是不比跆拳道差的，但韩国人似乎特别会宣传和展示他们的文化。我不知道，这是不是跆拳道早就进入了奥运会，而武术项目仍然在奥运门口徘徊的一个原因。

亚运会自然是韩国人展示其传统文化的一个绝好机会，为此，东道主为亚洲各地的来宾安排了各种丰富多彩的文化活动：假面剧、祭祀乐表演、茶艺展示、传统婚礼展示，等等。当然，有些东西是无须展示的，比如又辣又酸的泡菜，因为我们无论去哪里吃饭，他们都会奉送两碟这种玩意儿。有哪个国家在饮食上只执着于一种口味的呢？韩国人就是这样，他们每餐必备泡菜，而且绝对乐此不疲。韩国人对传统文化的珍视和呵护可谓无处不在。

传统文化在韩国人眼里不是抽象的东西，他们把它们和国家形象联系在一起。就在我开始写这篇文章之前，我们在新闻中心接受了釜山海洋大学四年级学生柳宗应的问卷调查。核心问题正是关于韩国传统文化给外国人留下的印象，内容涉及饮食、风光、服饰、音乐等各方面。据说这是韩国形象委员会在亚运会期间的一个研究项目。

一个如此注重自身形象的国度，能够珍视和呵护自己的传统，又有什么奇怪的呢？

能支帐篷，绝不砌砖头

虽然来之前有一定的心理准备，但我对雅典在操办本届奥运会过程中表现出的“小气”仍有些不适应。

按我们中国人的习惯，像奥运会这样百年一遇的大事，无论如何也是要大操大办一番的。但希腊人显然不这样认为。本届奥运会，除了安保费用创了历史纪录，其他方面似乎都显得有些寒碜。

主体育场倒是挺气派、挺新颖的，但 7 万人座席的规模，对于奥运会来说并不算大。甭说未来北京奥运会的“鸟巢”，就是广州的九运会主体育场也能把它比下去；主新闻中心是由一个古老的建筑群改建的，条件、规模和 2002 年釜山亚运会没法比，看起来也不如北京 2001 年大运会作为新闻中心的北京国际会议中心；最要命的是奥运村，说起来也是一片新建的小楼，但无论从外观还是内部设施来看，都有些登不了大雅之堂，再加上随处可见的临时搭建的帐篷，奥运村整个是一个规划不太好的“城乡接合部”，比我们巍峨挺立的大运村差得还真不是一点半点。有趣的还有奥运村给各代表团升旗用的旗杆，比我们通常见的旗杆至少要矮一半。这多多少少冲淡了那天我们参加中国代表团升旗仪式应有的庄严感，也影响了许多摄影记者的图片效果。

不过，东道主如此精打细算，也不是没有它的苦衷。希腊在欧盟是第二穷的国家。安保费用的一增再增，可能让本届奥运会退回到 20 年前，重新变成不赚钱的奥运会。家底薄，又要操办大事，没有别的办法，只好精打细算，这总比打肿脸充胖子，奥运会开完后欠一屁股债要好。从目前的情况来看，除了对旗杆的高度和新闻中心的拨号上网有些意见，我看不出希腊人如此节俭办奥运会有什么不好。或许，它还应该算是一种美德。

和希腊人一样，我们中国的家底也不厚。虽然北京楼群的高度比这里高多了，北京街道上跑的奔驰车比这里多多了，但这一点也不能证明我们是富人。所以 2008 年节俭办奥运，应该从现在起就成为组织者的共识。

节俭办奥运，也是这些年各奥运举办国的惯常做法。美国人比我们富多了，但 2002 年的盐湖城冬奥会照样是帐篷遍地，他们甚至还把奥运村直接挪到犹他州大学的校园，让运动员住到大学生宿舍去，真是省钱到家了。据说运动员感觉还特别好，敢情搞体育的人大多还是想沾点书卷气，此谓一举两得，两全其美。

能支帐篷，绝不砌砖头，这恐怕会成为以后办大型运动会的惯例。

感受田径之美

至今我对2004年雅典奥运会田径赛场上10万观众深夜观赛的热闹场景记忆犹新，而这次到了赫尔辛基，我又发现芬兰观众对于田径比赛的狂热比起希腊人，似乎是有过之而无不及。

本届世锦赛期间，能容纳4万多人的赫尔辛基体育场始终爆满，无论是双休日还是上班时间，也无论是天晴还是下雨，芬兰观众总是从早到晚，把看台填得满满当当的。据了解，本次世锦赛晚上的门票价格平均在200欧元左右，最高票价则在300欧元以上，但就算这样也无法阻挡观众的热情。芬兰天气多变，动不动就下雨，于是我们就经常能看到，观众打着伞穿着雨衣看比赛的奇特场面。如果说这样的镜头出现在足球场上，谁都会相信，但千真万确，这是田径场。

那天晚上，天降大雨，所有比赛被迫推迟，但雨幕中，仍有许多观众穿着雨衣，安坐看台，静等比赛重新开始。此种痴心和执着让许多记者唏嘘不已。

在感叹芬兰观众的热情之余，我有时也突发奇想，这比赛要是放在中国举行不知观众买不买账。我估计结果不容乐观。前不久，我曾参加北京体育局主持的一个座谈会，一位领导对将要在北京举行的世界青年田径锦标赛可能出现的低上座率深表担忧，并表示，实在不行，还是要组织学生上看台，否则，赛场气氛就太冷清了。这位领导之所以能做出这种判断，并不奇怪，因为田径在中国本来就不是热门项目，何况还是青年锦标赛。

田径好不好看，这个问题我以为无须讨论，因为田径乃“运动之母”，跑、跳、投，这是人类最本能的动作，所谓“更快、更高、更强”，放在田径场上，再贴切不过了。田径比赛不仅最能体现人类最原始的运动之美，更不乏你追我赶，争分夺秒的刺激。当运动员呼啸着跑过弯道，向终点冲刺，人们所能体验到的感官冲击一点也不亚于足球和赛车，而且非身临其境不能感受。中国田径队总教练冯树勇前两天在和记者聊天时，曾谈到雅典奥运会期间，中国代表团团部一位领导到田径赛场看了几场比赛后，不禁感叹：只有看了田径后，才知道什么叫竞技体育。

一项如此好看而且刺激的运动为什么在中国却不是那么招人待见？我以为缺乏有号召力的大牌明星是一方面，但主要还是因为我们缺乏深厚的田径基础和氛围。芬兰观众对于田径的热爱是发自肺腑的，而且显然经过了多年的文化积淀，组织者和观众之间已经达成了一种无比默契、水乳交融的关系。常常是广播里乐曲一响，观众就有节奏地跟着节拍击掌，大屏幕上有时还会出现一个卡通人物，指挥大家如何行事，让我们这些远道而来的客人看着都觉得新鲜。当地比赛组织者这种调动赛场气氛的能力显然是我们国内同行所不具备的。

据说，因为刘翔的横空出世，国内田径市场大有复苏之势。但追星是一方面，另一方面，我们的观众更应该学会去欣赏田径运动，感受田径之美。否则，下次难保不会出现前不久发生在北方某个城市田径场上的笑话：观众在看完刘翔的比赛后，一哄而散，将其他正在进行的比赛视为无物。

生命的重量

多哈昨天下了一整天的雨，仿佛隐含着某种不祥的征兆。这个城市全年平均降雨量约120毫米，但亚运会开幕以来的这短短的一周似乎就把多哈一年的雨，也许是十年、40年的雨都给下了。

就在这一天，一个叫作金亨七的韩国骑士在多哈赛场倒下了。生命在那一刻遽然消逝。韩国代表团团长钟贤淑说："我的心都碎了。"

其实，心碎的何止是她。

所有和金亨七相关，不相关的人都因此而心情沉重。体育，是多么美好的事情，它带给我们快乐，催人奋进，然而，若要以生命来抵押，那又将何等残忍。

我相信，没有一个人希望这样的不幸发生。尤其是那些以各种方式参与这个盛会的人们，当然更包括东道主——如果多哈这个城市有生命，我相信她也一定会为金亨七的灵魂哭泣。

过去的这些天，我们深深地感受到了东道主为本次盛会所付出的努力和辛劳。在这样人口稀少，到处都是漫漫沙漠的地方举办这样一个有着数万人参加的体育盛会，可以想象难度有多大。东道主真的像他们提出的主题口号那样，把本届亚运会当作了"生命中的盛会"（The games of your life）来操办——没有绿色，他们花巨资搬来热带植物；宾馆酒店不够，他们盖；专业人才稀缺，他们勇敢地“拿来”……

过去的这些天来，这个城市完全笼罩在一片节日的氛围之中，到处都是亚运会的标志，到处都是亚运会的宣传画和彩旗，一切似乎都和亚运会有关，连同那些拔地而起的建筑和街上的一草一木。看到这一切，作为一个远道而来的客人，除了感动还是感动。

我这样猛说东道主的好话，是因为我不想，也不希望所有善良的人们把金亨七的不幸记到东道主的头上。事实上，不是没有这样的迹象，比如，不少人、不少媒体都在说东道主没有关于下雨的应急方案。但迄今为止，没有任何证据表明这起不幸事件和下雨有关系，国际马术联合会的专家今天也否认了这一点。

谁都知道，一个人的生命会有多重。对于一个支出高达28亿美元之巨的盛会来说，发生这样的不幸，这是谁都不愿意看到的。说句实在话，由于卡塔尔是第一次举办这样规模的运动会，虽然他们付出了很多，但组织工作并非完美。尤其是在细节方面，从开幕式的下雨应急方案到记者证脆弱的吊带，都存在着一些疏漏。对此，我们当然没有任何理由说三道四，但它也从另一个侧面提醒两年后的北京和四年后的广州：大型运动会比的不仅是钱，是热情，更重要的是比专业精神，比细节。

细节决定成败，当多哈的雨老是邪门地下个不停的时候，我尤其能体会到这句已经被引用得有点滥俗的话的真正含义。

享受比赛，也享受生活

来大阪已经三天了，但对这个城市的认识依然模糊。

也许用三天的时间来认识一个城市，是远远不够的，何况像我们这些远道而来的记者都肩负着报道赛事的重任，我们并没有多少余暇去逛逛，感受一下这个充满活力的城市。和我们这些所谓的“无冕之王”情况相似的是那些运动员（尤其是中国运动员），在自己的比赛任务没有完成之前，他们大概也是没有什么心情去游山玩水的。比赛，只是生活的一部分，但在未来的一周多时间内，比赛似乎就是他们生活的全部。

作为一个记者，我当然能清晰地感受到田径世锦赛的分量，对于一项两年一次，有着204个国家和地区的选手参加的比赛来说，它的国际影响和重要程度不言而喻。不过，我更兴趣的是，田径世锦赛对于这座城市的影响和这座城市对于赛事的参与程度。当一座国际性的都市遇到一项国际性的大赛，它给双方所能带来的效应可能会远远超过比赛本身。

说实话，大阪方面对于田径世锦赛的重视程度超出了我的想象。在开幕式上，东道主准备了近一个小时的精彩节目，既有动感十足的现代歌舞，也有艺伎这样的国粹，甚至还有团体操表演，动用的演员多达数千人，对于一个单项比赛来说，这样的开幕式表演已足够豪华、体面。东道主观众对于田径世锦赛也非常感兴趣，尽管比赛最低票价达到2000日元（约合人民币130

元），晚上比赛的平均票价接近 1 万日元（约合人民币 630 元），但能容纳 4.5 万多人的长居体育场这两天依然是人头攒动，几近爆满。和去年记者在北京采访过的田径世青赛相比，在大阪的长居体育场，我更能感受到为什么田径才是“运动之母”。

东道主对于本次比赛的投入、重视以及办好赛事的良苦用心体现得无处不在。在记者注册后领到的一个双肩背包里，既有采访本、钢笔这样的文具，还有富有当地民俗特色的小工艺品，更有意思的是，包里还有两张免费招待券，供记者们参观在当地颇负盛名的海洋馆和环球影视城。这还不算，记者们在注册的同时，都领到了一张名为“RakuRaku”（日语，意思为快乐、享受、有趣、放松等）的交通卡。凭借此卡，记者们可以免费乘坐大阪除私人线路之外的地铁、城市巴士等，随卡附送的还有大阪市市长关淳一的一封欢迎信，号召大家“体验大阪的文化、美食和商业文化，享受在大阪逗留的日子”。据了解，这样的交通卡，所有的来宾（包括运动员、官员和裁判员）都人手一份。

给所有来宾送上两张免费门票和一张小小的交通卡，显然对于东道主并无太大的损失，相反，它所可能带来的拉动性消费却不容小视。东道主颇富人情味的这一举动不仅符合大赛的惯例，更反映出他们清晰的办赛理念：比赛永远只是生活的一部分。对于所有直接和间接参与比赛的人来说，享受比赛固然重要，但他们也应该学会享受生活，享受这个城市的一切——就像这张小小的交通卡的名字所寓意的那样。

最温暖的冬奥会?

在一个能够生长棕榈树的地方举办冬奥会，这听似天方夜谭，但索契做到了。

索契冬奥会会成为历史上最温暖的一届冬奥会吗？答案或许是肯定的。2月13日，越野滑雪女子古典式10km的比赛在12.1摄氏度的条件下进行，获得第六的德国选手贝拉竟穿短袖出场。她透露说：“这是队医的主意，比赛开始前用剪刀把袖子剪了。”获得该项目第32名的美国选手考德维尔在比赛中则身着无袖上衣。她有些困惑地说：“这条件太疯狂了。我很久没在这么暖和的天、这么软的雪上滑过了。”

至于在新闻中心，前几天穿着短袖、短裤的记者并不鲜见，甚至还有光着膀子晒日光浴的外国同行。前天在冰山滑冰宫的记者混合采访区，记者也见到一名高大的中国记者穿着背心，在那里忙乎。他显然并没有感觉到冷，因为他的脸上还有汗珠。当然，这并不是全拜气温所赐，混合区里，也实在太拥挤了。

好在索契从昨天开始降温了，温度从最高的18摄氏度降到了10摄氏度以下，人们又重新穿起了冬衣，这样的感觉似乎更“正常”，更像在赴一场冬奥之约。俄罗斯是全球最寒冷的国家之一，而索契却是个例外。索契位于全球纬度最高的亚热带气候区，也是首个举办冬奥会的亚热带城市。历史上，索契2月的平均气温在10摄氏度左右。去年，这里也曾出现过17摄氏度的

“高温”天气。

尽管温度偏高，但随着科技的发展，如今的冰上项目已经可以在室内场馆进行，丝毫不用担心室外的环境，而雪上项目仍需要多雪的环境，恰好索契群山中的积雪又常年不化，这就让索契有了举办冬奥会的条件。索契冬奥会让冬奥会的举办地多了一种选择，也让记者多了一种体验，恰如本届冬奥会的口号——“激情冰火属于你”。

有趣的是，索契的一组宣传画画的就是一些妙龄女子身着比基尼，在从事各种冰雪运动。这种冰与火的反差、交融似乎是东道主在刻意营造的一种氛围。正如国际奥委会公关部长亚当斯所言：“比起冰天雪地，这是更舒适的天气，观众也很高兴。”而索契冬奥会组委会主席切尔努申科更是对当地的天气十分自豪，“在索契举办冬奥会是一个创新，是非常特别的概念。我们将冬奥会放到了太阳底下，人们可以在很好的天气条件下欣赏世界级的比赛。”

的确，对于观众来说，这样的天气是舒适的，但对于运动员来说，却充满了争议。许多运动员认为，这样的气温舒适极了，但为数不少的运动员也认为，气温升高，让雪质变软，影响了雪上项目运动员的发挥，失误、受伤增多。但这些观点并没有得到科学家的支持。因为冬季项目尤其是雪上项目本来就充满了惊险，运动员失误和受伤是家常便饭，似乎不独索契冬奥会如此。

对于一些运动员的抱怨，组委会的回应是，他们有应急措施。他们并不担忧那种情况会发生，但在需要的时候，他们会采取行动。从昨天开始的适时降温也适时地平息了人们的争议。

如此简单，如此快乐

45分钟等车，1个小时车程，40分钟安检，所有这一切都是为了赴一场叫“奥运会开幕式”的约。

终于亲临马拉卡纳，对于一名体育记者来说，这近乎圆一场梦。奇怪的是，并没有特别的感觉，只是觉得它大，此外还有点旧。这不奇怪，它已经有年头了，今年足足66岁。

马拉卡纳和奥运会，奇妙的相逢，这个晚上的主题不是足球，但观众还是那些被足球文化养育着的观众。因此，丝毫不用担心他们的热情。

演出从一开始就不像通常奥运会开幕式那样繁复华丽，倒计时环节不知道什么时候就开始了，又那么匆忙地结束，感觉过于简单，似乎只是为了走一个过场。不由得让人有些怀念北京奥运会的“大脚印”，那是多么奇幻多么瑰丽啊！

紧接着的历史演绎，也是一笔带过。没有大型道具和各种吊钢丝，左右各一个LED的面积也显得有些寒酸，只有演员的舞动和音乐的变幻，时时拨动人的心弦。观众显然对那些歌曲耳熟能详，就像熟悉开场歌手轻拨琴弦、深情吟唱的巴西国歌，他们自始至终跟着唱，形成整齐的声浪，让我们这些异乡来客也不由得受到感染。

节奏变得激越，开始跳舞了。这是桑巴时间，是桑巴王国的表演时刻。全场观众跟着演员起舞，看台上的人群上下跳动，左右摇摆，就像大海的波涛，呼啸而来又呼啸而去。这是全场最快乐的时光。后来的桑巴大游行再次回应了这一章节。巴西是桑巴王国，他们就是想把他们的桑巴文化做到极致。

“独乐乐，不如众乐乐”，巴西人一定不知道中国的这句名言，但里约奥运会开幕式成功地做到了这一点。我看过许多大型综合运动会的开幕式演出，像巴西观众这样台上台下如此互动如此倾情投入的还很少见。

除了桑巴文化，巴西人把环保主题也贯穿到整个演出中。绿色，毫无疑问是今晚马拉卡纳体育场的主色调。就连过往最枯燥的各国代表团入场仪式，巴西人也玩出了新名堂：拿着绿色植物的童男童女，蹬着载满绿色植物盆景三轮车的俊男美女，翩然骑在每支队伍的前面，神情自然，活泼俏皮，似乎有种“你们腿着俺有车”的自得。而每个运动员接过一粒种子，放在装有泥土的小盒里，这样的设计更是神来之笔。据说，这些树种随后会种植在里约的一个公园里，形成“运动员森林”。这是多么有趣而又新鲜的想法！它会传递到未来，展示历史的温情和敬意。

巴西人不只是天生快乐，他们也有想象力。

点火仪式是奥运会开幕式的另一大考题。人们挖空心思，无非是要在开幕式的最后时刻让世界惊奇。巴西人也让世界惊奇，他们只用了一个小小的火球和另一个旋转着的造型，便完成了点火仪式和美妙的视觉呈现。这又从另一个侧面契合了他们的环保主题。谁说火炬就一定是越大越好？

巴西人真是很会省钱。省了钱，还办了大事，难怪巴西人如此快乐。

如此“简单”又如此快乐的一个开幕式又有什么不好？

“第27枚金牌”

一觉醒来，竟然发现媒体村停电了，电梯自然停运，只好拿手机当手电筒，从八层一路摸索，走楼梯下楼。

匆匆吃过早饭，坐上班车，回到有Wi-Fi的世界，这才知道，女排刷屏了——满世界都在争说中国女排，连平时从不关心体育的人也是如数家珍。最新的统计数据表明，里约奥运会女排决赛的单场收视份额超过70%，竟然是春晚的两倍。

数字让人吃惊，但女排引起如此大的轰动也不意外。这是一个自媒体时代，人人都是传播者和评论者。和12年前的那次夺冠相比，此次奥运登顶更容易产生传播上的“滚雪球效应”。12年前的雅典，我也有幸是个亲历者，还记得那时记者只能通过拨号上网，怎能和今天一人一手机随时发评论相比？

当然，技术只是一个前提而已。最重要的是，中国女排所表现出的独特的精神气质和向上力量，打动和凝聚了人心，也似乎寄托着人们对于业已失落或正在失落的某种精神力量的向往。

所谓的“女排精神”是什么？每个人有自己的理解和诠释。我认为，最重要的一是专注，二是专业，三是团队精神。一群专业的人，一起专注地做专业的事，这就是女排能成功的原因。这样的概括看起来精神高度不够，“鸡汤”味也不浓，却是每个人都可以学习和传承的。

我和大家一样，觉得郎平值得崇拜，女排应该赞美，但我也反对无限神化郎平，无限拔高“女排精神”。道理非常简单，捧得越高，今后可能跌得越惨。就像郎平说的，不能一赢球就说有“女排精神”，一输球就没有“女排精神”。体育比赛是很专业的事情，每个细节都有可能决定成败。因此谁准备得好，谁发挥得好，谁就有可能会赢。

从专业的角度，容我说句实在话，许多运动队的成绩和表现甚至比女排都要好。比如本届奥运会的乒乓球和跳水，中国选手在这两项比赛中拿了 11 块金牌，占了中国代表团全部金牌的一小半。但他们为何没有引起女排那样的轰动？是项目影响力使然，也是“女排情结”（郎平的个人魅力）所致。因此，女排夺冠才会超越体育，成为全社会的焦点事件。

不管如何，我们都应该为这枚沉甸甸的金牌喝彩。以此收官，堪称一个圆满的句号，可以大大弥补中国代表团最终在金牌榜上不敌英国队的遗憾。我真的认为，一支集体球类项目团队所展示的国民形象和气质，可能是许多个人项目的金牌换不来的。

金牌总数只是一个数字而已，26 和 27 有多大的区别？第二和第三又有多大区别？我真心看不出。事实上，我觉得中国的年轻人已经在场外赢得了我们期盼之中的“第 27 枚金牌”。

女排姑娘展示的“女排精神”自不待说，秦凯的温馨求婚、傅园慧的“洪荒之力”、吕小军的运动家风范，同样让我们眼前一亮。它们无关金牌，却让全世界看到了中国年轻人健康明朗的形象，感受到中国社会宽松和谐的氛围。再看看美国代表团，体操女选手道格拉斯升旗仪式没有捂着胸口居然被“炮轰”，美国三级跳远运动员威尔凯莱向跨栏选手女友求婚却被耻笑（因为小伙子忘记了姑娘是否答应了他的求婚），两相对照，哪个国家能得到更多的印象分，还用多说吗？

后　记

新旧世纪之交，因各种机缘巧合，我成了一名体育记者。

回顾近 20 年的体育记者生涯，我觉得自己是幸运的，因为我正好亲历了 21 世纪中国体育发展的进程：从辉煌的“姚刘李”时代，到无与伦比的北京奥运会；从悉尼奥运会中国军团首次进入前三，到“后北京奥运时代”的全民健身热潮；从国内职业联赛的发展到体育产业的壮大；从国民日渐成熟的体育观到体育教育的蔚然成风……所有这些改变，作为一名体育记者，既是亲历者、见证者，也是记录者、思考者，同时也是参与者、建设者。能够与这么一个不可复制的伟大时代同行，与有荣焉。

我当然也深知，与那些资深的专业体育媒体人相比，我的记者履历不值一提，我写下的文字或许在专业上还有诸多欠缺，但它们之所以时不时也得到一些积极的回响，收获一些让我感到虚荣的赞美，我想大概原因有二：

一是因为，我时刻遵从自己的内心，说自己想说的话，不卖弄，不虚饰，不掉书袋，不哗众取宠。曾有一位年轻读者说我的文字“温情而质朴”，我欣慰于能得到这样的评价。

二是因为，我的写作始终关注体育活动的主体——人。人，是体育活动中最生动、最丰富的因素。我当然也讲某些道理，探索某些普遍的规律性的东西，但我更感兴趣的是人在体育人生中的挣扎、奋斗，他们的喜怒哀乐、成长和收获，当然也包括失落和伤痛。我是那么热衷于去书写体育活动中的个体，以至于我感觉这几年我写的所谓评论都不像评论了——那或许是因为我投入太多感情了吧，但谁又能说，写评论就不应该投入感情呢？

我只是一个普通的写作者，爱我所爱，听从我心，写我所见所思，如此而已。我根本没有去写一部21世纪体育史的野心，但当我翻阅自己过往的作品，尤其是把它们串在一起来阅读时，我仿佛可以听到本世纪以降的时代足音，由远而近，如此清晰。我希望有心的读者诸君，也能听到，并有所会心，有所发现，有所启发。倘能如此，那一定是我的莫大荣幸。

据说，新闻作品都是速朽品，体育评论之类想来也是，这多少让人有些沮丧，但一切还是交给时间和读者吧。无论如何，还是要衷心感谢中国工人出版社的错爱，感谢所有人对这一部并不趋时也显然没有太多商业价值的书稿的付出！

图书在版编目（CIP）数据

以热爱抵抗寂寞：21世纪中国体育的文化记忆 / 刘颖余著.
—北京：中国工人出版社，2021.8
ISBN 978-7-5008-7725-7
Ⅰ.①以… Ⅱ.①刘… Ⅲ.①新闻报道－作品集－中国－当代
Ⅳ.①I253
中国版本图书馆CIP数据核字（2021）第174055号

以热爱抵抗寂寞：21世纪中国体育的文化记忆

出 版 人	王娇萍
责任编辑	邢　璐
责任印制	栾征宇
出版发行	中国工人出版社
地　　址	北京市东城区鼓楼外大街45号　邮编：100120
网　　址	http://www.wp-china.com
电　　话	（010）62005043（总编室） （010）62005039（印制管理中心） （010）62004005（万川文化项目组）
发行热线	（010）82029051　62383056
经　　销	各地书店
印　　刷	北京盛通印刷股份有限公司
开　　本	880毫米×1230毫米　1/32
印　　张	10.125
字　　数	210千字
版　　次	2021年10月第1版　2021年10月第1次印刷
定　　价	46.00元